谷兴云 —— 著

# 百岁祥林嫂

纪念《祝福》发表一〇〇年

U0727521

北方文艺出版社

哈尔滨

图书在版编目（CIP）数据

百岁祥林嫂 / 谷兴云著 . -- 哈尔滨 : 北方文艺出
版社 , 2025. 1. -- ISBN 978-7-5317-6406-9

Ⅰ . I210.97

中国国家版本馆 CIP 数据核字第 20246K2Y29 号

# 百岁祥林嫂
BAISUI XIANGLINSAO

作　者 / 谷兴云

责任编辑 / 侯　烨　　　　　　　　封面设计 / 明翊书业

出版发行 / 北方文艺出版社　　　　邮　编 /150008
发行电话 / (0451) 86825533　　　经　销 / 新华书店
地　址 / 哈尔滨市南岗区宣庆小区 1 号楼　　网　址 /www.bfwy.com

印　刷 / 三河市国新印装有限公司　　开　本 / 880×1230　1/32
字　数 / 188 千字　　　　　　　　印　张 / 9.75
版　次 / 2025 年 1 月第 1 版　　　　印　次 2025 年 1 月第 1 次印刷

书　号 / ISBN 978-7-5317-6406-9　　定　价 / 78.00 元

# 序

　　八十九岁高龄的谷兴云先生 2020 年刚出版《发现孔乙己》，2023 年底就又完成同类型"主题论文集"《百岁祥林嫂》。他将书稿微信过来时说："请为我序之！"作为晚辈，我明知并非作序的合格人选，也只好勉力为之，权当接受一次集中学习谷老文章的机会吧。

　　谷老所谓"主题论文集"，指围绕某个"主题"所写的一系列论文的合集。但在时下学界，"主题""论文"二词何其堂皇！一说到"论文"，通常总是充斥着密不透风、令人气闷却又不得不惊其浩博的材料排比、梳理与考辨，再就是令人头晕目眩却又不得不佩服其高深莫测的理论推演与术语堆砌，而所要讨论的"主题"却往往恍兮惚兮，不知所云。

　　《发现孔乙己》《百岁祥林嫂》"全不如此"。谷老的"论文"都是踏踏实实谈问题讲道理的文章。他所谓"主题"，就是关于孔乙己和祥林嫂若干长期被忽略被误解的观念与说法。如此"主题论文"，大、中学校师生及同等程度的读者都能看懂。谷老要谈的是真问题，他也尽量采用广大读者一看就懂的语言，这样的

"主题论文"，借谷老本人说法，就是将鲁迅研究的"普及"与"提高"结合起来，"学生读得懂、老师用得上的学术成果。"

这一点跟他 2017 年出版的同属"主题论文"的《鲁海求索集》也有所区别。《鲁海求索集》的"主题"是鲁迅，但内容更加发散，至少不是仅仅围绕某个小说人物展开。专门为某个小说人物写一部论著，过去有美学家王朝闻的《论凤姐》。但该书并非时时处处都在分析王熙凤，往往由此及彼，广泛讨论相关的文学与美学问题。与《论凤姐》形成鲜明对比，《发现孔乙己》《百岁祥林嫂》始终紧扣一个小说人物展开，全书每句话都针对此小说人物而发。

其实，"鲁研史"上也不乏专门讨论小说人物阿Q的长文与专著，因为阿Q素来被视为"国民性"代表，并非普通小说人物可比。但专门为鲁迅笔下普通的小说人物孔乙己和祥林嫂各写一部书，则确乎是谷老前无古人的创举。

谷老熟悉《呐喊》《彷徨》研究史，他发现自从范伯群、曾华鹏合著的《鲁迅小说新论》作为全面分析鲁迅 25 篇小说的第一部专著面世之后，尽管综论性研究著作已出版多部，但至今尚未见第二部逐篇分析鲁迅小说而能整体上超越前贤的专著，"这是令人十分遗憾的"。研究《呐喊》《彷徨》未必非得逐篇分析，综论性研究也能取得很大成绩，但如果关于具体小说文本还有大量问题悬而未决，则综论性研究的学术成就再大，也不免要打些折扣。

所谓悬而未决的遗留问题，最重要的就是对鲁迅小说诸多人物的认识还有许多根本性的模糊与分歧。比如祥林嫂的"逃、撞、捐、问"究竟是消极顺从抑或积极反抗，就一直存有争议。这看似只涉及对一个小说人物的认识与评价，但在谷老看来却是牵一发而动全身的根本性问题。不能正确认识与评价祥林嫂，也就不能正确把握鲁迅对他那个时代中国妇女乃至中国社会和国民性的整体思考。谷老发愿要为祥林嫂专门写一本书，动因也就在此。

因为学术风气的转移，"鲁研界"一度轻视鲁迅小说人物形象的研究。倘若有人试图重新讨论这方面的分歧，甚至还会被视为老调重弹。可事实上鲁迅研究无论追求怎样的创新，都无法回避对小说人物进行分析。这就造成一种尴尬局面，即锐意创新而轻视人物分析的学者一旦不得不涉及有关小说人物的问题，就会因为一向不曾留意或缺乏切实研究而开口便错。谷老专门谈到一篇千余字"讲析"鲁迅小说的短文，因为作者读小说太粗心马虎，居然出现十几处"硬伤"，"比率实在高了点"。他还谈到另一篇学术文章洋洋数千言，但所要阐述的居然正是谷老本人已证明是错误的观点。

文学研究如果经受不住具体文本（尤其是活生生的人物形象）的检验，其学术性究竟如何体现出来呢？

在鲁迅小说人物群像中，谷老独重三人：阿Q、孔乙己和祥林嫂。阿Q是"国民性"代表，又据说鲁迅本人最看重《孔乙己》，因此，在人物形象的分析不再时髦之前，阿Q和孔乙己也着实风光过数十年。至于祥林嫂则始终备受冷落，这不外乎四点，一是鲁迅本人于小说《祝福》发表之后就未曾再提及祥林嫂；二是直到1950年，包括茅盾在内的许多重要评论家极少正面谈论祥林嫂；三是 1950 年以后文学史著作和教材对祥林嫂"要么'无感'，要么'冷处理'"；四是 1980 年以后，尽管综论性著作偶尔会涉及祥林嫂，也出现了一些专题文章，但祥林嫂仍然不能摆脱"被诟病""被贬抑""被虚无""被挤压"的命运。

谷老之所以如此关心祥林嫂在鲁迅接受史上的命运，之所以要呼吁"认识和恢复"祥林嫂的"本来面目"，并非简单地为某个虚构的小说人物鸣冤白谤。照谷老的理解，祥林嫂在鲁迅塑造的人物群像中十分重要，其地位某些方面甚至超过阿Q和孔乙己。如果对鲁迅塑造祥林嫂的苦心认识不足，如果对祥林嫂这个人物形象理解不准，鲁迅研究将会出现很大一块的偏失。

祥林嫂的"本来面目"究竟如何？《百岁祥林嫂》清清楚楚、原原本本地给了精彩描绘。谷老的祥林嫂论，无论主干或枝叶，我都深以为然，但序文不便"剧透"，也不能嚼饭予人徒增呕秽。读者欲知其详，就请细读谷老此书！

其实，在祥林嫂被忽略、被误解的百年历史上，并非没有例外。谷老重点介绍了陈涌和冯雪峰这两位前辈学者的系列文章，他们对祥林嫂既非"无感"，也非"冷处理"，更不是"诟病""贬抑""挤压"或"虚无化"，而是将祥林嫂视为"真正的人"或"高贵伟大的女人"。谷老将祥林嫂推崇为"精神之母"，某种意义上就是继陈涌、冯雪峰以及某些海外学者（如日本已故鲁迅专家代田智明）已有认识之后再"接着说"。

鲁研史丰富复杂的遗产启发了谷老，这也正是谷老给予读者的第一点启发：研究鲁迅，要熟悉鲁迅研究史的经验与教训。研究祥林嫂，也必须跟鲁研史上有关祥林嫂的各种意见展开对话。

"独学而无友，则孤陋而寡闻"，"真理越辩越明"，此之谓也。

谷老启发读者的第二点是，研究文学，哪怕研究看似平凡的一个小说人物，也必须慎重从事，各种相关问题和可能性都应该予以综合考虑。借用刘勰《文心雕龙》的说法，就是"圆照之象，务先博观"。比如谷老研究祥林嫂，既探究鲁迅的创作思想与意图（鲁迅虽不曾正面谈论祥林嫂，但可以研究鲁迅的思想脉络，设想他本人会怎么看待祥林嫂），也始终强调分析小说人物，必须像研究作家或现实生活中其他人物那样，力求"知人论世"。

谷老给予读者的第三点启发，就是尽可能"细读"小说文本，按作者完整而精细的描写来理解小说人物。"细读"还不妨跨越单个文本的界限，把鲁迅的其他作品也考虑进来。收在《百岁祥林嫂》里的文章，大多数我先前都已拜读，但这次重读，仍然每每惊叹谷老真是目光如炬，心细如发。他的许多发现，就是通过"细读"得来！

充分领会谷老上述三点启发，我们才能更好地与他对话，更好地看待《百岁祥林嫂》的诸多论说。

比如为何说祥林嫂不仅是"鲁镇苦人"，更是被长期忽略和误解的"精神之母"？祥林嫂在婚礼上要死要活地大闹，为何并非通常所谓中了"从一而终"的儒教伦理的毒害，乃是体现了她不屈的抗争和追求自主生活的独立精神？《祝福》有大量略写和暗示（包括叙事链条上的缺失），读者如何"脑补"，才不算背离作者意图？祥林嫂与贺老六"新婚"头两天究竟发生了什么，以至于令原本拼死反抗的祥林嫂改变主意，甘愿与贺老六过日子？贺老六究竟是怎样一个人？祥林嫂是害怕还是希望死后有地狱？

她向"我"打听死后是否会再见面的"一家人",包括柳妈所谓都要来抢她的两个男人呢,还是只有她和阿毛、贺老六这"一家三口"?"善女人"柳妈在祥林嫂悲剧中扮演了怎样的角色?鲁迅作品中类似柳妈这样的女人还有哪些?鲁迅对她们的态度如何?祥林嫂有阿Q和孔乙己所不具备的哪些优秀品质?"精神之母"祥林嫂果真属于"中国的脊梁"吗?

读者诸君,就让我们再次打开小说《祝福》,跟着谷老一起探究上述问题,以祥林嫂为突破口,走进鲁迅博大精深的文学世界吧!

是为序。

郜元宝

2024年3月3日

(郜元宝,复旦大学中文系教授,博士生导师,中国鲁迅研究会副会长)

# 目 录

# 鲁镇苦人论
## ——从孔乙己到祥林嫂

    鲁迅有 5 篇小说，故事发生在鲁镇，或者与鲁镇有关。最早是《孔乙己》，1919 年 4 月问世。最后是《祝福》，刊发于 5 年后，1924 年 3 月。主人公分别是孔乙己、祥林嫂，一为读书人，一是山村女人。二人身份虽不同，却都属于"不幸的人们"[1]，也就是苦人，"描写一般社会对于苦人的凉薄"[2]的苦人。在鲁镇，孔乙己和祥林嫂，怎么成了苦人？

## 苦人的生死场

### 1. 鲁镇的不同形态

    查阅《鲁迅全集》，"鲁镇"出现于 7 篇作品，共 22 见。分开说，在小说 5 篇中有 20 见：《孔乙己》（1919）1 见，《明天》（1919）3 见，《风波》（1920）4 见，《社戏》（1922）2 见，祝福（1924）10 见；另在《答〈戏〉周刊编者信》及《致钱玄同》（1919）里，各出现 1 次。

    鲁迅小说中的鲁镇，呈现不同形态。在《孔乙己》中，鲁镇是咸亨酒店所在地，故事发生的处所；文本开头，说"鲁镇的酒店的格局"如何，对鲁镇本身没说什么。《明天》的鲁镇，是单四嫂子和儿子的居住地，其特点是僻静，有些古风：关门睡觉早。《风波》的主人公七斤和家人，生活在鲁镇，他"早晨从鲁镇进城，傍晚又回到鲁镇"，干着帮人撑航船的营生；相比于城里，鲁镇比较闭塞，信息不灵通。《社戏》中的少年"我"系鲁镇人，他从鲁镇搭船，到外祖母家平桥村看社戏，而在平桥村人眼中，鲁镇是大市镇，在那里读过书的"我"才识货；文中又说，"我们鲁镇的戏比小村里的好得多"。以上几篇中的鲁镇，在文本中的情况虽然不同，却都是为适应写作需要而设置的地名。主要用意在于：作者"鲁迅"写鲁镇的人和事，给读者以亲切、真实感，增加可信度。

《祝福》中的鲁镇不同——在文本中出现的次数，相等于前4篇之和；它不仅是一个地名，而且和篇中人物，他们的日常生活，为人处事，乃至生死存亡等，均息息相关。

比如，故事叙述人"我"，就和鲁镇关系密切。小说开始，"我"以返乡游子的身份，"回到我的故乡鲁镇"。"我"最关注的是故乡人。"我"看到："在鲁镇所见的人们中，改变之大，可以说无过于她的了"，此人就是故事主人公祥林嫂。至于其他人，包括鲁四老爷在内，"都没有什么大改变，单是老了些"。"我"大失所望，因此定下心，"明天要离开鲁镇"；而且要探究：鲁镇如何"改变"了祥林嫂，于是，将其"半生事迹的断片……联成一片"，追述种种往事。由此而引出一个使人纠结，发人深思的故事，即，祥林嫂的半生遭际，悲惨命运。

### 2. 酒店的"别人"和"全镇的人们"

孔乙己与祥林嫂都生存、活动于鲁镇，但所处特定空间及人文环境不同。孔乙己活动范围小，仅限于咸亨酒店，店内店外。祥林嫂的活动空间大，不只局限在做工的主人（鲁四老爷）家，如，她要到门外河边淘米、洗菜，此时能观察对岸出现什么人；她可以在镇上，"和大家讲她自己日夜不忘的故事"；另外还有，去镇东头的河边，盼望遇见回到故乡的"我"[3]；到镇西头土地庙，用十二元鹰洋捐门槛，等等。

在鲁镇，孔乙己和祥林嫂更大的不同，在于所接触的鲁镇人迥然相异。

孔乙己在酒店，"品行却比别人都好"——此所谓"别人"，第一是所有买酒喝的人，即诸多顾客。这些顾客区别为两类，一类是短衣帮，他们花四文铜钱买一碗酒，靠柜外站着热热的喝了休息；一类为穿长衫的，他们踱进店面隔壁的房子里，要酒要菜，慢慢地坐喝。第二是卖酒的人，含酒店掌柜，酒店伙计，包括小伙计"我"，他们属于店方。另外就是店内外的其他人，这些人与顾客、掌柜等合而为众人，再就是有时聚集来的"几个人"，即邻居、路人等等。以上各类人组成"别人"，孔乙己到酒店喝酒时，处于被"别人"围看的境地，发生种种交集与纠葛。

祥林嫂置身于鲁镇，主要时间是在鲁四老爷的宅子里，干各种各样费体力的活，受鲁四老爷监视，听从女主人四婶使唤，扫尘，洗地，洗菜，淘米，等等，还要坐在灶下烧火。——次在灶下，祥林嫂与柳妈进行了一场对话。在宅子里，祥林嫂接触的就是这些人。除去在宅子里干活，祥林嫂还要跑街，到外面活动，接触的人就多了。如，鲁镇的男人、女人们，"特意寻来，要听她这一段悲惨的故事"的老女人，以及"最慈悲的念佛的老太太们"，等等。祥林嫂在外面时，对所遇见的鲁镇人，反复讲自己的故事，以致"全镇的人们几乎都能背诵她的话……"。

两篇小说的两个主人公，生存于鲁镇不同的人群圈；这不同的人群圈，影响乃至决定了二人的生存状态，连同他们的生命结局。

### 3. 无法逃离的生死场

从个人与鲁镇的关系看，孔乙己和祥林嫂有所不同。孔乙己，文本没说他是哪里人，品读人物关系和情节，可以看出他是鲁镇人。祥林嫂则不然，"我"在追述祥林嫂的故事时，首句说："她不是鲁镇人。"此语显示其特殊性：她属于外来户。但，两人在鲁镇的处境与遭遇，大致相同或说近似：都苟活在鲁镇边缘，同为饱受凉薄的苦人，差异只在凉薄的形式，在具体事由和情节。

孔乙己承受凉薄，主要是在到酒店喝酒的时候，而"他又有一样坏脾气，便是好喝懒做"，即离不开杯中物。他必得常到酒店，以满足生理、心理所需，从而屡受凉薄。孔乙己之于鲁镇，就是带给"别人"一点快活："孔乙己是这样的使人快活，可是没有他，别人也便这么过。"祥林嫂两次到鲁镇，都是为远离险境，在山村活不下去而异地求生。两次的遭遇却不同：前一次，因为"安分耐劳"，"简直抵得过一个男子"，所以被四婶留下做用人，鲁镇人的舆论是，"人们都说鲁四老爷家里雇着了女工，实在比勤快的男人还勤快"；后一次，"她的境遇却改变得非常大""镇上的人们也仍然叫她祥林嫂，但音调和先前很不同；也还和她讲话，但笑容却冷冷的了。"祥林嫂的感受是："从他们的笑容和声调上，也知道是在嘲笑她"。

在鲁镇，两人各自结束了卑微的人生，结束得悲惨凄凉，死无葬身之地。

孔乙己生为鲁镇人，死为鲁镇鬼，竟不知所终。按"我"的叙述，最后在酒店看到的孔乙己："黑而且瘦""穿一件破夹袄，盘着两腿，下面垫一个蒲包，用草绳在肩上挂住""他满手是泥，原来他便用这手走来的"。随后是，"他喝完酒，便又在旁人的说笑声中，坐着用这手慢慢走去了。""自此以后，又长久没有看见孔乙己。""我到现在终于没有见——大约孔乙己的确死了。"

祥林嫂为寻活路而到鲁镇，鲁镇却夺走她的性命。故事叙述者"我"记述，他回到鲁镇所见祥林嫂："五年前的花白的头发，即今已经全白，全不像四十上下的人；脸上瘦削不堪，黄中带黑，而且消尽了先前悲哀的神色，仿佛是木刻似的；只有那眼珠间或一轮，还可以表示她是一个活物。她一手提着竹篮，内中一个破碗，空的；一手拄着一支比她更长的竹竿，下端开了裂：她分明已经纯乎是一个乞丐了。"嗣后，就在鲁镇人准备举行祝福大典中，祥林嫂"老了"——即"死了"的替代隐语，鲁镇人忌讳极多。至于是什么时候死的，则"说不清"，"昨天夜里，或者就是今天罢。"问"怎么死的？"回答曰："还不是穷死的？"即饥寒交迫，冻饿而死于街头或路边。祥林嫂死了还受诅咒："不早不迟，偏偏要在这时候，——这就可见是一个谬种！"

# 苦人之苦

## 1. 读书人之苦

孔乙己遭遇之苦，与他的读书人身份相关联，表现形式是几种不同的笑。

最多、最经常的，是来自那些喝酒人的嘲笑。参与嘲笑者，不分短衣帮或者穿长衫的（长衫主顾）。据文本，"孔乙己一到店，所有喝酒的人便都看着他笑。"为什么笑？——孔乙己带来快活，增加酒兴。笑他什么？——"孔乙己，你脸上又添上新伤疤了！""你一定又偷了人家的东西了！""什么清白？我前天亲眼见你偷了何家的书，吊着打。"等等。即，笑他身体所受伤害，笑他的痛苦。这是群体性（合众）嘲笑，在场喝酒的人统统加入。酒客的嘲笑，还具有连续性，即不停地嘲笑："孔乙己喝过半碗酒，涨红的脸色渐渐复了原，旁人便又问道，'孔乙己，你当真认识字么？'""你怎的连半个秀才也捞不到呢？"何以如此？——原因是，他们不愿意看到，孔乙己平静地把一碗酒喝完。

其次，是来自酒店掌柜的取笑。孔乙己在喝酒时，不仅有"旁人"不停地发问，即酒客们的挑逗、骚扰，酒店主人也没有闲着。对酒客们肆意嘲笑孔乙己，他看在眼里喜在心头，如此这般，活跃了酒店气氛，可吸引并留住顾客；他自己也这样做："掌柜见了孔乙己，也每每这样问他，引人发笑。"比如，当孔乙己"用这手走来"，最后一次到酒店喝酒时，"掌柜仍然同平常一样，笑着对他说，'孔乙己，你又偷了东西了！'"孔乙己虽然以"不要取笑！"回绝，掌柜的取笑却没有停止，反而继续下去："取笑？要是不偷，怎么会打断腿？"孔乙己以"跌断，跌，跌……"解释，用眼色恳求掌柜，不要再提，而面对孔乙己的窘急，"此时已经聚集了几个人，便和掌柜都笑了。"掌柜这种取笑，是对酒客嘲笑的补充，发生在生意清淡，没有酒客嘲笑的时候。

第三，是来自众人的哄笑，以及"旁人"的说笑。这两种笑，是上述嘲笑、取笑的延伸，即引发的效果。先说众人的哄笑。这由酒客的嘲笑引起，文本中写有两次。前一次是：当一酒客出面证实，亲见孔乙己因偷何家的书，被吊着打。孔乙己以"窃书不能算偷……"进行争辩，接着"便是难懂的话，什么'君子固穷'，什么'者乎'之类，引得众人都哄笑起来：店内外充满了快活的空气。"后一次是，酒客们问孔乙己："你怎的连半个秀才也捞不到呢？"孔乙己"嘴里说些话；这回可是全是之乎者也之类，一些不懂了。在这时候，众人也都哄笑起来：店内外充满了快活的空气。"这两次哄笑发自于"众人"，即所有在场的人，除店内的酒客、掌柜、伙计等之外，还包括其他一些鲁镇人，他们既不买酒、也不卖酒，只是站在店内或店外，欣赏酒客嘲笑孔乙己，也分享一点快活。再说"旁人"的说笑。这发生在掌柜取笑孔乙己之时：当掌柜取笑孔乙己被打断腿，"此时已经聚集了几个人，便和掌柜都笑了。"嗣后，孔乙己"便又在旁人的说笑声中，坐着用这手慢慢走去了。"

应关注的是，面对酒客嘲笑、掌柜取笑、众人哄笑、"旁人"

说笑，等等，孔乙己作何反应。据文本显示，其反应有"孔乙己便涨红了脸，额上的青筋条条绽出"，有"立刻显出颓唐不安模样，脸上笼上了一层灰色"，有"孔乙己很颓唐"，等等。要之，他们笑孔乙己身体所受伤害，实则是对孔乙己进行精神伤害；他们笑孔乙己的痛苦，给予孔乙己的是更大、更深的痛苦。

如上文所引："孔乙己是这样的使人快活，可是没有他，别人也便这么过。"这些"别人"，因笑孔乙己而获得的快活，是短暂的，一时的，而施加给孔乙己的痛苦，却是长久，乃至终生的。

## 2. 山村女人之苦

祥林嫂之苦，源于她的山村女人身世和不幸遭遇；其苦，至于在鲁镇无法生存。

祥林嫂从第一次到鲁镇，至最后"老了"，存活十多年。其间有过两次舒心日子：一次是，初在鲁四老爷家做工，迎接新年时虽活多活重，"然而她反满足，口角边渐渐的有了笑影，脸上也白胖了。"一次是，再嫁贺老六后，据卫老婆子说，"看见他们娘儿俩，母亲也胖，儿子也胖；上头又没有婆婆；男人所有的是力气，会做活；房子是自家的。——唉唉，她真是交了好运了。"但为时均不长，而灭顶之灾却接二连三地降临。其苦，文本显示有：

（1）暴力逼嫁

祥林嫂第一次逃到鲁镇，做工仅三个半月，就被婆婆绑架回卫家山，强迫再嫁。其间，两度遭受暴力胁迫。

先是——"待到祥林嫂出来淘米，刚刚要跪下去，那船里便突然跳出两个男人来，像是山里人，一个抱住她，一个帮着，拖进船去了。祥林嫂还哭喊了几声，此后便再没有什么声息，大约给用什么堵住了罢。"

后为——"祥林嫂可是异乎寻常，他们说她一路只是嚎，骂，抬到贺家墺，喉咙已经全哑了。拉出轿来，两个男人和她的小叔子使劲的擒住她也还拜不成天地。他们一不小心，一松手，阿呀，阿弥陀佛，她就一头撞在香案角上，头上碰了一个大窟窿，鲜血直流，用了两把香灰，包上两块红布还止不住血呢。直到七手八脚的将她和男人反关在新房里，还是骂，阿呀呀，这真是……。"

（2）痛失爱子

祥林嫂第二次失去丈夫，接着失去最后的亲人和后半生依靠——爱子阿毛，对她来说，这是深入骨髓的哀伤。为此，她椎心泣血地向鲁镇人哭诉——

"'我真傻，真的，'祥林嫂抬起她没有神采的眼睛来，接着说。'我单知道下雪的时候野兽在山墺里没有食吃，会到村里来；我不知道春天也会有。我一清早起来就开了门，拿小篮盛了一篮豆，叫我们的阿毛坐在门槛上剥豆去。他是很听话的，我的话句句听；他出去了。我就在屋后劈柴，淘米，米下了锅，要蒸豆。我叫阿毛，没有应，出去一看，只见豆撒得一地，没有我们的阿毛了。他是不到别家去玩的；各处去一问，果然没有。我急了，央人出去寻。直到下半天，寻来寻去寻到山墺里，看见刺柴上挂着一只他的小鞋。大家都说，糟了，怕是遭了狼了。再进去；他果然躺在草窠里，肚里的五脏已经都给吃空了，手上还紧紧的捏着那只小篮呢。……'她接着但是呜咽，说不出成句的话来。"

祥林嫂之向众人倾诉，本意在舒缓郁积在胸的悲痛，希望得到一点同情和安慰，可事实相反，她遭到的是烦厌和唾弃——

"她就只是反复的向人说她悲惨的故事，常常引住了三五个人来听她。但不久，大家也都听得纯熟了，便是最慈悲的念佛的老太太们，眼里也再不见有一点泪的痕迹。后来全镇的人们几乎都能背诵她的话，一听到就烦厌得头痛。""她未必知道她的悲哀经大家咀嚼赏鉴了许多天，早已成为渣滓，只值得烦厌和唾弃；但从人们的笑影上，也仿佛觉得这又冷又尖，自己再没有开口的必要了。她单是一瞥他们，并不回答一句话。"

（3）地狱恐怖

因为"败坏风俗"，鲁四老爷家祭祀时候，不许祥林嫂沾手。这对祥林嫂是沉重打击。在失落和疑惑中，柳妈又以关于地狱的迷信邪说，教训并警告祥林嫂：

"'祥林嫂，你实在不合算。'柳妈诡秘的说。'再一强，或者索性撞一个死，就好了。现在呢，你和你的第二个男人过活不到两年，倒落了一件大罪名。你想，你将来到阴司去，那两个死鬼的男人还要争，你给了谁好呢？阎罗大王只好把你锯开来，分给他们。我想，这真是……。'""我想，你不如及早抵当。你到土地庙里去捐一条门槛，当作你的替身，给千人踏，万人跨，赎了这一世的罪名，免得死了去受苦。"

祥林嫂听后反应：

"她脸上就显出恐怖的神色来，这是在山村里所未曾知道的。"

"她当时并不回答什么话，但大约非常苦闷了，第二天早上起来的时候，两眼上便都围着大黑圈。"

（4）罪不可赎

遵照柳妈警示的赎罪方法,祥林嫂以十二元鹰洋,到土地庙里捐了门槛。她因此而神气舒畅,眼光分外有神,高兴地对四婶说,已经在土地庙捐了门槛,自认为可以参与祭祀了,于是"坦然的去拿酒杯和筷子。"但,四婶依旧按鲁四老爷的告诫:"这种人虽然似乎很可怜,但是败坏风俗的,用她帮忙还可以,祭祀时候可用不着她沾手,一切饭菜,只好自己做,否则,不干不净,祖宗是不吃的。"立即制止:"你放着罢,祥林嫂!"这是对祥林嫂的当头棒喝,致命一击:

"她像是受了炮烙似的缩手,脸色同时变作灰黑,也不再去取烛台,只是失神的站着。直到四叔上香的时候,教她走开,她才走开。这一回她的变化非常大,第二天,不但眼睛窈陷下去,连精神也更不济了。而且很胆怯,不独怕暗夜,怕黑影,即使看见人,虽是自己的主人,也总惴惴的,有如在白天出穴游行的小鼠;否则呆坐着,直是一个木偶人。不半年,头发也花白起来了,记性尤其坏,甚而至于常常忘却了去淘米。"

一声"你放着罢,祥林嫂!"等于对祥林嫂的最后宣判:再嫁是一宗大罪,不可饶恕。人间无活路,到阴间也赎不了罪,祥林嫂彻底崩溃了。

# 苦人之死

鲁镇（即鲁镇人）在长时间里,以凉薄施于孔乙己和祥林嫂,最终夺去二人生命,但他们的直接死因并不相同。

## 1. 孔乙己之死

在咸亨酒店，形形色色的"别人"（酒客、掌柜等），以各种不同的笑（嘲笑、取笑等），协同配合伤害孔乙己，使其饱受痛苦。对此，孔乙己均应之以抗拒，或者立即还击，"凭空污人清白"，或者以"不回答""不屑置辩"，作无言抗争。他活得顽强，鲁镇人的凉薄，只是影响他的精神与感情，并未危及生命。他最后的死另有原因：暴力摧残。

在饱受精神伤害的同时，孔乙己一直遭受躯体摧残。文本显示有，（1）经常性的，表现于颜面的："青白脸色，皱纹间时常夹些伤痕"。（2）何家的毒打，一酒客说："什么清白？我前天亲眼见你偷了何家的书，吊着打。"（3）最致命的暴力伤害，来自丁举人。相关情节是：

"一个喝酒的人说道，'他怎么会来？……他打折了腿了。'掌柜说，'哦！''他总仍旧是偷，这一回，是自己发昏，竟偷到丁举人家里去了。他家的东西，偷得的么？''后来怎么样？''怎么样？先写服辩，后来是打，打了大半夜，再打折了腿。''后来呢？''后来打折了腿了。''打折了怎样呢？''怎样？……谁晓得？许是死了。'"

丁举人的阴毒，在于"打了大半夜，再打折了腿"，而并未干脆打死。此举，一方面发狠折磨孔乙己，使之活受罪，一方面避免承担人命案，不留后遗症（吃官司）。掌柜说，"孔乙己长久没有来了"，实际他是在"长久"养伤。嗣后，他只能"盘着两腿"，"用这手走来"，"坐着用这手慢慢走去"，至于无法生存而死。

### 2. 祥林嫂之死

和孔乙己（暴力摧残致死）不同，祥林嫂在十几年里，只有卫家山人，受其婆婆指使，曾两次使用暴力手段胁迫她再嫁；鲁镇人从未对祥林嫂使用暴力，从未伤害过她的躯体，他们仅限于实施凉薄，从而置其于死地。对此致死案的性质和内容、特点和意义，应怎样认知？

①性质和内容，其性质，属于非正常死亡·他杀·精神虐杀，即语言暴力致死，软刀子杀人。

内容包含三个方面：理学和禁忌（代表人物是鲁四老爷）；迷信邪说（代表人物是柳妈）；冷酷的人性（表现于鲁镇人）。关于迷信邪说，上文已引述，兹不赘述。以下略谈理学和禁忌，冷酷的人性。

1）理学和禁忌

关于理学：文本开头说，"我"寄住在本家鲁四老爷宅子里，这位四叔年纪不怎么大（没到留胡子的年龄），却是讲理学的老监生；两人见面后就对"我"大骂其新党（所骂的还是康有为）：显示他是一个介于遗老和遗少之间的顽固派。书房的案头，摆着理学经典《近思录集注》和《四书衬》，表明其倡导理学教条，如"存天理灭人欲""饿死事小，失节事大"之类，宣称女子应从一而终，夫死要做节妇烈女，等等，因此，视祥林嫂被逼再嫁为"败坏风俗"。鲁四老爷作为鲁镇乡绅，以理学观念影响鲁镇人。如，柳妈说祥林嫂再嫁，是"一件大罪名""一世的罪名"，其他人态度一致，因祥林嫂"失节""克夫克子"而鄙视她。

关于禁忌：鲁四老爷虽然读过"鬼神者二气之良能也"，可忌讳极多。比如，临近祝福时候，不可提起死亡疾病之类的话；祥林嫂死在祝福之时，被他咒骂为"谬种"；他虽然认可四婶收留祥林嫂（原因是，祥林嫂干活"抵得过一个男子"），但讨厌她是一个寡妇，两次为此皱眉；他叮嘱四婶，祭祀时候不许祥林嫂沾手，"否则，不干不净，祖宗是不吃的"……

鲁四老爷因自己的尊贵，而不屑于直接和用人（何况还是寡妇）说话，其信条和禁忌，通过四婶施之于祥林嫂。

2）冷酷的人性

鲁镇人对待祥林嫂的态度，有一个发展变化过程。最初是欣赏：祥林嫂前一次来鲁镇，因为在鲁四老爷家干活好，都夸她"比勤快的男人还勤快"。当第二个丈夫和孩子先后死去，祥林嫂再来鲁镇，人们"也还和她讲话，但笑容却冷冷的了"。对祥林嫂哭诉丧子之痛，他们曾有所同情，但为时不久，后来是"一听到就烦厌得头痛"，最后发展为主动挑逗和嘲笑：

"她久已不和人们交口，因为阿毛的故事是早被大家厌弃了的；但自从和柳妈谈了天，似乎又即传扬开去，许多人都发生了新趣味，又来逗她说话了。至于题目，那自然是换了一个新样，专在她额上的伤疤。

'祥林嫂，我问你：你那时怎么竟肯了？'一个说。

'唉，可惜，白撞了这一下。'一个看着她的疤，应和道。

她大约从他们的笑容和声调上，也知道是在嘲笑她，所以总是瞪着眼睛，不说一句话，后来连头也不回了。她整日紧闭了嘴唇，头上带着大家以为耻辱的记号的那伤痕，默默的跑街，扫地，洗菜，淘米。"

鲁镇人的冷酷，是导致祥林嫂惨死的重要推力。

②特点和意义，特点可概括为三：隐蔽性，群体性，持续性。

1）隐蔽性，即罪案无形无影，没有确切证据，没有直接凶手。一切事实和情节，均发生在日常生活，在言谈话语中。即使直接的挑逗与嘲笑（如上引"一个说""一个看着她的疤，应和道"云云），也只能说态度恶劣，不怀好意；等于致命一击的"你放着罢，祥林嫂！"，仅为四婶一句制止语言（不许拿酒杯和筷子），构不成刑责。但这一切，无不与致死有关联。

2）群体性，即社会犯罪，群体犯罪，任何个体均非直接凶手。文本中，"大家"一词频繁出现，如，"她的悲哀经大家咀嚼赏鉴了许多天，早已成为渣滓""阿毛的故事是早被大家厌弃了的""她整日紧闭了嘴唇，头上带着大家以为耻辱的记号的那伤痕"……由此显示，站在祥林嫂对面的是"大家"，伤害祥林嫂而致其死的也是"大家"：何谓"大家"？乃"全镇的人们"之谓也。

3）持续性，鲁镇（人）置祥林嫂于死地，不是一蹴而就，瞬间完成的。即，致死有一个期间，属慢性杀害。祥林嫂二十六七岁到鲁镇，四十上下惨死，由"抵得过一个男子"的壮硕村妇，变为"只有那眼珠间或一轮，还可以表示她是一个活物"的乞丐，这十几年时间，就是她一步步走向死亡的十几年。其中，直接致其惨死的过程，始于柳妈以迷信邪说警示祥林嫂，使之陷于恐怖状态，后来，鲁镇人的冷酷嘲讽，四婶不允许赎罪，等等，都在推进这一过程。祥林嫂之死的深层原因，是精神崩溃，是对生的绝望；短工的穷死说（饥寒交迫，冻饿而死），系表面现象。

意义在于，祥林嫂之死可警示世人：施以凉薄（软刀子）亦可致死他人，杀人手段并非只有暴力摧残一种。

# 苦人余论

《孔乙己》写于 1919 年，5 年后《祝福》刊布。在这期间，鲁迅亲历五四运动的潮起潮落，社会现实和政治、经济、文化等的种种变动，他的生活、思想、创作随之发生诸多变化。单就小说书写而言，其三篇代表性作品中的前两篇，《孔乙己》和《阿Q正传》，已经问世且产生广泛影响，至 1924 年新写《祝福》，塑造新的文学典型——祥林嫂，在取材、立意、艺术表现等方面，相比于首篇《孔乙己》，已有明显不同。

## 1. 苦人典型：从男性到女性

1923 年 8 月，鲁迅第一本小说集《呐喊》，由北京新潮社出版。其中作品，以女性人物为主人公的，只有《明天》一篇（单四嫂子），其他各篇的中心人物，均为不同身份的男性；所塑造的具有代表性的典型，孔乙己和阿Q，亦为男性。次年，由《祝福》开始，陆续完成《彷徨》（第二本小说集）中诸篇作品的写作。从《呐喊》到《彷徨》，一个明显变化是，女性问题受到更多关注，比如，以女性为主人公的，除《祝福》外，另有第 9 篇《伤逝》（子君），以及末篇《离婚》（爱姑）。就典型塑造而言，《祝福》将已有的男性典型，一改而为女性典型：祥林嫂。此中有深意，值得品味：

语云："妇女能顶半边天。"诗曰："我以我血荐轩辕。"鲁迅关注国家、国人和国民性，为"不幸的人们"发声，自然包括女性在内。1918 年 8 月揭载的《我之节烈观》，是他为女性发出的一声强音，可谓振聋发聩。《祝福》和祥林嫂，是新文学首篇描写苦命女人的小说，女性苦人典型的第一个，其影响深刻而久远，对 20 世纪中国文学创作，对我国文艺事业（包括影视剧、音乐、美术等）的发展和进步，在涉及女性命运方面，具有开创和引领作用。

### 2. 拷问施害者：从某些人到所有人

"他（陀思妥也夫斯基）布置了精神上的酷刑，一个个拉了不幸的人来，拷问给我们看。"[4]鲁迅反其意而用之，在《孔乙己》《祝福》等小说中，要拷问的是那些制造不幸的人，揭示施凉薄者的恶行和丑陋人性。

比较《孔乙己》和《祝福》，两者不同之一在于——前者拷问的对象，是活跃于咸亨酒店的人。他们主要出现在店内：不同身份的酒客，还有掌柜，伙计等；此外，那些店外邻居、路人，看热闹的人，等等，也是施凉薄的参与者，分享快活者。以上人群合起来，只是鲁镇的部分人。全鲁镇其他人，如何对待苦人？

《祝福》显示：施凉薄于祥林嫂的，既有"我"本家的宅子中人，贵人鲁四老爷、四婶，即"四老爷，四太太"（卫老婆子语），还有临时雇来，做帮手的善女人柳妈等，更多是在宅子外，那些身份不同、年龄相异、无姓无名的平民百姓，男男女女，即全镇的人们。

从拷问某些人，到拷问所有人，鲁迅是向全体国人（无一例外）发问：你怎样面对不幸的人？你是否对苦人施加凉薄？

### 3. 表现生活：从社会一角到社会整体

《孔乙己》以一家酒店为叙事空间，关注和描写的重心是店内日常情景，人物间的交集与纠葛。出场人物既有限，事件和情节也止于买酒、卖酒、喝酒之类酒事，以及酒客、掌柜等的话语纷争。发生于酒店外的事，如，何家、丁举人等的残暴行径，均在暗场处理。在短约 2600 字的篇幅中，读者从小镇一角，可推想全鲁镇状况，但全镇面貌，社会风气，人群关系，等等，无法见于文本，只由读者想象和推断。

《祝福》的视野在整个鲁镇，展示全镇情形。篇中既有对鲁四老爷宅子内生活的描写，如，"我"与四叔的会面寒暄，书房所见，晚饭前谈话，饭中沉闷等；祥林嫂两次被四婶许诺做用人，两次不同境遇，和柳妈灶下对话；而更多是展现在宅子外，全鲁镇各种景象，如，"我"在镇东头河边，与祥林嫂相遇，有问有答，祥林嫂去河边淘米，被捆被掳，到镇西头土地庙捐门槛，尤其是，她在所到之处，反复向鲁镇男女哭诉，被他们嘲笑、摒弃……

揭示全鲁镇，就是展现更大范围（旧中国）的社会生活，启发人们关注全国、全社会、全局，分析和认识社会整体面貌，种种问题。

（《绍兴鲁迅研究（2021年）》）

1　鲁迅《南腔北调集 · 我怎么做起小说来》："所以我的取材，多采自病态社会的不幸的人们中，意思是在揭出病苦，引起疗救的注意。"《鲁迅全集》第4卷，人民文学出版社2005年版，第526页。

2　据孙伏园 孙福熙《孙氏兄弟谈鲁迅》，新星出版社2006年版，第172页。

3　此处参阅了郜元宝的新见："这五年里祥林嫂一直在等待一个人。这个人，就是第一人称叙述者'我'。"见《鲁迅研究月刊》2020年第1期：《"连自己也烧在这里面"——读〈祝福〉》。

4　鲁迅：《且介亭杂文 · 忆韦素园君》，《鲁迅全集》第6卷，人民文学出版社2005年版，第69页。

# 生的执着　死的凄美
## ——《祝福》发表 100 年

鲁迅小说经典《祝福》，1924 年发表于《东方杂志》，此篇以祥林嫂为中心人物。这是继孔乙己（《孔乙己》，1919）、阿Q（《阿Q正传》，1921）之后，鲁迅创造的第三个代表性文学典型。一百年来，孔乙己和阿Q一直受到研究者关注，新成果层出不穷；同样，祥林嫂这一文学人物，不久将迎来诞生百年纪念，对其亦需依据文本，进行新而细的解读，以求获得切实而不同于既往的认知。

## 一　卑贱的山村穷家女

认识祥林嫂，应该先了解她的身世。文本中的祥林嫂，初到鲁镇时已是二十六七岁：

"她不是鲁镇人。有一年的冬初，四叔家里要换女工，做中人的卫老婆子带她进来了，头上扎着白头绳，乌裙，蓝夹袄，月白背心，年纪大约二十六七，脸色青黄，但两颊却还是红的。卫老婆子叫她祥林嫂，说是自己母家的邻舍，死了当家人，所以出来做工了。"

这段文字，是对祥林嫂最初出现时的介绍：她与鲁镇的关系（外来人口），来鲁镇的原因（做工），年岁（约二十六七），衣着相貌（山村女人形象），等等；而此前的事，如，家庭状况、童年生活等，却没有描述。不过紧接着，在下面就有提示：

"大家都叫她祥林嫂；没问她姓什么，但中人是卫家山人，既说是邻居，那大概也就姓卫了。她不很爱说话，别人问了才回答，答的也不多。直到十几天之后，这才陆续的知道她家里还有严厉的婆婆；一个小叔子，十多岁，能打柴了；她是春天没了丈夫的；他本来也打柴为生，比她小十岁：大家所知道的就只是这一点。"

这里除她的称呼（祥林嫂）、出生地（卫家山）、姓氏（姓卫）、个性（口讷）等之外，还讲述了她婆婆一家的情形：婆婆的为人（严厉），小叔子的年龄（10多岁），家庭生活来源（打柴），夫死时间（当年春天）及其年龄（小10岁），等等。祥林嫂的家庭出身，她的童年遭际等，就隐含在这提示中，包括——

其一，生在山村穷人家。

卫老婆子既是卫家山人，祥林嫂与之为邻，也姓卫，祥林嫂自然同是卫家山人。上面说"她不是鲁镇人"，这里指明是卫家山人，亦即山里人。"山里人"之称，文本中出现 3 次。前两次是"那女人（祥林嫂的婆婆）虽是山里人模样，然而应酬很从容"和"那船里便突然跳出两个男人来，像是山里人"。这是说，山里人（男的、女的）明显不同于鲁镇人，从外观（衣着、肤色）及行为举止，就容易分辨出来。后一次是，卫老婆子自称："我们山里人，小户人家，这算得什么？"这是说，山里人做事也有所不同。山里人确实不同于鲁镇人，最大的区别，在于山里人生活艰难。比如，祥林嫂婆婆一家，四口人靠祥林打柴为生；"小叔子，十多岁，能打柴了"，已成为一家新劳力。可想而知，全家能有多少收入？难怪卫老婆子辩称，"她有小叔子，也得娶老婆。不嫁了她，那有这一注钱来做聘礼？"祥林嫂婆婆家不富，祥林嫂母家的生活状况，应该更糟糕，否则，她不会小时候就被父母割舍，来到祥林家。祥林嫂母家不仅贫穷，可能没有什么人了，以至已经没有家。例证是，她受婆婆虐待，遭遇丈夫死、被逼再嫁等变故，为什么不回娘家避一避，寻求庇护，也没有娘家人出面，表示一点关心？除了生活艰难，山里人的生命还十分脆弱。像祥林的生父就短命早死，丢下"一个三十多岁的女人"（祥林嫂婆婆），守着两个儿子讨生活；祥林本人十六七岁完婚，只一年光景也夭亡，甚至没能生育一男半女。再如，祥林嫂的第二任丈夫贺老六，花了许多钱娶亲，还喜得一子（阿毛），可"谁知道年纪青青，就会断送在伤寒上？"还有两岁多的阿毛，只因祥林嫂稍一疏忽，他就"遭了狼"，等等。凡此种种，都反映出山里人艰难的生存状态。

祥林嫂无法选择家庭，身为山村穷家女，其一生走向乃命中注定？

其二，等郎媳的"命"。

读者不得而知，祥林嫂如何来到祥林家：她是被送出的贫女，还是花钱买的？抑或因失去父母而被收留？等等，这些均无法证实，也无需证实。现实是，丈夫"比她小十岁"，这昭示祥林嫂是等郎媳，或称童养媳。按绍兴地区习俗，这叫"养媳妇"："绍兴人所说的'养媳妇'就是一般所说的童养媳。……年纪轻轻的祥林嫂同比他小十岁的祥林结婚这一点，却带有绍兴旧式婚姻的特色，可能与童养媳有关。""男家领来后，作为自己家的一员养在家里，既可增加劳力，又可将来做媳妇，所以叫养媳妇。熬上几年，把她养到一定的年龄，便让她和儿子结婚，这叫'并亲'。养媳妇比小丈夫大十岁、八岁的是屡见不鲜。"[1]

祥林嫂之所以成为养媳妇，有其必然原因，这在上文已谈及。据地方习俗："有些穷苦人家女儿较多，无力抚养，以为与其让她饿死还不如送人，就把女孩送给人家。""一般地说，养媳妇的婆家总比娘家的家境好一些。祥林家是以打柴为生的，而祥林嫂的娘家，虽然鲁迅在作品中没有介绍，但可以猜想，肯定比祥林家更苦一些。"[2]

《祝福》描述的童养媳现象，在不同时代的中国各地广泛存在，见于文学作品的，如：《儒林外史》第53回："立了个儿子，替他讨了个童养媳妇。"巴金《坚强的战士》："他梦到他住在破庙里，一天吃不饱穿不暖，把亲生的女儿送给别人作童养媳。"冰心《最后的安息》："惠姑迟疑了一会，忽然想她一定是一个童养媳了。"[3] 由此可知《祝福》人物故事的普遍意义。

其三，被卖、被赶的必然。

关于被卖。据地方传统："养媳妇的命运十分悲惨，干的牛马活，吃的猪狗食，整天在抽抽泣泣中过日子。""特别是丈夫半途夭殇，不论有没有并亲，男家对他有权另行处置。……所以，'严厉的婆婆'把祥林嫂转卖给贺老六，在当时说来是天经地义的事。"[4] 这是当地普遍性原因。还有祥林家的特殊原因，一是上文已引——"她有小叔子，也得娶老婆。不嫁了她，那有这一注钱来做聘礼？"二是"她的婆婆倒是精明强干的女人呵，很有打算"。处此境地，祥林嫂自然难逃被卖的命运。

关于被赶。祥林嫂的婆婆为求彩礼多，就把祥林嫂嫁到里山；由于嫁进深山野墺，"她就到手了八十千"。比之于卫家山，在里山生活更艰苦。"里山，指深山野岙。绍兴城南是山区，因离城很远，又多深山野岙，俗称里山。绍兴旧有谣谚：'里山野兽多，十里无人家，廿里无舟船，夜里还有老虎拖。''里山苦，走的饼子路（卵石路），吃的六谷糊。'六谷，这里指玉蜀黍（玉米）。"[5] 可见，里山显系穷山沟、苦山沟；因为更穷，即便在亲族本家之间，也是感情浇薄，各家看重的是财产、房屋。据文本所述：阿毛不见了，祥林嫂"急了，央人出去寻"。此所谓"央人出去寻"，就是请求（乃至哀求，有可能要酬谢）他人，代为深入山墺搜寻，却不见贺老六的亲人本家，如大伯、二伯等家人、亲人，主动出现并参与搜寻。难怪，阿毛在春天"遭了狼"，一到秋季，大伯对"只剩了一个光身"的祥林嫂，就狠心"来收屋"——尽管"房子是自家的"（"自家"，指贺老六和祥林嫂），赶她走开。

以上简述祥林嫂的身世，真可谓：时运不济，生而为卑贱的山村穷家女。

关于祥林嫂的社会身份，论者此前多定性为农村劳动妇女。此说可商榷。首先，"农村劳动妇女"外延宽泛，祥林嫂的婆婆，卫老婆子，柳妈，鲁镇的许多女人，等等，均属于农村劳动妇

女，此说不能显示祥林嫂的独异性。其次，劳动一词，带有一定
的意识形态色彩，与之对应的是剥削、不劳而获之类。《祝福》
非属革命文学，其主旨，不是表现劳动者和剥削者的矛盾斗争。
依据文本，祥林嫂定性为卑贱的山村女人。

# 二 执着求生

可是，祥林嫂拒绝认命，不以卑贱的山村穷家女为意，她要
活得好，否则退而求其次——活着。事实是，不论身处什么环境，
面对什么样的人，她都心系一念，活下去。千难万险，求生不止。

### 1. 拒绝逼嫁："逃出来"

做中人的卫老婆子，介绍祥林嫂到四叔家做工，先说"是自
己母家的邻舍，死了当家人，所以出来做工了"。后说，"她来求
我荐地方，我那里料得到是瞒着她的婆婆的呢"。还是四叔脑瓜
灵，立即作出判断："这不好。恐怕她是逃出来的。"事实证明，
"她诚然是逃出来的"。祥林嫂为什么"逃出来"？

一是因为愿望破灭。但凡等郎媳，都盼望丈夫快快长大
成人，早一天完婚，再生儿育女，终结苦日子。祥林嫂熬到
二十五六岁，终于和小十岁的祥林并了亲。本以为此后可以改变
命运，不成想，上天不予眷顾，结婚不久就"死了当家人"——
无福享受丈夫和孩子，终不能有自己的家。多年的愿望，像肥皂
泡一样破灭，从此成为多余人。而且祥林一死，婆婆把希望转移
到二儿身上，急着给小叔子娶亲。境遇如此，在祥林家还能呆下

去？只有"瞒着她的婆婆"，一逃了之。

二是渴盼脱离苦海。上文已引，"她不很爱说话，别人问了才回答，答的也不多。直到十几天之后，这才陆续的知道她家里还有严厉的婆婆……"这里应注意，在"答的也不多"的话语中，首先讲"严厉的婆婆"，可见对"严厉"感受之深、之苦。婆媳矛盾，媳妇受婆婆虐待，盼着"多年的媳妇熬成婆"，这是旧时代的普遍现象。"三十多岁"的婆婆，和"二十六七"的媳妇，两者近乎同龄，却是两种身份，组成婆媳关系，何况对方又是"精明强干的女人"。长时间忍受婆婆的淫威，祥林嫂是在苦水里泡大的。祥林既死，生活没有盼头，自然想方设法挣脱婆婆的魔掌。

三是不愿逼嫁贺家墺。卫老婆子到鲁四老爷家拜年，对四婶说："她婆婆来抓她回去的时候，是早已许给了贺家墺的贺老六的，所以回家之后不几天，也就装在花轿里抬去了。"又说，"祥林嫂真出格，听说那时实在闹得利害""祥林嫂可是异乎寻常，他们说她一路只是嚎，骂，抬到贺家墺，喉咙已经全哑了。……"祥林嫂为什么"真出格"，为什么"异乎寻常"？

旧有论著和新近文章、资料，所持观点相同：祥林嫂受封建礼教束缚，她要保持贞节，所以宁死不肯再嫁[6]。此论于文本无据，似为"想当然"。可思考的是：作为穷家女和童养媳，祥林嫂不识字，没受过教育，无从接受"三从四德"说教，不抱有根深蒂固的贞操观念，此其一。祥林嫂不同于柳妈（亦为夫死者），柳氏宣扬的阴司邪说、阎罗恐怖，就是祥林嫂"在山村里所未曾知道的"；在穷苦山村，所谓守节殉夫、从一而终等等，这类理学教条的毒害，无法和鲁镇相比，此其二。"仓廪实而知礼节，衣食足而知荣辱。"仓廪不实、衣食不足的山里人，更看重切身利益。祥林既死，"二十六七"的祥林嫂，正是人生好时候，真的不思再嫁？不愿寻求后半生的依托，再嫁新夫，共享家庭温馨、儿女亲情？此其三。症结在于：在出逃前，她已获悉"早已许给了贺家墺的贺老六"，对贺老六其人她毫无了解，可她知晓：贺家墺是深山野墺，再嫁到那里，会不会有好日子过？她更知晓，婆婆收八十千的重金，给她安排的去处，不会是好地方。因此，拒绝逼嫁，尤其不愿嫁进贺家墺——这才是她"真出格"，而闹得"异乎寻常"的实际原因。

祥林嫂拒绝婆婆逼嫁，选择"逃出来"，从此走上自我救赎、自求生存之路。

### 2. 异地求生：到鲁镇

祥林嫂决心逃出来，能逃到哪里去？逃出后怎么生活？她长期受婆婆控制和管教，没有离开过卫家山，对外部世界"两眼一抹黑"，而她认识邻舍卫老婆子，知道她在鲁镇做中人。于是认准此人，以鲁镇为出逃目的地，求卫老婆子"荐地方"。到了鲁镇，她对卫老婆子只说，"死了当家人，所以出来做工"，没有说是瞒着婆婆逃出来的。从卫老婆子而言，这是送上门的好生意，就没有追问实情；恰好赶上四叔家要换女工，随即荐祥林嫂到四叔家做工。在主人家，经四叔、四婶现场考核，前者虽然讨厌祥林嫂是寡妇，为此皱了皱眉，后者却认可她模样周正，手脚壮大，看起来安分耐劳，还是确定留住她。通过三天试工，当即定下来。这对祥林嫂来说，可谓：认准中人，通过"面试"，如愿做女工。

外逃求生如此顺利，是否预示着：今后必将时来运转？接下来的日子确如此。先是：

"试工期内，她整天的做，似乎闲着就无聊，又有力，简直抵得过一个男子，所以第三天就定局，每月工钱五百文。"

有主人愿意收留她，自然不愁吃住问题，每月还可以净挣五百文工钱，这是"破天荒第一遭"，祥林嫂在婆婆家不敢想的。在四叔家——

"日子很快的过去了，她的做工却毫没有懈，食物不论，力气是不惜的。人们都说鲁四老爷家里雇着了女工，实在比勤快的男人还勤快。到年底，扫尘，洗地，杀鸡，宰鹅，彻夜的煮福礼，全是一人担当，竟没有添短工。然而她反满足，口角边渐渐的有了笑影，脸上也白胖了。"

祥林嫂的人生追求是卑微的，只要能脱离苦海（熬煎她十余年的婆婆家），有活干、有饭吃，自主生活，她就称心如意。因此，四叔家祝福的各种费力气活，"全是一人担当，竟没有添短工"，她也感到身心满足。初享这种生活，可惜只有三个半月，就被堂伯在河边发现，被婆婆强逼再嫁，到贺家墺给贺老六做老婆。

出乎意料的是，好日子却由此进了一层，迎来这个山村女人的美好时光。据卫老婆子叙说：她交了好运了，她到年底就生了一个孩子，男的，新年就两岁了……个中原因，在于贺老六待她好，有力气，会做活，"她又能做，打柴摘茶养蚕都来得"。两好合一好，不仅有了自己的家，而且"家和万事兴"，祥林嫂登上天堂了。

### 3. 身陷绝境：心不甘

祥林嫂的一生，似乎注定受苦遭罪。美好时光只享受两年多，随即祸从天降，而且接二连三：先是贺老六死于伤寒，接着儿子阿毛被狼吃，最后大伯乘机收屋。祥林嫂剩下孤身一人，而且在山村再无立足之地，从此坠入人生绝境。其绝有三：

第一，生存绝境。祥林嫂之陷于安身无处，衣食无着的境地，由两人直接造成：在贺家墺是大伯，在鲁镇是四婶。祥林嫂手脚壮大，安分耐劳，干活"比勤快的男人还勤快"，而且打柴、摘茶、养蚕样样能干。据此，她留在山里，当可自食其力活下去。但"大伯来收屋，又赶她"，强逼她离开了贺家墺。山里无以存身，只好再到鲁镇，求中人卫老婆子。经卫老婆子再次引荐："她真是走投无路了，只好来求老主人。"老主人四婶虽勉强收留，但这一次，"她的境遇却改变得非常大"，她的"手脚已没有先前一样灵活"，乃至"不半年，头发也花白起来了，记性尤其坏，甚而至于常常忘却了去淘米"。于是，四婶又打发她走，"教她回到卫老婆子那里去"。祥林嫂二次到鲁镇，本欲绝处求生，而到这时，再也无人愿收留，再无去处可寻觅，她只能沿街乞讨，做乞丐了。

第二，精神绝境。所谓精神绝境，就是孤独，祥林嫂孤独终生。在山村：自幼失去父母之爱，做等郎媳十余年，面对的是严厉的婆婆，小丈夫，小叔子，没人听她说心里话；等到成亲，再嫁，却接连丧夫，失去爱子，再也没有可以托付感情，寄予希望的人。在鲁镇：宅子里的四叔、四婶，是她的主人，是伺候的对象，除去干活，听使唤，根本没有语言、感情的交流。宅子外的鲁镇人，虽曾听过她的哭述，但"她的悲哀经大家咀嚼赏鉴了许多天，早已成为渣滓，只值得烦厌和唾弃"。此后，全鲁镇人进一步孤立她，以挖苦和嘲笑对待她，没人给她一点同情，或者一丝怜悯。

第三，阴司绝境。祥林嫂在人间，已经无以安身立命，就是在阴间，她也陷于绝境，做不了正常的鬼。柳妈警示的："你和你的第二个男人过活不到两年，倒落了一件大罪名。你想，你将来到阴司去，那两个死鬼的男人还要争，你给了谁好呢？阎罗大王只好把你锯开来，分给他们。"祥林嫂听了，立刻"显出恐怖的神色来，这是在山村里所未曾知道的"。这种阴司恐怖，对她是致命一击："第二天早上起来的时候，两眼上便都围着大黑圈。"但她心有不甘，"早饭之后，她便到镇的西头的土地庙里去求捐门槛，庙祝起初执意不允许，直到她急得流泪，才勉强答应了。价目是大钱十二千"。她寄希望于"及早抵当"，按柳妈教的办法，去土地庙捐门槛，想以此"赎了这一世的罪名"。

## 三　凄美的死

祥林嫂罪孽深重，不可饶恕，捐门槛也无济于事，在四叔、四婶那里，依然赎不了罪名。终于在全镇的人们，"致敬尽礼，迎接福神，拜求来年一年中的好运气的"时候，四十上下的她，陈尸于鲁镇的街头。祥林嫂之死是凄惨的，同时也是美丽的。其美在于，她是经抗争而死，是在做了不懈斗争之后，方才结一生。"人被压迫了，为什么不斗争?"[7]面临各种压迫，祥林嫂从未屈服，她采取自己的方式作斗争，直至最后一刻。

## 对理学的否定

主人是"讲理学的老监生"，她抗拒逼嫁的"真出格"，"异乎寻常"，贺家墺人说，是"因为在念书人家做过事"。看她的行动和欲望，却与理学教条，与"念书人家"的行为准则相悖，是反其道而行之。她果真要从一而终，为什么不为祥林殉情到底?柳妈问:"你那时怎么后来竟依了呢?"指斥她，"总是你自己愿意了""你后来一定是自己肯了"。这话说对了，祥林嫂依了贺老六，做成夫妻，又生了孩子，正是她自己愿意，自己肯了。

嫁人和生子，是成年女人的需求，祥林嫂毫不例外。她从开始做童养媳，苦熬到二十五六岁，只为盼望成亲，做正常女人。虽经历祥林早夭的打击，但作为女人的意愿，并未因此丧失。寻得合适男人，再嫁生子，既符合她内心所需，又可挣脱严厉的婆婆，这恰是祥林嫂的迫切愿望。

从"第二天也没有起来"到"起来了"，她和贺老六被反关在新房里，为时约两个昼夜。这期间，经近距离观察、感知对方，实现了二人的初步磨合。性情刚烈的祥林嫂，承受贺老六的照护、劝慰和关爱，终于从寻死觅活，转为平静休息养伤。"起来了"，就是认可、接受贺老六，打算合为一家过日子。

"'她么?'卫老婆子高兴的说，'现在是交了好运了……'"

"有人到贺家墺去，回来说看见他们娘儿俩，母亲也胖，儿子也胖；上头又没有婆婆；男人所有的是力气，会做活；房子是自家的。——唉唉，她真是交了好运了。"

卫老婆子说，祥林嫂"现在是交了好运了"，又说"她真是交了好运了"：这是确实的。她就是要享受"母亲也胖，儿子也胖"的平安健康，享受"上头又没有婆婆"的快乐自由，享受"男人有的是力气，会做活"和"房子是自家的"，一句话，享受平安、温馨的家庭生活。什么"败坏风俗"，什么"一件大罪名""一世的罪名"，都是鲁四老爷、四婶和柳妈等人，强加给她的。她心里只有：如意的丈夫，可爱的孩子，和美的家，没有那些乌七八糟的劳什子。

祥林嫂不懂理学，"三从四德"的教条，"存天理，灭人欲""饿死事小，失节事大"之类训诫，她没学过（没人教），更不可能信奉。她以自己的生活与行动，以"人欲"和"好运"，从根本上否定理学及其教条，实证其荒谬。

### 对凉薄的抗拒

生活在鲁镇的十几年里，祥林嫂饱受鲁镇人的凉薄。人们以异样眼光，俯视这个来自山村的寡妇——后又克死第二任丈夫和儿子的罪人。对鲁镇人的凉薄，祥林嫂以抗拒回应。凉薄逐步加深，抗拒的力度随之增大。

祥林嫂初到鲁镇，因为干活勤快，无论是四婶还是镇上的人，都看好这个来镇里做工的寡妇。但当她再寡并丢了孩子，二次来做工时，遭遇大不相同。四婶鉴于雇用女工难，暂且收留了她，鲁镇人的态度也有了极大变化：

"镇上的人们也仍然叫她祥林嫂，但音调和先前很不同；也还和她讲话，但笑容却冷冷的了。她全不理会那些事，只是直着眼睛，和大家讲她自己日夜不忘的故事……"

祥林嫂以"不理会"，应对变化了的鲁镇人，而且"直着眼睛"。

后来，人们听到祥林嫂反复倾诉，"立即打断她的话，走开去"，甚至"似笑非笑的先问她"。在祥林嫂是：

"她未必知道她的悲哀经大家咀嚼赏鉴了许多天，早已成为渣滓，只值得烦厌和唾弃；但从人们的笑影上，也仿佛觉得这又冷又尖，自己再没有开口的必要了。她单是一瞥他们，并不回答一句话。"

祥林嫂对待他们，"单是一瞥"。

再后来，柳妈把她和祥林嫂谈的话，在鲁镇传扬开去，人们发生新趣味，又来逗她说话了。只是题目换了一个新样，专在她额上的伤疤。

"她大约从他们的笑容和声调上，也知道是在嘲笑她，所以总是瞪着眼睛，不说一句话，后来连头也不回了。她整日紧闭了嘴唇，头上带着大家以为耻辱的记号的那伤痕，默默的跑街，扫地，洗菜，淘米。"

"头也不回"和"紧闭了嘴唇"，祥林嫂以此回答嘲笑和挑逗。

以上，从"不理会"和"直着眼睛"，到"单是一瞥"，最终"头也不回"和"紧闭了嘴唇"——对鲁镇人的凉薄，祥林嫂如此抗拒。

鲁迅曾引录《我的毒》日译本中的话："明言着轻蔑什么人，并不是十足的轻蔑。惟沉默是最高的轻蔑。"他说，"最高的轻蔑是无言，而且连眼珠也不转过去。"[8] 祥林嫂的"头也不回"和"紧闭了嘴唇"，庶几近之。

## 对地狱的怀疑

在一次灶下对话时，祥林嫂听到柳妈的阴司警示：阎罗大王把你锯开来，分给那两个死鬼男人。此后有五年时间，关于死鬼和地狱的念头，始终挥之不去。直到在河边遇见"我"，祥林嫂终于有了机会，向这位见多识广的故人发问：究竟有没有灵魂？所问是相连的三个问题：

"一个人死了之后，究竟有没有魂灵的？"

"那么，也就有地狱了？"

"那么，死掉的一家的人，都能见面的？"

第一个问题：人死后有没有魂灵（灵魂）？此问来自柳妈的警示。有没有灵魂，就是有没有死鬼，人死了是否变为鬼魂。

第二个问题："那么，也就有地狱了？"这也是来自柳妈的警示："你（鬼魂）将来到阴司去"会如何如何。地狱是阴司的日常说法。

第三个问题："死掉的一家的人，都能见面的？"柳妈原是说，锯开来分给两个死鬼，这里变为一家人都能见面。

如何解读祥林嫂的三个问题？

解读一，三问的关系：第一问是引题，第二问是正题，第三问是副题；第一问先引起，正题是中心问题，是否有地狱？副题是对正题的补充和细化。三问连起来是，如果有鬼魂，就应该有地狱，一家人就可以见面。

解读二，三问体现祥林嫂的怀疑精神：柳妈的阴司惩罚说和赎罪说，不可信；在四叔、四婶那里，罪不容赎说，也不可信。祥林嫂要自寻答案，请教识字而见识得多，又是出门人的"我"。

解读三，三问的指向：一家人团聚。从问法的不同，第一问是"有没有"（魂灵），第二问是"也就有"（地狱），第3问"都能"（见面）？明显是从两种可能（有没有），逐步进入对一种可能的确认（有，都能）。祥林嫂怀疑地狱的存在，但希望有地狱，盼望在那里和亲人见面。她已走出当年的阴司恐怖，无论有没有地狱，都想着与家人重聚。


# 四　英雄女性——伟大母亲

关于文学人物祥林嫂，应怎样整体认知和评价？其意义如何？

长时期以来，直至当下，影响最广泛的说法是，"小说塑造了祥林嫂这样一位普通劳动妇女的形象"，或"祥林嫂是旧中国劳动妇女的典型代表"[9]，以及"受压迫剥削的劳动者"[10]，等等。这类论断，来之于固有观念，并非出自文本，值得重新思考。

综上文所述，根据对文字、情节的品读，祥林嫂形象概括为：身为不幸的山村女人而不认命的文学典型；在执着求生、反抗精神压迫中，成就为底层的英雄女性——虽遭遇种种苦难，却从不低头的伟大母亲。

祥林嫂的典型性，可用四个词表述：草根，苦难，坚毅，重情。

**草根性** 祥林嫂身处社会边缘，挣扎在底层，这是她的生存环境。底层民众的共同品质，她都不欠缺。如，质朴（对人生没有非分之想，最低需求是活着，有活干，有饭吃；最高追求是有家，一家人平安、亲密过日子），耐劳（在四叔家，她"实在比勤快的男人还勤快"；在贺家坳，"她又能做，打柴摘茶养蚕都来得"），善良（无论在卫家山，还是在鲁镇，都是被伤害者，从未说过一句伤害他人的话，做过一件伤害他人的事），等等。

除底层民众的共同点之外，她更具独异处——

**苦难性** 祥林嫂是命途多舛，劫难深重的苦人。幼小时期骨肉分离，未曾享受父母之爱，受无缘亲情之苦；被严厉的婆婆长年虐待和管束，受童养媳之苦；从鲁镇被绑回卫家山，再被绳捆索绑塞进花轿，受强逼再嫁之苦；被鲁四老爷斥为败坏风俗的谬种，受理学教条之苦；被柳妈阴司惩罚之骗，受地狱恐怖之苦；被鲁镇人嘲笑、鄙视，受精神戕害之苦；行乞经年，受饥寒交迫之苦。……此等独特遭遇，在底层群体中鲜有第二人。

**坚毅性** 祥林嫂具有坚强勇毅的意志，她对压迫的抗争，决绝而持久。在和祥林成亲之前，不得不"忍"字当头，但违逆之火积压在胸。祥林死后，逆火立即喷发，从此走上抗争之路，永不回头。瞒着婆婆出逃鲁镇；一路嚎，骂，头撞香案角，拼死抗拒逼嫁；误信邪说而立即行动，去土地庙求捐门槛，及早抵挡阎罗大王的惩罚；五年行乞，苦等见多识广的"我"还乡，只为问一件事[11]："究竟有没有魂灵的"……最后的抗争是："老了"。

**重情爱亲** 祥林嫂的感情生活，不是小说构思的重点，却是她生命中的重要方面。文本以反复哭诉失子之痛，自责（"我不知道春天也会有"）之情，以"他是很听话的，我的话句句听"等，表明对孩子的疼爱和教育：这些细节，体现了祥林嫂"那强有力的，无不包罗的母性"[12]。祥林嫂与贺老六，是彼此的最亲最爱，文本以"竟依了"的态度改变，以"他力气多么大呀"的赞语，以及"真是交了好运"的家庭生活，显示其温馨的夫妻感情。

探究祥林嫂典型的意义，可选择两个视角：

对于鲁迅创作历程：在其三个代表性文学典型中，就性格品行（典型性）而言，唯有祥林嫂不含负面因素（孔乙己有好喝懒做的坏脾气，阿Q有精神胜利法，等等），堪称完全正面的人物典型。鲁迅在杂文中，称颂埋头苦干的人，拼命硬干的人，等等，说"这就是中国的脊梁"。又说："要论中国人，必须……看看他的筋骨和脊梁。""要自己去看地底下"[13]；在纪念散文中，感叹"中国女子的勇毅"，嘉许其办事"干练坚决，百折不回的气概"[14]。这些文字，可为评析祥林嫂的参照系：鲁迅称颂、感叹的精神和品质，均可以祥林嫂印证。

对于中国新文学发展：鲁迅创造的祥林嫂，对中国新文学的发展，具有开创意义，产生引领作用。祥林嫂是在五四之后，最早诞生的女性文学典型，其命运的悲惨，性格的鲜明，艺术格式的特别，启发和影响了后继者。以母亲形象的书写为例，如柔石《为奴隶者的母亲》中的春宝娘，叶圣陶《夜》中的老妇人，老舍《月牙儿》中的母女，以及艾青诗《大堰河，我的保姆》中的保姆大堰河，等等，均可从比较中看出祥林嫂的影响。（在鲁迅笔下，另有《药》中的夏四奶奶和华大妈，《明天》中的单四嫂子,《风波》中的七斤嫂,《阿长与〈山海经〉》中的长妈妈等,多角度地书写母亲形象。)

（《鲁迅研究动态》2024年2月19日）

1　裘士雄 黄中海 张观达:《鲁迅笔下的绍兴风情·婚嫁》,浙江教育出版社,1985年版,第119、120页。

2　同1。

3　语例据 罗竹风主编:《汉语大词典》第8卷"童养媳妇"条,汉语大词典出版社,1991年版,第392页。

4　同1。

5　谢德铣 编:《鲁迅作品方言词典》,重庆出版社,1993年版,第22页。

6　如,宋剑华《反"庸俗"而非反"礼教":小说<祝福>的再解读》:"(祥林嫂)坚守节操誓死不嫁""笃信'失节事极大'"(《鲁迅研究月刊》,2013年第11期),2018年版高中语文《教师教学用书·语文3（必修）》:"正是这种'从一而终'的封建伦理道德观念,无情地绞杀了祥林嫂的精神和肉体。"(人民教育出版社,2018年版,第16页)

7　鲁迅:《文艺与革命（并冬芬来信）》,《鲁迅全集》第4卷,人民文学出版社,2005年版,第84页。

8　鲁迅:《半夏小集》,《鲁迅全集》第6卷,人民文学出版社,2005年版,第620页。

9　均据高中语文《教师教学用书》，2018年版，第15页；2020年版，第203页。

10　朱栋霖 吴义勤 朱晓进：《中国现代文学史 1915—2016（上）》（第三版），北京大学出版社，2018年版，第51页。

11　郜元宝《"连自己也烧在这里面"——读〈祝福〉》："这五年里祥林嫂一直在等待一个人。这个人，就是第一人称叙述者'我'。"（《鲁迅研究月刊》2020年第1期）。

12　鲁迅：《凯绥·珂勒惠支木刻<牺牲>说明》，《鲁迅全集》第8卷，人民文学出版社，2005年版，第350页。

13　鲁迅：《中国人失掉自信力了吗》，《鲁迅全集》第6卷，人民文学出版社，2005年版，第122页。

14　鲁迅：《记念刘和珍君》，《鲁迅全集》第3卷，人民文学出版社，2005年版，第293页。

# 百岁祥林嫂
## ——"精神之母"论

　　鲁迅于 1924 年 3 月，发表《彷徨》中的首篇小说《祝福》，从此，文学典型祥林嫂降临人世。正所谓生不逢时，在小说里，这个出身卑贱的山村女人，以四十上下的年纪，先被人们弃在尘芥堆中，后被无常打扫得干干净净；如今，文学典型诞生一世纪，已是百岁老人矣，似乎尚未被读书界（首先是学者、评论家等人士）看好，屡获负评乃至诟病。百年为界，是认识和恢复其真面目的时候了。

一

　　《祝福》（祥林嫂），从问世之日起，就跌落在文学殿堂的一角，难得引来关注目光。

### 1. 作者"遗忘"，评论家忽视

　　关于现代小说的开创，鲁迅说："从一九一八年五月起，《狂人日记》《孔乙己》《药》等，陆续出现了，算是显示了'文学革

命'的实绩，又因那时的认为'表现的深切和格式的特别'，颇
激动了一部分青年读者的心。"[1]他的第一本小说集《呐喊》，于
1923 年 8 月出版，嗣后即转入《彷徨》诸篇的创作。最初的新鲜
感和成就感，也许此时已经失去，以至对新作《祝福》，写了就
写了，似乎并不放在心上，甚至被"遗忘"。例证一，《狂人日
记》《孔乙己》等篇，尤其是《阿Q正传》，在刊出的当时，以及
其后多年，或见于文章，或见于书信、谈话等，鲁迅多有对作品
的解释、说明（包括列举），但《祝福》（祥林嫂）是例外，鲁迅
从未说过有关的只言片语。例证二，1933 年出版《鲁迅自选集》，
从《呐喊》《彷徨》《故事新编》《野草》《朝花夕拾》五种著作
中，选小说、散文、散文诗共 22 篇，这是鲁迅仅有的一本自选
集，可称其代表性作品的荟萃。所选小说 12 篇，分别从《呐喊》
选 5 篇（《孔乙己》《一件小事》《故乡》《阿Q正传》《鸭的喜
剧》），从《彷徨》选 5 篇（《在酒楼上》《肥皂》《示众》《伤逝》
《离婚》），从《故事新编》选 2 篇（《奔月》《铸剑》），而《祝
福》落选。例证三，1935 年鲁迅编《中国新文学大系·小说》二
集，所选自己作品是《狂人日记》《药》《肥皂》《离婚》四篇；
在序中，提到《呐喊》以后的创作："此后虽然脱离了外国作家
的影响，技巧稍为圆熟，刻划也稍加深切，如《肥皂》《离婚》
等，但一面也减少了热情，不为读者们所注意了。"[2]无一字涉及
《祝福》（祥林嫂）。

　　与作者"遗忘"相似，评论家对《祝福》也持忽视态度。
比如，著名评论家茅盾，曾撰写《鲁迅论》《读〈呐喊〉》等专
论，对鲁迅创作给予积极评价。其中，论及《呐喊》中的《狂人

日记》《孔乙己》《阿Q正传》等篇；关于《彷徨》，说道："《彷
徨》中的十一篇，《幸福的家庭》和《伤逝》是鲁迅所不常做的
现代青年的生活描写。"[3] 又说，"《彷徨》还有两篇值得对看的小
说，就是《在酒楼上》和《孤独者》。""上述《幸福的家庭》等
四篇，以我看来，是《彷徨》中间风格独异的四篇。"[4] 所论小说
多篇，而对《祝福》未置一词。评论家这种对《祝福》不予置评
的状况，从其问世起，延续至1940年代末。

## 2. 文学史家"无感"或"冷处理"

进入 1950 年代以后，陆续出版多种中国现代文学史著作。
或许受作者和评论家的影响，文学史家之于《祝福》，要么"无
感"，要么"冷处理"，即，在其著作中不着一字，或仅是一提
而过。属于前一种情况的，如，新文艺出版社于 1954 年出版的
《中国新文学史稿》，评述到《彷徨》中的十一篇小说，所评首先
是"《幸福的家庭》和《伤逝》"，称其内容"是他不常写的青年
生活的面影"，其次论及《在酒楼上》和《孤独者》，二者"都写
传统的灰色环境如何挤扁了满怀热忱的知识分子"，《祝福》等
则被冷落，只说："其余都和《呐喊》差不多，集中在反封建和
讽刺着古老的灰色人生，而且同样表现出反抗的要求。"[5] 再如，
二三十年后香港出版的《中国新文学史》（上卷），也对《祝福》
"无感"。在其第三编"成长期（1921-1928）"之第十一章《短篇小
说欣欣向荣（上）》中，著者论及《彷徨》中《肥皂》和《离婚》
两篇，进而表示"特别欣赏《在酒楼上》那篇小说"，并将"《孔
乙己》《故乡》和《在酒楼上》"，合称"鲁迅的三篇杰作"[6]。对

《祝福》及《彷徨》中其他诸篇均未谈及。

文学史家对《祝福》一提而过的，如，作家出版社 1955 年 7 月出版的《中国现代文学史略》，以及同一出版社于同年 12 月出版的《新文学史纲（第一卷）》。前者论及鲁迅"高度的爱国主义革命思想"，在小说中表现出的特色："第一是热爱祖国的劳动人民。"所举实例，重点是《故乡》《一件小事》两篇，列举有《社戏》《孔乙己》和《离婚》，最后说："在《祝福》和《明天》中对于农村妇女在旧礼教制度下牺牲的愤怒等等，都充分显示了鲁迅对于劳动人民的热爱。"[7] 后者倒是两次提到《祝福》（祥林嫂），一次是论述鲁迅杂文表现的战斗精神，说及："在小说中，也是有的。在《彷徨》中，例如《祝福》中的祥林嫂……"一次是说，"鲁迅也有其悲观、消沉的一面。"列举一些实例，包括"（祥林嫂，爱姑，也终于失败。）"[8] 等等。

### 3. 被诟病和被贬抑

也是从 1950 年代起，学者、评论家开始关注《祝福》，陆续发表关于祥林嫂的研究文章。普遍的基调是，在一定的肯定中，又加以诟病乃至贬抑。如此置评，从彼时延续至今。论者主要观察点之一，是祥林嫂被逼再嫁时，头撞香案角这一举动。对此，如 1980 年学者说："这里面还含有对'失节事极大'的理学法则的遵从，她宁可撞死，也不再嫁。"[9] 近年则有："她的性格是：求稳。这样的性格使祥林嫂在丈夫去世后，会自觉遵守封建礼教的'守节'要求，表现出顺从的态度"[10]。以及："祥林嫂本人就是'伪儒'文化的受害者，她坚守节操誓死不嫁""祥林嫂之所以会激烈反抗，是因为她笃信'失节事极大'，这种保全自己名声的悲壮之举，既愚蠢又值得人们去同情"[11]，等等。

### 4. 被虚无和被挤压

《祝福》研究发展到当下，已经不仅是对祥林嫂某一举动的否定，而是整体压低其意义和分量，比如被虚无和被挤压。关于被虚无，据论者所见：《祝福》"这一'虚无'世界有四个基本的构成体：'我'、鲁四老爷、鲁镇人、祥林嫂。此处的'虚无'是在价值层面上说的，意指一种无真实价值坚守、无真正意义取舍的生存状态。"[12]对此所谓"虚无"和"一种无真实价值坚守、无真正意义取舍的生存状态。"不知如何确切理解，祥林嫂与鲁四老爷等人，均为"虚无"的存在？祥林嫂的"生存状态"，与鲁四老爷等人相同，均为"无真实价值坚守、无真正意义取舍"？比方考察有关具体情节：她为维护自我尊严、抗拒逼迫再嫁而头撞香案角，这是不是一种有"真实价值坚守"？她逃离严厉的婆婆，选择到鲁镇做工，这是不是一种有"真正意义取舍"？关于被挤压，其源头是1993年发表的"两个故事"说，即"《祝福》有两个故事"："'我'的故事与祥林嫂的故事"[13]。此说，现时获得新的发展，新的解释，如：（祥林嫂的故事）"只能算是'我的故事'的一部分，属于'故事中的故事'。一定要把小说归纳为'一个故事'的话，《祝福》讲述的其实是'我'的'归乡故事'"[14]。既然是"两个故事"，那就有"两个主人公"："'我'的故事里嵌套着祥林嫂的故事""两位主人公的河边相遇，一番问答，成为整个叙事的高潮，也是非常经典的语篇段落。"[15]令

人不解的是，如此挤压祥林嫂，那么，所谓"祥林嫂故事"，和
"'我'的'归乡故事'"，两者有没有一个中心故事，即叙事主
线？故事叙述人"我"，和叙述对象祥林嫂（"两个主人公"）之
间，谁居于"C位"（借用网络语言）？

二

回看鲁迅作品研究史，《祝福》作为经典小说，祥林嫂作为
文学典型，之所以不被一些学者、评论家看好，也许可从鲁迅
论《红楼梦》中求得答案："单是命意，就因读者的眼光而有种
种：经学家看见《易》，道学家看见淫，才子看见缠绵，革命家
看见排满，流言家看见宫闱秘事……。在我的眼下的宝玉，却看
见他看见许多死亡；证成多所爱者，当大苦恼，因为世上，不幸
人多。"[16] 即，因为论者眼光（观念）不同，或者说，以既定观念
"先入为主"，从而导致种种不同结论。那么，倘能调整"眼光"，
以"本"（文本）为本（根本），且"顾及全篇"[17]，"加以比较，
研究"[18]，其著述结论，或许能切近作品实际和经典本义吧。

在《呐喊》《彷徨》两小说集中，鲁迅先后创造了孔乙己、
阿Q、祥林嫂三个有代表性的文学典型。通观这些典型形象，
"顾及全篇"，并"加以比较，研究"，不难看出，祥林嫂是其中
唯一正面典型，即没有"缺点"（性格中不含消极因素）的典型。

比如，以祥林嫂相比于孔乙己。作者通过叙述者"我"（小
伙计），评价孔乙己"在我们店里，品行却比别人都好"，同时又
有所"批评"：

"幸而写得一笔好字，便替人家钞钞书，换一碗饭吃。可惜他又有一样坏脾气，便是好喝懒做。坐不到几天，便连人和书籍纸张笔砚，一齐失踪。如是几次，叫他钞书的人也没有了。孔乙己没有法，便免不了偶然做些偷窃的事。"[19]

可见，孔乙己虽然品行好，却有好喝、懒做和偷窃三个坏毛病。

对于祥林嫂，作者也是通过叙述人"我"（归乡者）表明"态度"，但作者毫无"批评"之意，只有同情和愤慨：

"这百无聊赖的祥林嫂，被人们弃在尘芥堆中的，看得厌倦了的陈旧的玩物，先前还将形骸露在尘芥里，从活得有趣的人们看来，恐怕要怪讶她何以还要存在，现在总算被无常打扫得干干净净了。……在现世，则无聊生者不生，即使厌见者不见，为人为己，也还都不错。"[20]

读此"无聊生者不生，即使厌见者不见，为人为己，也还都不错"等语，深切感知：这是以愤激的反语，表达对"无聊生者"的同情，对"厌见者"的抗议。

比之于孔乙己的坏毛病，祥林嫂恰恰相反，其为人做事全是正面、积极的：在生活上没有嗜好或特别需求，吃饭时食物不论；在主人家干起活来，力气是不惜的；与"偷窃的事"毫不沾边，主人极愿雇用她，等等。

再如，以祥林嫂与阿Q比较。关于阿Q典型，据作者自白："鲁迅作的一篇《阿Q正传》，大约是想暴露国民的弱点的"[21]。其对阿Q的态度，是所谓"哀其不幸"和"怒其不争"[22]，而于祥林嫂则决然不同："作者是以最尊敬的态度在对待这个被践踏、被损害、被人们弃在尘芥堆中的女人的。……为了这个女人的被损害，作者一面在悲愤，在提出抗议，一面又在她本人身上去寻找她自己的力量。"[23]

读《阿Q正传》可知，阿Q之"国民的弱点"，最突出的表现，就是"精神上的胜利法"。请看以下片段：

"凡有和阿Q玩笑的人们，几乎全知道他有这一种精神上的胜利法，此后每逢揪住他黄辫子的时候，人就先一着对他说：

'阿Q，这不是儿子打老子，是人打畜生。自己说：人打畜生！'

阿Q两只手都捏住了自己的辫根，歪着头，说道：

'打虫豸，好不好？我是虫豸——还不放么？'

但虽然是虫豸，闲人也并不放，仍旧在就近什么地方给他碰了五六个响头，这才心满意足的得胜的走了，他以为阿Q这回可遭了瘟。然而不到十秒钟，阿Q也心满意足的得胜的走了，他觉得他是第一个能够自轻自贱的人，除了'自轻自贱'不算外，余下的就是'第一个'。状元不也是'第一个'么？'你算是什么东西'呢！？"[24]

同样是被众人欺辱，看祥林嫂如何对待：

"自从和柳妈谈了天，似乎又即传扬开去，许多人都发生了新趣味，又来逗她说话了。至于题目，那自然是换了一个新样，专在她额上的伤疤。

'祥林嫂，我问你：你那时怎么竟肯了？'一个说。

'唉，可惜，白撞了这一下。'一个看着她的疤，应和道。

她大约从他们的笑容和声调上，也知道是在嘲笑她，所以总是瞪着眼睛，不说一句话，后来连头也不回了。她整日紧闭了嘴唇，头上带着大家以为耻辱的记号的那伤痕，默默的跑街，扫地，洗菜，淘米。"[25]

相对于阿Q的"自轻自贱"和"精神上的胜利"，祥林嫂则是"瞪着眼睛，不说一句话，后来连头也不回""整日紧闭了嘴唇"：即，无声的抗议，"最高的轻蔑""连眼珠也不转过去"[26]。

要之，无论孔乙己或阿Q，相比于祥林嫂，差异均十分明显。她是鲁迅塑造的唯一正面典型，虽系生存在社会底层的卑贱女人，却保有并维护人的本性和自身尊严。

## 三

1924 年问世的祥林嫂，作为文学典型，其形象的内涵十分丰富。比起鲁迅此前创造的孔乙己（1919）和阿Q（1921），祥林嫂形象的丰满度，有过之而无不及。如果依照福斯特在《小说面面观》中阐述的观点，即，将小说中的人物，分为扁平人物和圆形人物两种，那么，祥林嫂应属于圆形人物，孔乙己和阿Q两形象，则较多具有扁平人物的特质。据论述，扁平人物"其最纯粹的形式是基于某种单一的观念或品质塑造而成的"；就两种人物的作用而言，"只有圆形人物堪当悲剧性表演的重任，不论表演的时间是长是短；扁平人物诉诸的是我们的幽默感和适度心，圆形人物激发的则是我们拥有的所有其他情感"；就人物的生活面而言，"圆形人物的生活宽广无限，变化多端——自然是限定在书页中的生活。小说家有时单独利用它们，更经常的则是结合以其他种类的人物，来成就其活现真实生活的抱负，并使作品中的人类与作品的其他方面和谐共处。"[27]

以祥林嫂相比于孔乙己。据孙伏园忆述鲁迅的谈话："《孔乙己》作者的主要用意，是在描写一般社会对于苦人的凉薄。"[28] 可知，鲁迅之于孔乙己形象塑造，是基于"描写一般社会对于苦人的凉薄"这一观念，读者的第一感受是他的滑稽可笑，作品显示的生活场景，集中于咸亨酒店，人物限于酒客、掌柜、小伙计等等。祥林嫂与之不同。其形象是立体的，多面的，除抗拒社会凉薄外，还包括她的人生道路、感情生活等方面；其悲剧内容也更丰富，更深刻——"中国农村妇女所受的痛苦的深度，是再没有比在鲁迅这篇小说里表现得更充分的了。"[29] 祥林嫂活动范围不止于做工的主人家，而扩大到整个鲁镇，乃至卫家山和贺家墺；鲁迅通过祥林嫂与婆婆、柳妈等人物的复杂关系，即圆形与扁平两种人物的结合，反映出前现代时期，我国浙东地区的社会风貌，民众精神痼疾，及其日常生活状态，等等。

祥林嫂相比于阿Q，情况复杂一些。可以肯定的是，鲁迅创作阿Q典型，是基于"暴露国民的弱点"这一出发点（见上引文字），原是为"开心话"栏目而写，幽默讽刺的色彩浓烈，常常引起读者会心一笑，等等，均贴近扁平人物的特性。祥林嫂不属于这种情况。鲁迅塑造此典型，并非出于"某种单一的观念"，而是取材于"病态社会的不幸的人们中"，以"揭出社会底层病苦，引起疗救的注意"[30]，即福斯特所谓"活现真实生活"。祥林嫂的悲剧，是严格意义上的悲剧，读者的阅读感受，止于对被伤害者遭遇的惊异、感叹和同情，对施害者的愤怒、憎恨和鄙夷，而绝无嬉笑之感。

在鲁迅《呐喊》《彷徨》两小说集中，以女性人物为主人公的，有《呐喊》中的《明天》，《彷徨》中的《祝福》《伤逝》和《离婚》，中心人物（主人公）分别是：单四嫂子，祥林嫂，子君，爱姑。比较和研究这四个女性形象，只有《祝福》塑造的祥林嫂，昭示读者以女人完整一生。"虽然她最后是一步一步的被那个旧世界所撕碎，毁灭了，但作为一个人的形象，她却是完整的。"[31] 何谓完整？以祥林嫂相比于单四嫂子、子君和爱姑，完整的含义体现在三个层面。

一，演绎生命全部过程。祥林嫂初到鲁四老爷家做工时，年约二十六七；嗣后以四十上下的年纪，殒命于鲁镇。这十几年，是她一生的重要阶段，文本采用的是实写手法。此前人生阶段，即，做祥林未婚妻的十几年，以及她的幼年时期，采用的是虚写手法，只点明她的童养媳身份（丈夫比她小十岁）。两种写法，显示出祥林嫂的一生遭际，由此可形成对其命运的整体认知，加深祥林嫂悲剧的深刻性。比较单四嫂子、子君、爱姑，各文本所写内容，或为生活片段（《明天》，宝儿夭亡前后；《离婚》，听七大人评理过程），或系一个阶段（《伤逝》，爱侣同居的始与末）；内容（涵盖面）不同，读者认知以及艺术效果，自然存在明显差异。

二，体验苦乐两种生活。祥林嫂的一生，在幼年时期（生活于山村贫穷人家），乃至童养媳阶段，过的都是苦日子，品味不到生活的幸福，其情感体验与快乐绝缘。但在一生的最后十几年，情况有所改变，两次品味到生活的喜乐。一次是，成功逃离严厉的婆婆，到鲁四老爷家做工，既有工钱可挣，又不受虐待，她为此感到满足，口角边有了笑影；一次是，被逼嫁给贺老六，意外得到中意的丈夫，两人合组一个温馨之家，真可谓喜从天降，十分幸运，以至事后说起贺老六她就笑。尽管这两次的喜乐生活，为时较为短暂（前一次三个半月，后一次约两年），毕竟均有所体验。其他女人，如单四嫂子、子君、爱姑等，难得有这种幸运。

三，完成女人的两件大事。"男大当婚，女大当嫁"，这是我国传统观念，也符合人类社会存续规律。从人女到人妻，这是女人一生的首件大事。祥林嫂两次嫁人，虽然均非自主、自愿，却是完成了首件大事。单四嫂子、子君、爱姑三人，于此亦不欠缺（子君系现代女性，选择同居也是嫁人），但就女人的第二件大事——生子而言，三人存在差别：单四嫂子与祥林嫂，都有可爱的孩子，而子君、爱姑则有无子之憾（原因不同）。如完成"嫁人—生子"两件事，才是完全的女人，祥林嫂和单四嫂子没有区别；不同的是，丈夫（贺老六）和孩子（阿毛），都是祥林嫂心之所爱，三口之家幸福美满；单四嫂子的丈夫如何，文本无交代。

# 四

在《祝福》历来研究中，和一些不看好祥林嫂的学者、评论家相反，著名理论家、鲁迅研究家陈涌和冯雪峰，分别评价祥林嫂是"真正的人"，或"高贵伟大的女人"，两位研究家对祥林嫂的基本品格做了评述："鲁迅在他的《祝福》里写出了这样一个平凡的、善良而纯朴的农村妇女的悲剧，写出了她的一生的悲惨的命运，写出了一个真正的农村妇女的灵魂。"[32] "鲁迅以最朴素和极经济的笔，叙述了关于祥林嫂的一些平常的事情，这些事情却每一件都足以说明祥林嫂的纯洁、善良、坚毅、朴厚的性格和灵魂"[33] 以下对两位的评述，略予解析和调整。

### 纯朴

祥林嫂生在山村，长在山村，母家和婆家均为贫穷人家，在艰苦岁月里，她养成单纯朴实的品性，对生活要求不高。正如陈涌所说："我们的祥林嫂，我们中国的纯朴的劳动妇女，对生活有过什么所谓非分的要求吗？她不是明明付出很多，而得到很少吗？而这情形在她已经感到满足。如果这样的生活并不受到侵扰，并没有很快便遭受破坏，祥林嫂也许便这样连她自己也感到无憾地度过了她的一生。""这个纯朴的农村妇女所要求的生活，始终不过是一种平凡的起码的生活。"[34]

验之以文本，如，她初到鲁四老爷家，在四婶眼里："看她模样还周正，手脚都壮大，又只是顺着眼，不开一句口，很像一个安分耐劳的人"；在鲁镇人看来，"人们都说鲁四老爷家里雇着了女工，实在比勤快的男人还勤快。到年底，扫尘，洗地，杀鸡，宰鹅，彻夜的煮福礼，全是 人担当，竟没有添短工。然而她反满足，口角边渐渐的有了笑影，脸上也白胖了。"[35] ——这是对祥林嫂纯朴品性，最实际的注脚。

### 善良

认识祥林嫂的善良，莫过于比较文中三个寡妇：祥林嫂之于柳妈，以及她的婆婆。

同为苦命女人的柳妈（丧夫而家贫），据说是善女人，也在鲁四老爷家做工，她不仅不对命更苦的祥林嫂发善心，反而接连施加伤害。先是，当祥林嫂自诉失子之痛时，她立即打断，不许说下去；接着责问，祥林嫂为什么依从了贺老六，断定祥林嫂是"自己肯了"；再就是，说再嫁是一件大罪名，是一世的罪名，将来到阴司去，阎罗大王要锯开来，分给两个男人；最后，将所谓"自己肯了"的话传扬开去，引起鲁镇众人争相挑逗、嘲笑祥林嫂。

年轻丧夫的祥林嫂婆婆，一向对儿媳严厉凶狠，在祥林死后，强逼儿媳再嫁，而且是嫁到深山野坳，为的是可以得到大价钱，给小儿子娶媳妇。其强逼计划，是先侦查祥林嫂行踪，然后实施暴力：派壮汉到鲁镇突袭，把她绑架回卫家山，堵住嘴无法出声，绳捆索绑塞进花轿，三个男人使劲擒住拜天地……其手段，可谓无所不用其极。

相比于柳妈的伤害，祥林嫂婆婆的凶狠，祥林嫂是被害对象。纵观祥林嫂一生，她只有被伤害、被摧残，而从未以恶意对待他人，更不必说伤害他人，因为她只有一颗善良的心。

**勤劳**

"穷人的孩子早当家"，祥林嫂在幼儿时期就学着干活。做了祥林家的童养媳以后，她要伺候一家大小，更是不停地干活，即使和祥林成了亲，依然是家里的重要劳力。因此，干活是她生活的重要内容，人生的第一要务。文本对其勤劳的描写，主要是初到鲁四老爷家时的试工，以及到年底的干活情况，即上引"安分耐劳""比勤快的男人还勤快"相关情节。祥林嫂的勤劳有两个特点，一是主动性，发自内心想干活。这点和柳妈相比更明显：四叔家过新年事多活忙，雇了善女人柳妈做帮手，她却以吃素不杀生为由，不愿杀鸡、宰鹅，也不愿干别的活，只肯洗器皿；祥林嫂很想干杀鸡、宰鹅等各种活，却不许她干，只能在灶下烧火。

二是善于学习，会干活。实证是，她的前夫祥林家以打柴为生，不会别的营生，小叔子十多岁，也能打柴了，她自然也要参与打柴；而在后夫贺老六家，她很能做，打柴摘茶养蚕都来得，这摘茶养蚕等，是她后学的，而且很快就学会了。

## 坚毅

屡经苦难磨砺的祥林嫂，内心坚定有主见，为人做事有毅力：自幼离开父母，到婆婆家做童养媳，一二十年里含辛茹苦，虽受尽婆婆虐待，却只能隐忍在心，不可有半点违抗，为的是，等待祥林长大成人，正式结为夫妻，能改变命运。可是，天不遂人愿，未曾想，成亲只有一年光景，祥林就一命呜呼，撒手人寰，美好愿望落了空。不仅如此，更大的灾难迅即降临，婆婆以高价把她卖进深山野坳。祥林嫂忍无可忍，立即和婆婆一刀两断，逃到鲁镇，自寻生存之路。这是她第一次为自己做出决断，而且既已和婆婆家了结，就永不回头。第二次的决断，是以死相拼，头撞香案角，反抗婆婆的逼嫁。其后，还有一系列类似的行动和作为，如，强忍鲁镇人的嘲笑，默默地跑街，扫地，洗菜，淘米，约一年时间后，取出积存的工钱，到土地庙捐门槛；苦挨五年寻机会，等"我"回鲁镇，只为向"我"问一件事，一个人死后有没有魂灵，以求死掉的一家人，在地狱里都能见面，等等。

# 五

鲁迅笔下的祥林嫂，是具有非凡意义的文学典型。就其社会价值和启迪作用而言，她是国人的精神之母。山村女人祥林嫂，之所以成为中国人的精神母亲，是因为其高尚精神，包含有以下素朴而珍贵的内容：爱，希望和追求，抗争。

## 爱

"爱"是人的第一感情，是人的天性。人之所以活着，是因为"爱"；有"爱"，生活才有意义。鲁迅反复说道："我现在心以为然的，便只是'爱'。""独有'爱'是真的。""所以觉醒的人，此后应将这天性的爱，更加扩张，更加醇化；用无我的爱，自己牺牲于后起新人。"[36] 祥林嫂是富于爱心的女人，表现于——

爱自己。"无论何国何人，大都承认'爱己'是一件应当的事。这便是保存生命的要义，也就是继续生命的根基。""单照常识判断，便知道既是生物，第一要紧的自然是生命。"[37] 爱自己，就是爱生命，爱生活。祥林嫂四十年的生命史，就是一部自存自救的奋斗历史。从童养媳阶段的忍辱负重，直到生命终结时，寻求一家人见面，她都力求享受生命，享受生活，哪怕是备尝艰辛的生活，乃至在地狱里的另一种生活。对于女人来说，"爱自己"

的意义，不只限于自身，还关系到丈夫、孩子和家庭。祥林嫂，如果没有先前的隐忍自存，就没有后来的结缘贺老六，并互相成全对方，更没有可爱的乖宝宝阿毛，以及温馨的三口之家。

爱亲人。贺老六和阿毛，是祥林嫂仅有的亲人，都是她心之所系，尤其贺老六。他们的夫妻之爱，是两人共同培养的，为时约两年。在贺老六死后，她无限依恋，念念在心，三次在话语中显露出来：一次是在哭诉失子之痛时，她反复说，"我们的阿毛"如何如何，"我们"就是她和贺老六，意在强调，阿毛是夫妻共同的心肝宝贝。一次是柳妈问祥林嫂，怎么后来竟依了贺老六，祥林嫂回答是"他力气多么大呀"。这说明，两人被反关在新房里后，贺老六紧紧抱着她，防止她再寻死觅活。祥林嫂由此感受到强大力量，也感受到深情厚爱，所以"竟依了"。一次是，盼望在地狱里一家人见面，实现她和贺老六、阿毛的全家团聚。

爱孩子。"父母生了子女，同时又有天性的爱，这爱又很深远很长久，不会即离。"[38]祥林嫂对于阿毛的爱，远超寻常女人的母爱：一则因为，阿毛是在她吃了那么多苦，遭了那么多罪之后，以近30岁的高龄生养而成，二则因为，阿毛又是她和贺老六——一对孤男寡女、患难夫妻共同的亲骨肉。这种异于寻常的母爱，在文本中表现为：1.最初的精心喂养，母亲也胖，儿子也胖；2.祥林嫂二次到鲁镇后，撕心裂肺地哭诉失子之痛，而且是，反复地向鲁镇人哭诉；3.在哭诉中，一再夸赞阿毛听话，句句听；4.看到小篮，豆，尤其是别人的孩子，就想起阿毛，引出他的故事，想起阿毛如果还在，也就有这么大了，等等。

### 希望和追求

鲁迅说："我现在心以为然的道理，极其简单。便是依据生物界的现象，一，要保存生命；二，要延续这生命；三，要发展这生命（就是进化）。"[39] 又说："人类总有一种理想，一种希望。虽然高下不同，必须有个意义。"[40] 祥林嫂立足于现实，既活在现实里，保存和延续着生命，又活在希望中，追求生命的发展——生活得好。

祥林嫂的希望和追求，因现实处境不同，而内含和目标也不同。在做童养媳的十多年里，她精心伺候前夫祥林，盼望祥林早一天长大，成亲生子，由此改善自己在家里的地位，不再挨打挨骂，备受虐待。这是她最初的目标。但未料成亲不久，就死了丈夫，也没有留下孩子。十几年的希望和追求，立即化为泡影。生活既失去盼头，又要被婆婆卖进深山，此时的她，新的希望滋生：即刻脱离苦海，走自主谋生之路。这一目标，因在鲁镇做工而实现，她为此第一次感受到生活的称心如意。嗣后，祥林嫂的生命，向更美好的方向发展：她因祸得福，虽被逼再嫁，却幸遇体恤她的男人贺老六。随之，新的希望和追求是，两人共建和谐家园，生育可爱的孩子。这两个密切相关的目标，一一如愿以偿，虽然生活得美好，为时短至仅两年左右，却是她意想不到的幸运。

祥林嫂因再嫁贺老六，而升入生命的巅峰，也因再嫁而跌入谷底，直至以四十上下的年纪，早早终止生命。即使在厄运中，她依然没有丧失希望和追求：出自逆境的生命目标。情况是——

贺老六死于伤寒后，祥林嫂本可以守住阿毛，相依为命度余生，生活还有希望。哪知孩子意外遭了狼，大伯随即来收屋，把她逐出家门。身处绝境，为保命求生存，她第二次到鲁镇，再求原主人鲁四老爷和四婶收留。虽被勉强接纳，但这一次的境遇截然不同，一则身体、精神大不如前，干活不行了；二则身为再嫁再寡又失子的女人，被视为犯了重罪的罪人，不可接触的贱人。诸如，主人家的祭祀活动，不许她沾手；受鲁镇人讽刺、嘲笑，成为他们作践的对象；尤其柳妈直斥她犯了大罪，阎罗大王要把你锯开，分给两个男人，使她陷于恐怖之中；她按柳妈说的做，到土地庙里捐门槛当替身，却赎不了罪，四婶依然不许她沾手祭祀，而且把她赶了出去，等等。祥林嫂在流落街头，成为乞丐以后，还有最后的希望：等待有机会见到"我"，寻求关于地狱的答案，追求在另一世界，和贺老六、阿毛见面，实现一家人的团聚。

## 抗争

在祥林嫂的短暂人生中，遭遇重重天灾与人祸，苦难连连。面对前者（祥林和贺老六先后病死，阿毛被狼吃），她无力救赎，只能承受；但对于后者——来自不同方面的压迫、伤害、作践等，她如何应对？鲁迅指出："人被压迫了，为什么不斗争？"[41]他倡导"对于有害的事物，立刻给以反响或抗争"[42]，否定"遇见强者，不敢反抗"[43]的卑怯，责问道："倘使连这一点反抗心都没有，岂不就成为万劫不复的奴才了？"[44]祥林嫂正是以斗争应对压迫，以抗争排斥有害的事物，以反抗回击强者。

祥林嫂的抗争，因对手的压迫形式不同，而应之以不同形式：或决绝的行动，或无声的抗拒，乃至"伟大的疑惑"等。如，祥林嫂作为童养媳，婆婆压迫她十余年，后来为了强逼她再嫁，像对待猪一样，把她捆绑回卫家山，再捆绑到贺家墺，逼迫成亲拜堂；她以决绝行动相抗争，先是义无反顾地出逃，终结婆媳关系，后是头撞香案角，拼死命对抗。又如，鲁镇人烦厌她，唾弃她，又冷又尖地嘲笑她，她的抗拒方式（见上引文字），是瞪着眼睛，不说一句话，或连头也不回，整日紧闭了嘴唇，等等，这是无声的抗拒。

"伟大的疑惑"，是冯雪峰对祥林嫂反抗精神的高度评价，特指她关于灵魂的疑惑："这个乞丐在临终之前，却发生疑惑了，疑惑一个人死了之后究竟有没有灵魂，阴间有没有地狱。这真是一个伟大的疑惑！"祥林嫂的疑惑，就是对于人间社会和命运的怀疑："她总是已经怀疑这个人间社会给她排定的这个命运了。无论她希望死后有灵魂，或希望没有灵魂，都说明她已经不愿意服从别人替她排定的这个运命了。""最重要的，是她的这个怀疑，显然又正是她对于现实的压迫势力的一个反抗"[45]。关于祥林嫂的疑惑，文本写明的还有，四婶不许她取烛台，她转了几个圆圈，终于没有事情做，只得疑惑地走开。此处的疑惑，针对的是鲁四老爷及其理学，和祥林嫂关于灵魂的疑惑相一致。

以上，关于祥林嫂精神内涵的阐述，连同上文对其高贵品格的解析，是基于陈涌、冯雪峰等前贤有关评论，所做的进一步思考，一种理解，一点认识。鲁迅在写作《祝福》一年后（1925年3月）呼唤道，"此后最要紧的是改革国民性"。[46]如果说，《阿Q正传》"是想暴露国民的弱点的"，那么，《祝福》则写了"国民的优点"，即国民性的积极方面。通过平凡而伟大的山村女人祥林嫂，鲁迅画出中国人灵魂的正面，为此塑造了中国人的精神之母。

（《绍兴鲁迅研究（2023年）》）

---

1　鲁迅：《〈中国新文学大系〉小说二集序》，《鲁迅全集》第6卷246页，人民文学出版社，2005年。

2　鲁迅：《〈中国新文学大系〉小说二集序》，《鲁迅全集》第6卷247页，人民文学出版社，2005年。

3　茅盾：《鲁迅论》，《茅盾论中国现代作家作品》66页，北京大学出版社，1980年。

4　茅盾：《鲁迅论》，《茅盾论中国现代作家作品》70、72页，北京大学出版社，1980年。

5　王瑶：《中国新文学史稿》（上册）87页，新文艺出版社，1954年12月上海新一版。

6　司马长风：《中国新文学史》（上卷）150、152页，（香港）昭明出版社有限公司，1980年4月3版。

7　丁易：《中国现代文学史略》188页，作家出版社，1955年7月。

8　张毕来：《新文学史纲（第一卷）》186、187页，作家出版社，1955年12月。

9　范伯群　曾华鹏：《逃、撞、捐、问—对悲剧命运徒劳的挣脱——论

〈祝福〉》，范伯群、曾华鹏《鲁迅小说新论》243页，人民文学出版社，1986年。

10　赵新顺：《叙述层次制约下的言说边界——基于叙述学知识的〈祝福〉解读》，《鲁迅研究月刊》2013年8期。

11　宋剑华：《反"庸俗"而非反"礼教"：小说〈祝福〉的再解读》，《鲁迅研究月刊》2013年11期。

12　彭小燕：《"虚无"四重奏——重读〈祝福〉》，《中国现代文学研究丛刊》2012年1期。

13　钱理群：《〈祝福〉："我"的故事与祥林嫂的故事》，《语文学习》1993年7期。

14　段从学：《重读〈祝福〉："祥林嫂之问"与"鲁迅思想"的发生》，《文学评论》2021年2期。

15　姜异新：《"呐喊"之后的"重压之感"——〈祝福〉细读》，《文艺争鸣》2022年2期。

16　鲁迅：《〈绛洞花主〉小引》，《鲁迅全集》第8卷179页，人民文学出版社，2005年。

17　鲁迅《"题未定"草（六至九）》："倘要论文，最好是顾及全篇，并且顾及作者的全人，以及他所处的社会状态，这才较为确凿。"《鲁迅全集》第6卷444页，人民文学出版社，2005年。

18　鲁迅《〈一天的工作〉后记》："有心的读者或作者倘加以比较，研究，一定很有所省悟，我想，给中国有两种不同的译本，决不会是一种多事的徒劳的。"《鲁迅全集》第10卷414页，人民文学出版社，2005年。

19　鲁迅：《孔乙己》，《鲁迅全集》第1卷457页，人民文学出版社，2005年。

20　鲁迅：《祝福》，《鲁迅全集》第2卷17页，人民文学出版社，2005年。

21　鲁迅：《再谈保留》，《鲁迅全集》第5卷154页，人民文学出版社，2005年。

22　鲁迅《摩罗诗力说》："苟奴隶立其前，必哀悲而疾视，哀悲所以哀其不幸，疾视所以怒其不争"。《鲁迅全集》第1卷82页，人民文学出版社，2005年。

23　冯雪峰：《单四嫂子和祥林嫂》，《雪峰文集》第4卷382页，人民文学出版社，1985年7月。

24　鲁迅：《阿Q正传》，《鲁迅全集》第1卷517页，人民文学出版社，2005年。

25　鲁迅：《祝福》，《鲁迅全集》第2卷20页，人民文学出版社，2005年。

26　鲁迅：《半夏小集》，《鲁迅全集》第6卷620页，人民文学出版社，2005年。

27　[英]E·M·福斯特/著，冯 涛/译·《小说面面观》61、67、72页，译文出版社出版，2016年7月。

28　孙伏园：《鲁迅先生二三事·〈孔乙己〉》，孙伏园、孙福熙《孙氏兄弟谈鲁迅》173页，新星出版社，2006年1月。

29　陈涌：《论鲁迅小说的现实主义——〈呐喊〉与〈彷徨〉研究之一》，《陈涌文学论集》192页，上海文艺出版社，1984年7月。

30　鲁迅：《我怎么做起小说来》："所以我的取材，多采自病态社会的不幸的人们中，意思是在揭出病苦，引起疗救的注意。"《鲁迅全集》第4卷526页，人民文学出版社，2005年。

31　陈涌：《鲁迅小说的思想力量和艺术力量》，《陈涌文学论集》429页，上海文艺出版社，1984年7月。

32　陈涌：《论鲁迅小说的现实主义——〈呐喊〉与〈彷徨〉研究之一》，《陈涌文学论集》192页，上海文艺出版社，1984年7月。

33　冯雪峰：《单四嫂子和祥林嫂》，《雪峰文集》第4卷383页，人民文学出版社1985年7月。

34　陈涌：《论鲁迅小说的现实主义——〈呐喊〉与〈彷徨〉研究之一》，《陈涌文学论集》189、190页，上海文艺出版社，1984年7月。

35　鲁迅：《祝福》，《鲁迅全集》第2卷10、11页，人民文学出版社，2005年。

36　鲁迅：《我们现在怎样做父亲》，《鲁迅全集》第1卷138、142、140页，人民文学出版社，2005年。

37　鲁迅：《我们现在怎样做父亲》，《鲁迅全集》第1卷138、135页，人民文学出版社，2005年。

38　鲁迅：《我们现在怎样做父亲》，《鲁迅全集》第1卷142页，人民文学出版社，2005年。

39　鲁迅：《我们现在怎样做父亲》，《鲁迅全集》第1卷135页，人民文学出版社，2005年。

40　鲁迅：《我之节烈观》，《鲁迅全集》第1卷129页，人民文学出版社，2005年。

41　鲁迅：《文艺与革命（并冬芬来信）》，《鲁迅全集》第4卷84页，人民文学出版社，2005年。

42　鲁迅：《且介亭杂文序言》，《鲁迅全集》第6卷3页，人民文学出版社，2005年。

43　鲁迅：《通讯二》，《鲁迅全集》第3卷27页，人民文学出版社，2005年。

44　鲁迅：《学界三魂》，《鲁迅全集》第3卷221页，人民文学出版社，2005年。

45　冯雪峰：《单四嫂子和祥林嫂》，《雪峰文集》第4卷385页，人民文学出版社，1985年7月。

46　鲁迅：《250331致许广平》，《鲁迅全集》第11卷470页，人民文学出版社，2005年。

# 细节的隐喻
## ——《祝福》阅读笔记三则

## 鲁镇的河

鲁迅描写故乡风情，叙述乡土故事，总要写到河或船。比如在《呐喊》中，有：

鲁镇的河——"临河的土场上，太阳渐渐的收了他通黄的光线了""面河的农家的烟突里，逐渐减少了炊烟"（《风波》）；

故乡的船——"冷风吹进船舱中，呜呜的响""我躺着，听船底潺潺的水声"（《故乡》）；

未庄的河，城里的船——"三更四点，有一只大乌篷船到了赵府上的河埠头""据探头探脑的调查来的结果，知道那竟是举人老爷的船"（《阿Q正传》）；

母家的河，鲁镇的船——"那地方叫平桥村，是一个离海边不远，极偏僻的，临河的小村庄""夹着潺潺的船头激水的声音，在左右都是碧绿的豆麦田地的河流中，飞一般径向赵庄前进了"（《社戏》），等等。

与《呐喊》诸篇相似，《彷徨》的首篇《祝福》，也多次有对于河（船）的描述，而且分量更重：

《祝福》第一次写河，见于"我"回到鲁镇的次日，和祥林嫂的意外相遇，特地提示，"遇见"处是镇东头的"河边"：

"那是下午，我到镇的东头访过一个朋友，走出来，就在河边遇见她；而且见她瞪着的眼睛的视线，就知道明明是向我走来的。"

第二次写河，是祥林嫂在"河边淘米"：

"新年才过，她从河边淘米回来时，忽而失了色，说刚才远远地看见一个男人在对岸徘徊，很像夫家的堂伯，恐怕是正为寻她而来的。"

接下来，还有第三次写河：

"四叔踱出门外，也不见，直到河边，才见平平正正的放在岸上，旁边还有一株菜。"

第四次写河与船（卫家山的船）：

"看见的人报告说，河里面上午就泊了一只白篷船，篷是全盖起来的，不知道什么人在里面，但事前也没有人去理会他。待到祥林嫂出来淘米，刚刚要跪下去，那船里便突然跳出两个男人来，像是山里人，一个抱住她，一个帮着，拖进船去了。祥林嫂还哭喊了几声，此后便再没有什么声息，大约给用什么堵住了罢。接着就走上两个女人来，一个不认识，一个就是卫婆子。窥探舱里，不很分明，她像是捆了躺在船板上。"

以上，《祝福》写河和船，相比于《呐喊》诸篇，可见出其相同之处：一是显示水乡特色（河渠密布，出行靠乘船）；二是适应叙事需要（人物活动、情节变化，离不开河和船）。而相异之处更明显：从内容看，鲁镇的河是祥林嫂的生命线，攸关其生死存亡的命运；从艺术构思看，没有河和船，就没有苦命女人的悲惨故事，没有文学典型祥林嫂。

《祝福》对于河的描写，蕴含多重意义，与主人公的生命历程密切相关。

求生之河。山村女人祥林嫂，在"二十六七"之后，两次面临绝境，都是经由这条河（但没有明写），到鲁镇寻求活路。一次是从卫家山出逃：祥林嫂遭遇丈夫夭亡，婆婆贪图财礼，随即把她卖进深山。为反抗逼嫁，她瞒着婆婆逃到鲁镇。经卫老婆子介绍，进鲁四老爷家做工，得以自主谋生，为时三个多月。一次是被赶出贺家墺：祥林嫂被逼嫁进深山，所嫁竟是会过日子，又心疼自己的贺老六，还顺利生育了儿子阿毛。她因而享受两三年的美好日子。可随后接连遭受致命打击，丈夫病死，儿子被狼吃，大伯收屋赶她走。无处容身的祥林嫂，唯一去处还是鲁镇。她再求卫老婆子介绍，二次进鲁四老爷家做工，而终于在鲁镇存活至"四十上下"。如果没有鲁镇的河，祥林嫂想出逃，真是寸步难行。

关注之河。祥林嫂来到"河边淘米"（第二次写河），她留心观察，婆婆家的人会不会沿这条河，来鲁镇追寻她？对文本的有关描述，应注意者：一，事情发生的时间，是"新年才过"——相距祥林嫂"冬初"逃到鲁镇，已过去三个月。急于逼嫁的婆婆，这时才想起鲁镇，请堂伯来侦查，可谓婆媳"智差三个月"。二，祥林嫂是"远远地看见"，那男人在对岸徘徊，很像夫家堂伯。"远远地"看见，表明其警觉性之高，观察之细。三，祥林嫂"忽而失了色"，对主人说，那人很像夫家堂伯，恐怕为寻她而来。如此惊慌失措，是因为她深知大祸即将降临。鲁四老爷到这时才如梦初醒："这不好。恐怕她是逃出来的。"主人的迟钝，反衬出女仆"智高一筹"。

恐怖之河。第四次写河与船，细述人物遭受的暴力恐怖："突然跳出两个男人"，接着是"抱住""帮着""拖进""堵住""捆了"等一连串行为动作，表现绑架者的急迫、粗暴和凶狠。尽管祥林嫂奋力抗争，却只能"哭喊了几声"。同时表现出不同人物的不同性格：祥林嫂对逼嫁的剧烈反抗；祥林嫂婆婆的"精明强干"（精心筹划，细密安排：白篷船上午就停在河边，船篷全盖起来，耐心等至中午，只待祥林嫂来河边淘米，两男两女相互配合，"两个男人"负责绑架，"两个女人"相伴，去主人家赔罪，算工钱，取衣服）；卫老婆子的世故圆滑（既为祥林嫂荐了地方，又给四婶介绍了佣人，终于和祥林嫂婆婆"合伙劫她去"。）

期盼之河。再回看第一次写河——祥林嫂最后在河边的活动。她与"我"的相遇，为什么是在镇东头的"河边"？祥林嫂为什么是"瞪着的眼睛"，为什么"明明是向我走来"？这显示祥林嫂对"我"的期盼和等待。祥林嫂深知，作为"出门人"的"我"，或将从这条返乡必经的水路，回到鲁镇。她的神情、动作（"瞪着的眼睛""明明是向我走来"），以及语言（"这正好""我正要问你"），显示其期盼之殷。她认定，"我"是"识字的"，而且"见识得多"，只有"我"可以回答久存心底的问题：有没有魂灵，有没有地狱，乃至"死掉的一家的人，都能见面的?"而一家人在地狱见面，就是祥林嫂最后的期盼。

《祝福》关于河与船的描写，源于作者的真实生活。文中所写河，名"张马河"，位于鲁迅故居之南，相隔一条街；祥林嫂淘米、洗菜（"远远地看见"堂伯）之处，叫"小船埠头"，离鲁四老爷家最近（参看周建人《鲁迅故家的败落·晚请东昌坊口示意图》）。而"我"借住的鲁四老爷家，是"新台门周家"，其东为"老台门周宅"（参看周作人《鲁迅小说里的人物·鲁四老爷》）。"我"之"到镇的东头访过一个朋友"，是说从"新台门"（位置在西边），前去"老台门"（位置在东边），看望那里的本家。因此，"我"是在镇的"东头"，遇见祥林嫂，从而发生一场"河边"对话。

## 鲁四老爷的宅子

返乡游子"我"，离开五年后重回鲁镇。因为故乡已没有家，就借住在族叔鲁四老爷的宅子里。这宅子，既是"我"的临时栖身处，也是读者认识鲁四老爷的视角。

关于这所宅子，有两个观察和思考点。

**一是对书房的描写。**

读者随"我"来到宅子，进入眼帘的首先是书房：叔侄见面寒暄不一会，"我便一个人剩在书房里"。此为书房第一次出现（回到故乡的第一夜），却没有对它说什么；是在书房第二次出现时（回到故乡的第三天夜晚），才描述了房里的景象：

"我回到四叔的书房里时，瓦楞上已经雪白，房里也映得较光明，极分明的显出壁上挂着的朱拓的大'寿'字，陈抟老祖写的；一边的对联已经脱落，松松的卷了放在长桌上，一边的还在，道是'事理通达心气和平'。我又无聊赖的到窗下的案头去一翻，只见一堆似乎未必完全的《康熙字典》，一部《近思录集注》和一部《四书衬》。"

其实只写了两样东西：壁上的字幅，案头的旧书。鲁四老爷是监生，应该属于读书人，这两样东西就是明证。写大"寿"字的陈抟，是道教的重要人物，被道家尊为"老祖"；"事理通达心气和平"，语出理学经典《论语集注》（《近思录集注》和《四书衬》都是理学著作）。对两者的关系，周作人做了解释："讲理学的大都兼信道教，他们于孔孟之外尤其信奉太上老君或关圣帝君的"（周遐寿著《鲁迅小说里的人物》104页，人民文学出版社，1981年）。书房的字幅，显示一种精神追求，但"一边的对联已经脱落，松松的卷了放在长桌上"，表明主人并不怎么重视，真正把它放在心上，所谓"精神追求"也就打了折扣，不过是曾经的附庸风雅。那"一堆似乎未必完全的《康熙字典》"，更似乎诉说着：主人并非真正读书的读书人。

当思考者：为什么对书房的描写安排在它第二次出现时（第三天夜晚），而不是第一次？——这与人物的心情变化密切相关。"我"回鲁镇后看到，不仅鲁四老爷"没有什么大改变，单是老了些"，其他本家和朋友，"他们也都没有什么大改变，单是老了些"，就连鲁镇"祝福"的繁文缛节，依旧"年年如此，家家如此"，也毫无变化。经两三天的活动，"我"对故乡的保守、落后和停滞十分失望，感到郁闷、无聊和不安。最为揪心的是与祥林嫂相遇，看到她的悲惨境遇，而自己无能为力，徒唤奈何。为此思前想后，才在第三天夜晚，有了更深的感触："无论如何，我明天决计要走了。""在阴沉的雪天里，在无聊的书房里，这不安愈加强烈了"。

**二是宅子的构成。**

鲁四老爷的宅子除书房外还有："内室"，四叔和四婶的起居室，也是他们日常说话处（相关文字，有"我竟听到有些人聚在内室里谈话，仿佛议论什么事似的"）；"堂前"，接待客人、外来者及商谈事情的地方（相关文字，有"又过了两个新年，她竟又站在四叔家的堂前了"）；"堂屋"，祭祀祖先的场所（相关文字，有"四婶装好祭品，和阿牛将桌子抬到堂屋中央"）；以及"下房"和"灶下"（相关文字："她想了一想，便教拿圆篮和铺盖到下房去""她在这一天可做的事是不过坐在灶下烧火"）。整个宅子的构成，大约只有这些房屋。可以印证的是，祥林嫂被绑架后，"寻淘箩"所到之处："于是大家分头寻淘箩。她（四婶）先到厨下，次到堂前，后到卧房，全不见淘箩的影子。"宅子内各处寻遍，于是有"四叔踱出门外，也不见，直到河边，才见平平正正的放在岸上，旁边还有一株菜"（第三次写河）的事情。

可见，鲁四老爷的宅子谈不上是"豪宅"，甚至相当逼仄、窘迫。不妨和《彷徨》的末篇小说《离婚》做一点参照，此篇写到庞庄的乡绅慰老爷：他属于当地的"高门大户"，其宅第有"黑油大门"，来客走进大门，"便被邀进门房去"，有"工人搬出年糕汤"招待，并稍作停留；"喝完年糕汤"后，由"一个长年"

领着客人，"经过大厅，又一弯，跨进客厅的门槛去了"；"客厅里有许多东西"，令人"不及细看"，等等。如此宅院，这等场面，之于鲁四老爷及其宅子，是后者无法相比的。

还可以参照的，是其日常生活与用人情况。如上引，四叔到河边寻淘箩，见到的是，"旁边还有一株菜"，而没有更多荤素食材；常年只雇一个女工，年底忙不过来时才添短工；雇不到合适女工，四婶就自己煮饭，儿子阿牛烧火；冬至祭祖时，四婶装祭品，和阿牛将桌子抬到堂屋中央，等等。

以上种种无不显示：主人并非称霸一方的巨富豪绅，他也不具备慰老爷那样的威势和影响力。从艺术构思看，小说无意渲染鲁四老爷如何残暴凶狠，或极力压榨剥削，他对祥林嫂的伤害，在于精神领域的控制，是思想观念的高压，从而陷被害者于万劫不复的境地。周作人说："这位道学家在这里的地位不怎么重要，他的角色只是在给祥林嫂以礼教的打击，使她失业以至穷死，所以关于他的个人不再着力描写的吧。"（《鲁迅小说里的人物》104页）此言符合小说题旨，和文本内容一致。

## 祥林嫂的"财物"

### 竹篮、破碗、长竹竿

《祝福》开篇写："我"在送灶之夜回到鲁镇，暂寓在鲁四老爷家，连日里看望本家和朋友，人们忙于准备"祝福"，等等。在这些人物、情节铺垫下，祥林嫂随之出场——

"我这回在鲁镇所见的人们中，改变之大，可以说无过于她的了：五年前的花白的头发，即今已经全白，全不像四十上下的人；脸上瘦削不堪，黄中带黑，而且消尽了先前悲哀的神色，仿佛是木刻似的；只有那眼珠间或一轮，还可以表示她是一个活物。她一手提着竹篮，内中一个破碗，空的；一手拄着一支比她更长的竹竿，下端开了裂：她分明已经纯乎是一个乞丐了。"

　　这是一段蕴含丰富的文字，值得细细品味。其中细节：提着竹篮，破碗空的，长竹竿下端开裂等，尤其引人深思。祥林嫂在与"我"见面、谈话后，当晚或次日就"老了"，陪伴主人多年的乞讨工具：竹篮、破碗、长竹竿，自然成为她留存于世的三样物件。祥林嫂出身山村穷苦人家，做了 20 多年童养媳，后在鲁镇做女佣，一生勤劳节俭，为什么临死没有留下一点钱财，或者一件有价值、有意义的东西？

　　祥林嫂勤俭的本性，在小说中有鲜明表现。如，她逃到鲁镇，第一次进四叔家做工，就先经过四婶的严格"面试"："看她模样还周正，手脚都壮大，又只是顺着眼，不开一句口，很像一个安分耐劳的人，便不管四叔的皱眉，将她留下了。"接着在试工中，她整天地做，闲不下来，而且有的是力气，抵得过男子，因此顺利通过考核，如愿成为正式女工，每月工钱五百文。在此后的日子里，她一点也没有松懈，不挑食物，不惜力气，比勤快的男人还勤快。年底最忙时，扫尘、洗地、杀鸡、宰鹅、彻夜煮福礼等各种活计，一人全包，主人没有添短工。

　　祥林嫂不怕苦、不怕累，如是者连续数月，所挣工钱一文也还没有花，全存在主人家，开始有了自己的积蓄。哪里料到三个半月后，她的婆婆探知情况，来鲁镇把她绑走；积存下的一千七百五十文工钱，也成了婆婆的"战利品"。祥林嫂辛苦挣来的第一笔钱，全被婆婆抢掠而去；在鲁镇做工几个月，什么也没剩下。

### 荸荠式的圆篮和小铺盖

祥林嫂第二次进四叔家，和第一次不同。第一次是出逃鲁镇，卫老婆子领着进四叔家时，她只带一双手；第二次是：

"有一年的秋季，大约是得到祥林嫂好运的消息之后的又过了两个新年，她竟又站在四叔家的堂前了。桌上放着一个荸荠式的圆篮，檐下一个小铺盖。""她（四婶）想了一想，便教拿圆篮和铺盖到下房去。卫老婆子仿佛卸了一肩重担似的嘘一口气；祥林嫂比初来时候神气舒畅些，不待指引，自己驯熟的安放了铺盖。她从此又在鲁镇做女工了。"

这里反复提到所带"圆篮"和"铺盖"，具有一定的强调性，意义非同寻常，它们与祥林嫂前一段幸福生活密切相关。

婆婆绑架祥林嫂，是为了强逼她嫁给贺家墺的贺老六。这反而促成命运的一次转机，如卫老婆子所说，"她真是交了好运了"：

"她到年底就生了一个孩子，男的，新年就两岁了。我在娘家这几天，就有人到贺家墺去，回来说看见他们娘儿俩，母亲也胖，儿子也胖；上头又没有婆婆；男人所有的是力气，会做活；房子是自家的。——唉唉，她真是交了好运了。"

这样的生活，是祥林嫂过去不敢奢望的。卫老婆子特别提到"房子是自家的"，显示房子的重要性，更是夫妻二人最大一笔财产。因此在贺老六死于伤寒，孩子被狼吃，祥林嫂"只剩了一个光身"之时，其大伯就紧盯这房子，造成"大伯来收屋，又赶她"的结局。（类似情节，也见于《彷徨》中的另一篇小说《孤独者》：主人公魏连殳没有娶亲，他在老家寒石山有一间"破屋子"——继承祖母的遗产，借给女工居住了。其堂兄领着小儿子找到他，要求将那小儿子过继给他。父子的目的，其实是要过继给魏那一间寒石山的"破屋子"。魏说："他们父子的一生的事业是在逐出那一个借住着的老女工。"）

祥林嫂带着的"圆篮"和"铺盖"，是再嫁到贺家墺两三年，她和贺老六及孩子共同生活的余存和见证。所带"铺盖"，本是平日生活不可少的物品；她第一次进鲁四老爷家做工，自己没有带，所用铺盖是四婶提供给她的。所以，她婆婆和四婶结算工钱后，"那女人又取了衣服，道过谢，出去了"，并没有带走铺盖。（取走的"衣服"，也是主人给祥林嫂的：祥林嫂挣的工钱，"一文也还没有用"。）第二次做工带着"铺盖"，一则此时的境况不同于上次，自己有了；二则她准备好，想长期在四叔家做工。

### 八十千与十二元鹰洋

说到祥林嫂的"财物"，不能不关注两笔钱："八十千"和"十二元鹰洋"。两者与祥林嫂的命运息息相关。

"八十千"是祥林嫂的身价，她婆婆把她卖进里山，从贺老六那里赚取的。卫老婆子说：

"阿呀，我的太太！你真是大户人家的太太的话。我们山里人，小户人家，这算得什么？她有小叔子，也得娶老婆。不嫁了她，那有这一注钱来做聘礼？他的婆婆倒是精明强干的女人呵，很有打算，所以就将她嫁到山里去。倘许给本村人，财礼就不多；唯独肯嫁进深山野坳里去的女人少，所以她就到手了八十千。现在第二个儿子的媳妇也娶进了，财礼花了五十，除去办喜事的费用，还剩十多千。吓，你看，这多么好打算？……"

按照卫老婆子的说法，婆婆强迫寡妇儿媳再嫁（即转卖儿媳），在山村是再正常不过的事，无需大惊小怪。特别处在于，祥林嫂婆婆精于算计，把儿媳卖进深山野坳，可以捞取更大价钱，既解决了给小儿子娶媳妇的花费，还可以赚到十多千的余钱。这实在是一笔好买卖，何况，她已经事先掠取了祥林嫂一千七百五十文工钱。

祥林嫂和她的婆婆，是一对生死冤家。祥林嫂做童养媳的一二十年，受尽婆婆的"严厉"的虐待，成为寡妇后，依然不放过她，成为婆婆的发财工具。祥林嫂的第一克星，其悲剧的源头，就是她的婆婆。

"十二元鹰洋"也是祥林嫂的身价——赎罪的身价。事情的起源是柳妈的一套说辞：

"再一强，或者索性撞一个死，就好了。现在呢，你和你的第二个男人过活不到两年，倒落了一件大罪名。你想，你将来到阴司去，那两个死鬼的男人还要争，你给了谁好呢？阎罗大王只好把你锯开来，分给他们。我想，这真是……。""我想，你不如及早抵挡。你到土地庙里去捐一条门槛，当作你的替身，给千人踏，万人跨，赎了这一世的罪名，免得死了去受苦。"

作为山村女人的祥林嫂，思想和认知都十分单纯，她听信柳妈的话，即刻去土地庙求捐门槛。庙祝认准她的虔诚和迫切，乘机狠敲一把，大吊其胃口，好说歹说才松口，竟然索要大钱十二千。（"庙祝起初执意不允许，直到她急得流泪，才勉强答应了。价目是大钱十二千。"）所谓"大钱"，就是足数的钱，没有折扣，而且不要成串的零碎铜钱。为了凑够钱数，祥林嫂又干了近一年，才从四婶手里支取历来积存的工钱，换成十二元鹰洋，送到庙祝手中，完成捐门槛的心愿。（这里不妨略谈关于"十二元鹰洋"的疑问。有论者说，"祥林嫂第二次做工的工钱竟然比第一次还多""这应该是《祝福》情节的一个瑕疵与纰漏"。意思是，祥林嫂只干"快够一年"，挣不了十二元鹰洋。其实，问题的答案在那个"荸荠式的圆篮"中：这种圆篮适用于盛放物品，包括值钱东西或钱币。祥林嫂带着它到鲁镇，其中除装有衣服外，不排除还有节省下的钱，就便请四婶代为保存备用。文本没有交代圆篮里的东西，给读者留出想象空间。）

　　回溯上文，一生勤俭的祥林嫂，为什么没有留下一点钱或物，只剩几样讨饭工具？原因在于，穷苦而孤独的再嫁寡妇，是强势者（无论山里人或鲁镇人，她的婆婆、大伯或庙祝）欺凌、压榨的对象，他们贪欲无止境，榨取不手软，到弱势者被榨干夺净方休。

　　伤害、压迫是全方位的，既有精神暴力，又有物质剥夺。可贵的是，尽管鲁镇冷酷，山村无情，在精神和物质双重夹击下，祥林嫂从未屈服，她努力活着，奋力抗争，直至最后一刻。

（《绍兴鲁迅研究（2024年）》）

# 祥林嫂形象六家谈
## ——《祝福》研究五十年（1950—2000）

## 引言

《祝福》发表于 1924 年 3 月，这是在《孔乙己》（1919 年）、《阿Q正传》（1921 年）之后，又一篇鲁迅代表性小说经典。至此，鲁迅创造的三个伟大文学典型——阿Q、祥林嫂和孔乙己，得以完全呈现于中外文学画廊。和前两者不同的是，《祝福》及其主人公祥林嫂，不像《孔乙己》《阿Q正传》与鲁迅其他一些小说、人物那样，在问世之后就受到关注，引发评论界普遍反响；《祝福》发表后两三年，只在若干综述文章中提到。

过了三年多（1927 年 8 月），才在上海《文学周报》（4 卷 24 期）刊登一篇专题评介文章，名为《鲁迅的〈祝福〉》（作者景深）。但其实际内容，涉及《祝福》的文字并不多，仅有"作者所要写的是那人世间同情心的淡薄，以及女仆（按，指祥林嫂）无可诉苦的悲境。"以及，"像这些对于弱者加以侮辱，都不应该是人类的行为，并且是人类的羞耻。我们看到女仆做起事来战战兢兢，连摆筷子都要受拒绝，替女仆着想，她这时心里是如何的难堪!"[1]等数语。

再一年后，北京《新晨报》（1928年8月17日）登出《〈祝福〉读后感》（作者石泉）。此篇文题已标明，内容是读后感。其开篇说，小说写"大家把祥林嫂吃了的故事"，文中联系全国各地，说，人吃人是"随便那（哪）个中国的地方，都有那种事实"。结语是，"鲁镇的祥林嫂已经死了，但大批的祥林嫂正又在出现了，我们几时才不见祥林嫂呢?"[2]此后又是十多年相对沉寂。

值得关注的是，1942年6月延安《解放日报》上，出现两位论者有关祥林嫂的争论。争论由该报6月2日刊出的《两个悲剧——读书杂记》（"两个悲剧"，指《祝福》和《伤逝》所写祥林嫂和子君的悲剧）引起，作者默涵。25日，该报发表《略论"祥林嫂的死"——就商于默涵同志》（作者力群），不同意默涵的看法：祥林嫂不能忘怀地狱，是向往在地狱里和家人见面；其观点与之相反，祥林嫂之不能忘怀地狱，是"她怕进地狱，希望最好人死之后没有魂灵，更没有地狱"；作者说，默涵"认为祥林嫂的死正是一种精神上的解放，这不但不合《祝福》本身的逻辑，而且也大大减轻了吃人的旧礼教加于祥林嫂灵魂上的永恒的痛苦，因而也就大大减轻了作为一个'伟大的悲剧'的重量了。"[3]几天后（7月2日），默涵再发表《关于祥林嫂的死》作为答复，认为后者的"指摘，有的是对的，但我却不能全然同意"[4]，并在文中作了进一步申说。

以上，是《祝福》及文学典型祥林嫂问世后，二十余年里（包括1930和1940年代），对文学评论界产生的大致影响。

从严格意义看，对《祝福》（祥林嫂）的研究，是进入20世纪后半叶以后的事。从 1950 年代初开始，在几年内，以许杰、许钦文、王西彦、何家槐等为代表的老一辈文学名家（即第一代鲁学研究家），先后就《祝福》进行分析评论，发表了各自的研究文章（他们对鲁学的贡献，当然不限于《祝福》研究），其影响，对读者阅读而言，起到积极指导作用，对后辈研究者来说，起到引领和示范作用。延至新时期，再到 20 世纪末，有范伯群和曾华鹏、林志浩等鲁学新人，对《祝福》研究贡献出新成果，从而构成《祝福》50 年研究史。

### 许杰：第一篇分析文章

著名文学家、教育家许杰（1901–1993），在 1951 年 2 月 28 日写出一篇分析《祝福》的论文（收入其《鲁迅小说讲话》一书，泥土社当年 9 月出版；新版本由陕西人民出版社于 1981 年出版，内容无改动），这是《祝福》研究史上第一篇文本分析之作（以下简称"许文"）。其写作缘起是，抗日战争期间，作者在一所大学讲授"小说论"课程，讲法是，以鲁迅《药》《明天》《故乡》等篇为例，从小说形式入手，讲解小说创作问题；至 1951 年，扩大研究范围，接续分析《祝福》《离婚》《阿Q正传》等作品，同年结集为《鲁迅小说讲话》——鲁学史上，第一本专门研究鲁迅小说的著作。

"许文"对《祝福》的解读，依例着重于表现形式。先分析《祝福》"序幕回忆"叙述方法，即"先写了祥林嫂结束，而后追叙着过去的事迹"[5]，据称，"他（鲁迅）用回想回忆的方法，来叙写祥林嫂的一生，但他却是尽量用形象的手法，以完成他的形象艺术的任务，这是我们应当学习的"[6]；再谈叙述与描写，举例说明"叙述就容易近于概括"，描写"能够给人以鲜明的形象"[7]；之后解释文本的组织与构成：全文"分成两个大的段落，那就是作者的'我'，回到了鲁镇，在街上碰到了祥林嫂，和听到祥林嫂的死讯是一段。而想起了祥林嫂的半生事迹，一片断一片断的联结起来，又是一段。"[8]等等。

"许文"说："要从彻底了解形式，通过形式的了解与认取，才可以接触到内容。"[9]

关于《祝福》的内容，"许文"首句说："《祝福》写的是祥林嫂的事。这一个被压迫被损害的、具有良善灵魂的乡下女人的遭遇与结局，在鲁迅的作品中，是仅次于阿Q，成为我们宝贵的文学遗产，而为我们所十分熟悉的了。"[10]要点包括——

1.小说主题及祥林嫂的典型形象："祥林嫂的被压迫与被损害，——由肉体到灵魂，主要是她的灵魂的被压迫与被损害，以至于说不清什么原因而死去了的故事，是这篇小说的中心，也是这篇小说的主题。……鲁迅在这篇《祝福》中，就给我们写出一个被压迫被损害的灵魂的形象，这也是一个典型。"[11]

2.祥林嫂的反抗性："祥林嫂是有些反抗的精神，而且确实能够反抗的。但在她所处的社会中，她却是孤立的。而且给打败了。并且，祥林嫂的反抗，也是近于原始性的反抗，她没有明确的认识在支持，她的周围，自然也没有谁能够告诉他妇女翻身的道理，——那是不可能的，在那个时候。"[12]

3.关于鲁四老爷和柳妈：

**鲁四老爷** "他应该是一个地主，而且是知识分子，他讨厌新党，更没有什么新的思想，是一个十足的封建人物的代表。"[13] "口头上虽然拥护礼教，骨子里却是非常庸俗而贪小利的伪善者。"[14]

柳妈 "柳妈应该和祥林嫂一样同为雇佣劳动者……她只是千千万万为封建社会所毒害成为封建社会的俘虏，反过来又给封建社会做了卫道士的当中的一个。"[15]

4.祥林嫂悲剧原因："祥林嫂的命运，是一个悲剧。但造成这悲剧的动力，却是她所处的环境，她所生存着的封建社会。"[16] "由于吃素的善女人，和讲理学的老监生所代表的封建文化和封建意识的迫害，她却无法抵抗，无法支持了。"[17]等等。

"许文"作为首篇分析文章，对《祝福》研究具有初创和开启意义。值得一说的是，因其注重艺术形式分析，曾在当时引起论者质疑，更有后来研究者的高调否定[18]。时至今日，此情此事颇值得反思。

### 许钦文：鲁迅弟子的解读

许钦文（1897-1984），浙江山阴人。1920年赴北京工读，曾在北京大学旁听鲁迅《中国小说史》课程，因乡谊与鲁迅过从甚密，自称"私淑弟子"，在鲁迅扶植下走上文学之路。其一生事业中，对鲁迅成就和精神的宣扬，尤其对鲁迅作品的传布和解读，占重要组成部分。曾先后出版《鲁迅小说助读》（上册，1953年12月，北新书局；中册，1954年11月，四联出版社。上、中两册各分析11篇，共22篇小说）、《〈呐喊〉分析》（1956年7月，中国青年出版社）、《〈彷徨〉分析》（1958年6月，中国青年出版社)、《语文课中鲁迅作品的教学》(1961 年 12 月,上海教育出版社)等多种相关著作。

许钦文于鲁迅健在时,就已致力于鲁迅小说研究,最早发表的是评论《孔乙己》的文章,以"《孔乙己》"为题,载于 1935 年 4 月上海《青年界》(赵景深主编)月刊 7 卷 4 期。其于《祝福》研究,首篇见于 1953 年 12 月出版的《鲁迅小说助读》上册,即书中之"五、《关于〈祝福〉》"。

许钦文的《祝福》研究,具有以下特点:

一是,持续时间长久。从上述 1953 年 12 月书中的《五、关于〈祝福〉》起,经 1957 年 4 月发表于《解放军文艺》(1957 年 4 期)之《鲁迅先生的小说〈祝福〉——〈彷徨〉分析之一》(署钦文),至 1980 年发表在《浙江教育》(1980 年 4 期)的《关于〈祝福〉》,其间,1958 年《〈彷徨〉分析》,1961 年《语文课中鲁迅作品的教学》,均包含对《祝福》的分析,连起来看,前后延续约 30 年。可谓持之以恒,解读不断。

二是,面向读者群体。从上引书名"助读""分析""教学"等可知,许钦文之解读《祝福》,以普通读者为受众,以帮助读者理解经典为目的,注重的是,作品思想内容和艺术形式的讲解分析,而不是作"高深"的文学理论探究;其文字表述通俗易懂,而不是令人不知所云。鉴于《祝福》长期作为语文教材,进而配合教学,撰写一篇专文,收入《语文课中鲁迅作品的教学》一书,为老师讲授和学生学习,提供一份辅导和参考材料。

三是,不断修改完善。对于《祝福》,许钦文有自己的总体认知,其不同时期的解读,可谓一以贯之,而又不断修改补充。

比如，祥林嫂所受统治与压迫，1961 年称："在封建社会里，妇女除受地主阶级的统治以外，又受夫权的压制；祥林嫂更加受了族权、神权的压制，这就走投无路了。"[19] 1980 年说："解放以前，我国人民身上捆着三条绳索——政权、族权和神权；妇女身上更多一条绳索——夫权。半封建半殖民地社会里的劳动妇女是处于这样卑贱的地位，祥林嫂就是这种妇女的典型人物。"[20] 如此表述，不见于其此前著作，系后来的新认知。

如今回看许钦文对《祝福》的解读，除了解其观点，更应重视并可获得启示的，是心中有普通读者（学校师生）的写作指向，以及对经典一读再读、精益求精的精神。

### 王西彦：祥林嫂"灵魂陷于麻木"

著名作家、文学教授王西彦（1914-1999）之于鲁迅，第一篇文章是纪念性的，题作《鲁迅先生并没有死》，发表于《文艺春秋》月刊（上海）3 卷 4 期（1946 年 10 月 15 日）。进入 1950 年代，有《生命和工作》（《民主报》1950 年 10 月 19 日）、《鲁迅：伟大的战斗者》，（《长江文艺》1950 年 10 期）、《一个伟大的人物——〈欣慰的纪念〉读后》（《文艺报》1951 年 10 期）等篇；关于鲁迅小说研究，有《鲁迅创作小说的时代意义》（中华书局《新中华》半月刊 1950 年 10 月 16 日）、《读〈故乡〉笔记》（上海《大公报》1951 年 9 有 25 日）、《从〈药〉看鲁迅创作的特色》（茅盾主编《小说》月刊 1951 年 10 月）等。曾出版《新的时代与新的风格》（海燕书店 1951 年 6 月初版，新文艺出版社 1952 年 2 版）、《伟大的人和伟大的作家》（新文艺出版社 1953 年 7 月版）、

《论阿Q和他的悲剧》（新文艺出版社 1957 年 9 月版）、《第一块基石》（上海文艺出版社 1980 年 7 月版）等鲁学著作。

王西彦研究《祝福》的论文，是《〈祝福〉——一个令人颤栗的回顾》，最初刊载于中华书局《新中华》半月刊（1951 年 6 月 16 日），后整理为《〈故乡〉和〈祝福〉——令人颤栗的回顾》（下称"王文"），编入 1980 年 7 月出版的《第一块基石》。

"王文"对《祝福》的论述，注重于祥林嫂形象自身，其要点包括：

身份界定："祥林嫂是一个乡下农妇"[21]（或"农村妇女"）。

性格特点："在作者的描绘里，我们看到一个灵魂极其善良的农村妇女——勤劳，自尊，富于母性的爱，具有坚强的忍受力量。"[22]"祥林嫂悲惨的一生，就由这种种连续的可怕场面贯穿而成。'哀莫大于心死'，封建主义的毒汁注入祥林嫂的灵魂，她对自己不公允的遭遇不仅逆来顺受，毫无怨尤，反而为这种遭遇而深感卑屈。"[23]

悲剧原因："出现在这故事里的祥林嫂，不用说是被封建社会和封建礼教吃掉的不幸者。她的一生实在太悲惨了。遭遇的悲惨，再加上反抗的失败，使她的灵魂陷入麻木，对自己的悲惨遭遇没有认识，内心也无所怨尤，转而寄希望于不可知的来世。"[24]等等。

与上引"许文"比较：1.关于祥林嫂的身份，"许文"称"乡下女人"，与"王文"的"乡下农妇"（"农村妇女"），含义相同而文字略异。2.关于性格特点，"许文"的用语是"被压迫被损害的、具有良善灵魂"。"王文"从两个方面论述，积极方面是善良、勤劳、自尊，富于母性的爱，和具有坚强的忍受力量（比"许文"更多正面肯定），尤其点出容易被忽略的"富于母性的爱"；消极方面的论断分量更重，如逆来顺受、毫无怨尤、深感卑屈，乃至灵魂陷入麻木，等等。3.关于悲剧原因，"许文"归结为封建社会、封建文化和封建意识的迫害，"王文"说是，封建主义的毒汁注入她的灵魂，是被封建社会和封建礼教吃掉：两者大同小异。

从上述比较不难看出，关于《祝福》（祥林嫂），值得研究的问题很多，可讨论的空间很大。

### 何家槐：首倡"四大绳索"说

"左联"老作家何家槐（1911-1969），1930年代已活跃于上海文学界，在鲁迅逝世后，曾发表纪念文章《学习鲁迅先生的精神》（上海《光明》半月刊，1936年11月25日）、《学习鲁迅先生的战斗精神》（广东曲江《新华南》，1939年10月）。进入1950年代，注重鲁迅思想及作品的传播与研究，曾撰写多篇分析解读文章，发表在《文艺学习》《语文学习》等刊物，首篇即为对《祝福》的评析（嗣后有关于《孤独者》《孔乙己》《一件小事》等的论述文章）；出版相关著作《〈故事新编〉及其他》（中国青年出版社，1957年4月）、《鲁迅作品讲话》（长江文艺出版社，1959年3月），另有编入《寸心集》（新文艺出版社，1953年8月）、《一年集》（作家出版社，1955年11月）、《海淀集》（作家出版社，1959年6月）等集子中的篇什。

何家槐在以"《祝福》"为题的论文（下称"何文"）中，

阐述了他的观点（初载《文艺学习》月刊 1954 年 5 期，后收入其文学评论集《一年集》，以及中国青年出版社 1956 年 9 月编印的《鲁迅作品评论集》）。

"何文"值得注意者——

1.论述思路及根据 "历史背景—思想内容（主题、人物）—表现形式"；社会斗争理论，相关政治经典。

2.重要论断 "这篇小说的主题是通过祥林嫂这个下层劳动妇女的悲惨命运来解剖旧中国的农村社会。通过这一悲剧，他（按，指鲁迅）猛烈地抨击了黑暗的宗法社会和吃人的旧礼教，揭露了旧社会的买卖婚姻和寡妇主义是如何的不合理，地主豪绅的摧残劳动妇女是如何的残酷无情，深刻地表现了两个阶级的对立，表现了在封建制度和封建思想的重压下，为'政权、族权、神权、夫权'这四条绳索牢牢地捆绑着的劳动妇女，在未觉悟以前，命运是如何的悲惨，如何的没有希望；她们不但肉体受尽摧残和痛苦，就是灵魂也遭受到了难堪的压迫和蹂躏，甚至死后也得不到解脱（这篇小说的重心就是在于描写祥林嫂的灵魂如何被侮辱与被损害，在于描写封建道德——旧礼教如何吃人）。"[25]

"（祥林嫂）是一个勤恳而又善良的普通劳动妇女，是一个属于贫雇农阶层的人物，是封建制度和礼教的牺牲者。……同时她又极具鲜明的阶级性格，真正能代表农村贫雇农劳动妇女的共性，不过她的阶级性格是寓于她的个性之中的""对于这样的人物，鲁迅先生自然是以满腔的热情来写的，但他却很深刻地指出了她的反抗是盲目的，孤独的，是徒然的挣扎，得不到真正的出路，而且也很深刻地批判了她的愚昧和落后。"[26]

"鲁四老爷——这是一个道学先生，是旧礼教的化身，是封建制度和封建社会的代表。这种人伪善、自私，冷酷无情；嘴里是满口仁义道德，实际上却是毫无半点人性，这正是地主阶级知识分子——豪绅们的共同性格。"[27]

3.深远影响　其首倡的"四大绳索"说影响至今，见于文学史著作及教学的，如："《祝福》描写主人公祥林嫂的悲剧命运，这是个在夫权、父权、族权、神权的交并压迫下，被摧残致死的妇女典型。"[28]"《祝福》通过祥林嫂的悲剧命运，一方面批判了造成其悲惨的客观社会环境：封建的政权、族权、夫权、神权这四大绳索编织成的严密的网；另一方面，作品也把谴责的笔指向了祥林嫂周围的一大群不觉悟的有名无名的群众"[29]"封建的政权、族权、夫权、神权四大绳索编织成严密的网，将祥林嫂捆绑在其中，直至她窒息而死。"[30]等等。

### 范伯群、曾华鹏："推陈出新型研究成果"

范伯群（1931-2017）和曾华鹏（1932-2013）两位学者，是1955年毕业于复旦大学中文系的同窗好友，又是学术研究的双人组合；受复旦大学人文社科老一辈大学名师熏陶，又经个人不懈努力，成为我国第二代鲁学名家中的重要一家。1986年10月，两人合著的《鲁迅小说新论》，由人民文学出版社推出，迅即引起学者和读者的目光聚集，成为研究鲁迅小说的名著，获评为"推陈出新型研究成果的代表"，是"全面分析鲁迅25篇小说的第一部专著"[31]。

范、曾对《祝福》研究的贡献，是收在《鲁迅小说新论》

中的论文:《逃、撞、捐、问——对悲剧命运徒劳的挣脱——论
〈祝福〉》(下称《新论》)。其"推陈出新"处,主要表现为二:

一,突破长时期形成的思维定势和为文思路。展卷初读,就
发现《新论》不是采取历来惯用的三段论("历史背景—思想内
容(主题、人物)—表现形式"),而是根据论述需要,从小说塑
造人物性格的三个方面(复杂环境、复杂性格、有益启示),逐
步展开论证,从而形成结论;其对祥林嫂性格的分析,选取一个
独特的切入点,即如标题所示,抓住"逃、撞、捐、问"四个动
词(即祥林嫂追求和抗争的四个层次),揭示人物思想性格发展
的脉络,条分缕析,令人耳目一新。

二,否定"四大绳索"说,对近40年形成的"共识",第一
次说"不"。它态度鲜明:"研究者将现成结论套用于文学作品的
做法……不能把特定时空条件下环境的独特性与复杂性完全揭示
出来。"随即举实例:"在《祝福》里,鲁迅并没有直接描写封建
政权对祥林嫂的政治压迫,鲁四老爷也很难说就是反动政权的代
表人物;而有些对祥林嫂的不幸命运起着重要作用的因素,则又
并不完全包含在四条绳索之中。"归结为:"有必要从作品的实际
艺术描写出发,重新来探讨鲁迅所要着重表现的形成祥林嫂悲剧
命运和复杂性格的若干重要的客观原因。"[32]

遗憾的是,《新论》自身存在明显不足,即对祥林嫂评价失
当。为证明其观点("祥林嫂性格的复杂性在于她既显示出农民
阶级的勤劳、淳朴、倔强的品质特征,但又烙印着理学法则和封
建迷信的影响。"[33]),而强加给她一些"局限性"或"落后的一
面"等等。且举两例:

关于祥林嫂的"逃",一则说:"在笼罩着浓重的封建思想的旧社会,一个普通的劳动妇女,敢于通过家族统治的囹圄,独自逃出来,依靠劳动度日,这无疑是一种维护人的尊严的抗争,它充分反映祥林嫂勇于追求美好生活与反抗不公平待遇的倔强性格。"而又说:"祥林嫂的'逃'也带有很大的局限性。""她的反抗,并没有争到'人'的价格,最多只是暂时做稳了奴隶,然而她反而满足于这种奴隶地位。祥林嫂的缺乏觉悟大大限制了她以'逃'来反抗的彻底性。"[34]

关于"撞",则说:"祥林嫂的这一'撞'也显示了她落后的一面。……这里边还含有对'失节事极大'的理学法则的遵从,她宁可撞死,也不再嫁。因此,祥林嫂的'撞'的行动,反封建的因素和封建思想的因素是杂糅在一起的。"[35]等等。

上文说及,许杰的《鲁迅小说讲话》,是第一本专门研究鲁迅小说的著作;范、曾著《鲁迅小说新论》,是全面分析鲁迅25篇小说的第一部专著。可再说的是,在前者之后,研究鲁迅小说的综论性著作,已经出版多本,而后者已问世三十余年,却未见第二部全面(逐篇)分析鲁迅小说的专著,这是令人十分遗憾的。

### 林志浩:鲁迅研究60年来代表性论文

著名鲁迅研究家林志浩(1928-1995),比范伯群、曾华鹏二位早三年,于1952年从北京大学中文系毕业(受业于王瑶、章廷谦等老一辈鲁学名家),是第二代鲁迅研究者中起步较早的学者之一。1956年10月20日,在《光明日报》发表《学习鲁迅小说精练的艺术语言》。同年底(1956年12月30日),在《文艺报》（1956 年 24 期）发表其首篇研究《祝福》的文章《关于祥林嫂砍门槛的细节》。后续有《〈狂人日记〉——"五四"新文学运动的"宣言书"》（《教学与研究》1959 年 5 期）、《细节描写与形象思维——学习鲁迅先生小说中的细节描写》（《北京文艺》1961 年 10 期）等诸多文章问世。1964 年 6 月出版《鲁迅和他的作品》（"语文小丛书"之八，北京出版社）。

林志浩于《祝福》研究用力最勤，在 1956 年的第一篇之后，还有《祥林嫂悲剧形象的艺术表现——谈鲁迅的〈祝福〉》（《工人日报》1962 年 9 月 23 日）、《谈〈祝福〉的人物形象的描写》（郑州《教学通讯》文科版 1980 年 1 期）、《从〈祝福〉到〈离婚〉》（《延河》1981 年 10 期）等。最具代表性的，是《论〈祝福〉思想的深刻性和艺术的独创性——鲁迅小说的分析和研究之一》，初刊《文学论集》（中国人民大学语言文学系）第 1 辑（1979 年 6 月）；1982 年夏，曾在烟台全国鲁迅研究讲习班上，作为教材向学员讲解，并收入《鲁迅研究讲习班讲演录选编》（内部资料）；后删去副题，编入其论文集《鲁迅研究（下册）》（中国人民大学出版社，1986 年 6 月）（下称《研究》）。值得特别说及的是，《研究》作为 1970 年代鲁学代表性论文，被选入《六十年来鲁迅研究论文选（上、下册）》（"中国现代作家作品研究资料丛书"之一，中国社会科学出版社，1982 年 9 月），足见其重要性及学术影响。

但在今日看来，《研究》明显存在一些时代局限性：

1.沿袭"三段论"思维方式。先在引言部分，阐述其论题和当时社会、思想斗争的密切联系；正文部分，接着从人物形象

（祥林嫂、鲁四老爷和"我"）论证其思想的深刻性；最后分析
其艺术的独创性。如此思路，依然没有脱离"历史背景—内容—
形式"的窠臼。

2.以社会理论、政治经典套用于《祝福》研究。如——

关于夫权："这四种权利（按，即政权、族权、神权、夫权）
《祝福》全都写到了。特别是从被压迫妇女的角度来描写的夫权，
就揭露得更充分、更深刻。……祥林嫂甚至没有自己的名字，人
家用她第一个丈夫的名字称呼她。这个名字一直跟到她死，即使
后来另外嫁了人，还是照常那样称呼她。这就是封建礼教的所谓
'从一而终'。鲁迅通过'祥林嫂'这样一个名字，揭露了'从一
而终'的荒谬绝伦。"[36]

关于鲁四老爷和政权："反动理学，也就是道学，既是鲁四
（按，即鲁四老爷）反对社会变革的思想武器，也是他对祥林嫂
实行反革命专政的理论依据。"[37]

关于"我"："'我'的这些表现，反映出当时的新式知识
分子的精神面貌。这些新派人物绝大多数都是地主资本家的子
弟……他们看不到工农的力量，自然谈不到去依附他们。在强大
的黑暗势力面前，他们发生了剧烈的分化。有些人投入了反革命
的怀抱，但更多的人却徘徊在两大对立阶级之间。他们既同情劳
动人民的痛苦不幸，又不能对强大凶残的反动势力进行斗争，既
为自己的软弱无力而深感对不住人，又只能逃避矛盾和斗争，一
走了之。"[38]

研读此等文字，感觉这是作纯理论分析，距离文本具体内容
实在太远了。

### 永远的祥林嫂

最后要说的是，老一辈《祝福》研究名家，均已进入历史，第二代学者也开始离去。但他们的贡献是显著的，不仅其学术成果，已成为后继者的可贵资源，而且其治学精神，也从两方面启迪新人：

第一，面向普通读者，面向青年学子。包括小说经典在内的鲁迅著作，属于社会，属于读者，属于年轻人。鲁学固然需要"提高"，但不可忽略乃至重在"普及"，即服务于广大读者，服务于学校师生（最大受众群体），提供他们需要的、能接受的论著。

第二，着重文本分析，解释作品真义。与上述"面向"密切相关，鲁迅思想、小说题旨的载体，是其语言文字、故事情节，因此，研究者从解析文本入手，引导读者正确理解内容，从而领悟作者思想，并使用易懂的语言，少搬弄艰深的理论和晦涩的名词术语。

自然，新的研究者要规避前人走过的弯路。为此，结论应出自文本之内，而不在文本外的现成理论，或通行观点；功夫用在精细研读上，准确领悟作品本意；依循鲁迅倡导的办法："倘要论文，最好是顾及全篇，并且顾及作者的全人，以及他所处的社会状态，这才较为确凿。"[39]等等。

不朽的鲁迅经典，永远的祥林嫂，鲁迅研究任重而道远。单就《祝福》而言，两年后，即将迎来问世百年纪念，鲁学新人当有更丰硕的学术精品贡献于社会吧。

（《中华读书报》2022年3月2日）

1　景深：《鲁迅的〈祝福〉》，原载《文学周报》4卷24期（1927年8月），据《1913—1963鲁迅研究学术论著资料汇编》第1卷，272页，中国文联出版公司，1985年10月。

2　石泉：《〈祝福〉读后感》，原载《新晨报》（1928年8月17日），据《1913—1963鲁迅研究学术论著资料汇编》第1卷，427、428、429页，中国文联出版公司，1985年10月。

3　力群：《略论"祥林嫂的死"——就商于默涵同志》，原载《解放日报》（延安）1942年6月25日，据《1913—1963鲁迅研究学术论著资料汇编》第3卷，1042页，中国文联出版公司，1987年3月。

4　默涵：《关于祥林嫂的死》，原载《解放日报》（延安）1942年7月2日，据《1913—1963鲁迅研究学术论著资料汇编》第3卷，1043页，中国文联出版公司，1987年3月。

（5）（6）（7）（8）（9）（10）（11）（12）（13）（14）（15）（16）（17）许杰：《鲁迅小说讲话》，陕西人民出版社，1981年4月，166、175、173—174、175、186、166、169、170、171、184、171、183、185页。

18　参看陈鸣树《保卫鲁迅的战斗传统》（百花文艺出版社，1959年8月）一书中，《关于〈鲁迅小说讲话〉》（原载《人民日报》1955年3月24日））、《评许杰的反现实主义的"小说论"》（原载《文艺月报》1955年12期）、《不许右派分子诬蔑鲁迅——再论许杰对鲁迅小说的恶劣歪曲》（原载《文艺月报》1957年9期）诸篇。

19 许钦文:《语文课中鲁迅作品的教学》,62页,上海教育出版社,1961年12月。

20 许钦文:《关于〈祝福〉》,原载《浙江教育》1980年4期,据《许钦文忆鲁迅全编 在老虎尾巴的鲁迅先生》,292页,上海文化出版社,2007年1月。

(21)(22)(23)(24)王西彦:《〈故乡〉和〈祝福〉——令人颤栗的回顾》,上海文艺出版社1980年7月版《第一块基石》,65、67、66、65页。

(25)(26)(27)何家槐:《〈祝福〉》,原载《文艺学习》1954年5期,据中国青年出版社编辑部编《鲁迅作品论集》,中国青年出版社,1956年3月,131—132、134—135、135页。

28 黄修己:《中国现代文学发展史》,中国青年出版社,1997年11月北京第2版,69-70页。

29 朱栋霖 朱晓进 龙泉明 主编:《中国现代文学史1917—2000》(上),北京大学出版社,2009年,70页。

30 人民教育出版社 课程教材研究所 中学语文课程教材研究开发中心:《普通高中课程标准实验教科书·语文3 必修 教师教学用书》,人民教育出版社,2018年1月,16页。

31 袁良骏:《当代鲁迅研究史》,陕西人民出版社,1992年1月,457、458页。

(32)(33)(34)(35)范伯群 曾华鹏:《逃、撞、捐、问——对悲剧命运徒劳的挣脱——论〈祝福〉》,见范伯群 曾华鹏《鲁迅小说新论》,人民文学出版社,1986年10月,236、246-247、241-242、242-243页。

(36)(37)(38)林志浩:《论〈祝福〉思想的深刻性和艺术的独创

性》，见林志浩《鲁迅研究（下册）》，中国人民大学出版社，1986年6月，222、224、227-228页。

39 鲁迅：《且介亭杂文二集·"题未定"草（六至九）》，《鲁迅全集》第6卷，人民文学出版社，2005年11月，444页。

# 高贵伟大的女人
## ——陈涌、冯雪峰论祥林嫂及其意义

回看 1950 年代的鲁学发展，有两位文学理论家兼鲁迅研究家——冯雪峰和陈涌，值得特别关注。他们两位不仅贡献卓著，而且其某些观点明显与众不同。单就《祝福》研究而言，两位对祥林嫂的认知与评价，只有肯定与褒扬，而无苛求与诟病；如此持论，不仅与同时期其他学者形成鲜明对照，而且对于新世纪研究者，亦具有参考和启示意义。

## "一个真正的人"

著名文学评论家、鲁迅研究家陈涌（1919–2015），是从延安成长起来的学者。其鲁迅研究起步于 1940 年代中期，第一篇文章《革命要有韧性——纪念鲁迅先生逝世九周年》，刊载于延安 1945 年 10 月 19 日《解放日报》，后有 1949 年 4 月 15 日问世的《〈阿Q正传〉是怎样的作品》，见于北平《中国青年》半月刊。1950 年代是其成熟期，佳构频现于报刊，先后发表《一个伟大的知识分子的道路》（《人民文学》3 卷 1 期，1950 年 11 月 1 日），

《鲁迅文艺思想的几个重要方面》(《人民文学》4 卷 6 期,1951 年 11 月 1 日),《论鲁迅小说的现实主义——〈呐喊〉与〈彷徨〉研究之一》(《人民文学》1954 年 11 期),《保卫鲁迅方向 粉碎胡风反革命集团的反革命思想》(《文艺报》1955 年 16 期),《认真向鲁迅学习》(《人民日报》1955 年 10 月 19 日),《伟大的唯物主义的思想家》(《人民日报》1956 年 10 月 19 日),《鲁迅——唯物主义思想家》(《学习》1956 年 10 期)等论文,出版论文集《文学评论集》(人民文学出版社 1953 年 3 月)和《文学评论二集》(作家出版社 1956 年 9 月)。

陈涌的鲁学研究多表现为综论性长文。其关于《祝福》(祥林嫂)的首次论述,系 1954 年之《论鲁迅小说的现实主义——〈呐喊〉与〈彷徨〉研究之一》的第二部分,再就是 1962 年发表的《论鲁迅小说的思想力量和艺术力量》(《甘肃文艺》1962 年第 1 期)。两文均收录在《陈涌文学论集》(上、下册,上海文艺出版社,1984 年)(以下简称"《论集》"),又见于其《鲁迅论》(论文集,人民文学出版社,1984 年)。

《论集》关于《祝福》(祥林嫂)的主要观点:

### 1．认知与评价

"我们中国的纯朴的劳动妇女":"我们的祥林嫂,我们中国的纯朴的劳动妇女,对生活有过什么所谓非分的要求吗?她不是明明付出很多,而得到很少吗?而这情形在她已经感到满足。如果这样的生活并不受到侵扰,并没有很快便遭受破坏,祥林嫂也许便这样连她自己也感到无憾地度过了她的一生。"(《论集》189

页，以下只注页码）"这个纯朴的农村妇女所要求的生活，始终不过是一种平凡的起码的生活。"（190页）

"她是一个真正的人的形象"："虽然她最后是一步一步地被那个旧世界所撕碎，毁灭了，但作为一个人的形象，她却是完整的。她是一个真正的人的形象。""难道用自己的劳动来换取生活的权利，不正是一个真正的人的权利吗?""鲁迅用鲜明而质朴的笔触描述了祥林嫂的正直诚实的品性，描述她连男人也无法和她相比的劳动能力。"（429页）"我们这个正直诚实的人，这个有着真正称得起是高尚的人"（430页）。

## 2. 悲剧的内容和深刻性

"祥林嫂的悲剧就在于，她希望以自己全部诚实的劳动来换取最起码的生活而不可得。她的全部的希望就是能够过平常的起码的生活，但就连这个希望也终于全部破灭。"（188页）

"中国农村妇女所受的痛苦的深度，是再没有比在鲁迅这篇小说里表现得更充分的了。""鲁迅在他的《祝福》里写出了这样一个平凡、善良而纯朴的农村妇女的悲剧，写出了她的一生的悲惨的命运，写出了一个真正的农村妇女的灵魂。在过去的中国文学还很少有过像鲁迅这样按照生活原来的面貌不加涂饰地来表现我们农民的生活的。"（192页）"祥林嫂所受的折磨，不只是生活上的，而且更重要的是在心灵上的。这个形象所以特别令我们激动，特别强烈地激发我们的道德感情，就因为她心灵受伤最深，也最难痊愈的。"（430页）

### 3. 祥林嫂的反抗性

"祥林嫂不久之后，便被她的婆婆强迫去嫁到山墺去了，她撞到头破血流，后来还留下一个永远消灭不了的伤疤。祥林嫂的反抗是付出了重大的代价的。"（189页）"祥林嫂是被侮辱与被损害的，然而她并不顺命，她在她周围的环境里几乎是完全孤立无援的，然而她并不软弱，她的求生的意志，她对于自己悲惨命运的一再反抗、挣扎，永远给我们留下了强烈的印象。"（429页）

摘录到此为止。读以上文字，可注意者有二：一是其用语。如，"我们中国的纯朴的劳动妇女""我们这个正直诚实的人""祥林嫂的正直诚实的品性""真正称得起是高尚的人""善良而纯朴的农村妇女""特别令我们激动，特别强烈地激发我们的道德感情"等等，完全是正面、积极的语言，显示其对祥林嫂的亲切感情和尊敬态度。

二是其观点的核心——"一个真正的人"。"真正"是什么含义？"真"就是真实（跟"假、伪"相对），又有本性、本原的意思；"正"有正直、纯正等义（据《现代汉语词典》）。所谓"真正的人"，就是秉持人的本性的人，没有受到精神污染的人，"用自己的劳动来换取生活的权利"的人。这是《论集》对祥林嫂的评价，给祥林嫂的定性。

相比于《论集》这一评价和定性，其他某些《祝福》研究者的观点，有很大落差。比如：

1950年代的"毒汁注入祥林嫂灵魂"说："遭遇的悲惨，再加上反抗的失败，使她（祥林嫂）的灵魂陷入麻木，对自己的悲惨遭遇没有认识，内心也无所怨尤，转而寄希望于不可知的来世。""'哀莫大于心死',封建主义的毒汁注入祥林嫂的灵魂,她对自己不公允的遭遇不仅逆来顺受,毫无怨尤,反而为这种遭遇而深感卑屈。"(王西彦:《〈故乡〉和〈祝福〉——令人颤栗的回顾》)

2008年的"中毒"说:"要寡妇守节这一套完全是野蛮而又荒谬的!""这个观念就是这样野蛮,可是,中毒就是这么深,中毒到了自我折磨、自我摧残,自己(祥林嫂)把自己搞得不能活的程度。……祥林嫂不仅死在别人脑袋里的封建礼教的观念,而且死在她自己脑袋里的封建礼教的观念。"(孙绍振:《礼教的三重矛盾和悲剧的四层深度——〈祝福〉解读》,《语文学习》2008年10期)

以《论集》的持论,看上述两说("灵魂陷入麻木""封建主义的毒汁注入祥林嫂的灵魂",以及,"中毒就是这么深,中毒到了自我折磨、自我摧残"等等。以下统称"中毒"说),可商榷者有二:

其一,"中毒"说,只适用于鲁四老爷的女儿(如果他有女儿),或生活在鲁镇的柳妈(鲁四老爷是"讲理学的老监生",他大约要求自家女儿身体力行;柳妈则认为,再嫁是"一件大罪名""一世的罪名"),不适用于出自山村的祥林嫂。在山村,不存在所谓"中毒就是这么深"的情况,寡妇再嫁是司空见惯的事。正如卫老婆子所说:对寡妇再嫁只是闹一闹"见得多了"。

其二,祥林嫂之所以撞到头破血流,如《论集》指出的,原因是她的婆婆强迫她嫁到山墺去,并非"要寡妇守节"。据小说文本揭示,祥林嫂通过出逃,已在鲁四老爷家做短工,正在争取实现她的希望："以自己全部诚实的劳动来换取最起码的生活"（"用自己的劳动来换取生活的权利"），而她的婆婆无情地侵扰、破坏了她的希望，断绝她的活路，她于是付出重大代价：以死相拼。

## "高贵伟大的女人"

鲁迅的忠实学生和亲密战友冯雪峰（1903-1976），居鲁迅三大弟子之首（其次为胡风和萧军），是鲁学开创者和奠基人，其于鲁迅研究的贡献，可谓厥功至伟，无出其右。他以继承和传播鲁迅遗产，弘扬鲁迅精神为终生主业，其著述特点之一是重视普及，面向广大读者，面向下一代，包括不同类型的受众。为此，他在 1950 年代，集中发表十余篇介绍、论述和解读性质的论文。据《雪峰文集》第 4 卷（人民文学出版社 1985 年 7 月；下称"《文集》"）的收录，在 1951 年至 1956 年 6 年里，有：见于青年刊物《中国青年》的《为什么我们要学习鲁迅和读他的杂文——代答两个问题》（1951 年第 15 期）、《〈狂人日记〉》（1954 年第 9 期）、《单四嫂子和祥林嫂》（1954 年第 12 期）、《〈孔乙己〉》（1954 年第 16 期）；见于文艺爱好者刊物《文艺学习》的《〈记念刘和珍君〉文中几个句子的解释》（1954 年第 8 期）、《〈阿Q正传〉》（1955 年第 5 期）和发表在《文艺报》的《〈药〉》（1954 年第 4 期）；面向工人读者的《鲁迅和工人读者》（《北京日报》1952 年 10 月 19 日），面向军人的《鲁迅的著作》（《解放军战士》1955 年第 10 期），面向女性读者的《〈伤逝〉》（《新中国妇女》

1955 年第 12 期），面向语文教学的《关于〈一件小事〉的一点看法》（《语文学习》1955 年第 12 期）等。冯雪峰对少年儿童特别关注，曾出版《鲁迅和他少年时候的朋友》（"中国少年丛书"之一，中国青年出版社 1951 年），发表《鲁迅跟少年儿童在一起（〈我们为什么纪念鲁迅？〉〈鲁迅也跟少年儿童在一起〉）》（《中国少年儿童》1956 年第 10 期）。另有两篇讲话（讲课）稿：《介绍鲁迅—— 1953 年在苏联专家学习班的讲话》和《关于鲁迅作品学习中的几个问题的解答》（1956 年在中共中央高级党校讲课时的记录稿），等等。

冯雪峰关于《祝福》（祥林嫂）的论述和解说有两篇，一篇是编入《文集》的《单四嫂子和祥林嫂》，另一篇是 1965 年回复读者嵇道之的信，以《冯雪峰同志谈祥林嫂》为题，刊于《语文学习》1981 年 9 期（下称"《谈祥林嫂》"）。其要点如下：

### 1. 作者态度

"鲁迅对于人民的观察和解剖的深刻，不只是在于他掘发了人民的缺点，而且也在于他掘发了我国劳动人民的品质和性格的最宝贵的方面，同时，他始终在研究着人民的潜在力量。"（《文集》377 页，以下只注页码）"我们读完这篇《祝福》，首先会清楚地觉得，作者是以最尊敬的态度在对待这一个被践踏、被损害、被人们弃在尘芥堆中的女人的。……为了这个女人的被损害，作者一面在悲愤，在提出抗议，一面又在她本人身上去寻找她自己的力量。""他是又严肃、又悲愤、又冷静地在解剖着这一个劳动者的高贵的灵魂的。"（382 页）

### 2. 性格、品行和遭遇

"鲁迅以最朴素和极经济的笔，叙述了关于祥林嫂的一些平常的事情，这些事情却每一件都足以说明祥林嫂的纯洁、善良、坚毅、朴厚的性格和灵魂；而就是这些平平常常的事情联成为一片，织成了一张平平常常的网，把这一个普通的、然而高贵伟大的女人的一生，完全网在被剥夺、被践踏、被损害、被愚弄侮辱和被委弃里面了。"（383页）

### 3. 坚强的灵魂

"鲁四老爷皱眉，然而这还奈何不得这个纯洁、善良、朴厚的伟大灵魂。""被她的婆婆像捆猪一般捆着去卖给山里去，也还不能伤害这个坚强的灵魂""真正给了她第一个大打击的，是她的阿毛被狼拖去了。这才损伤了这一个母亲的伟大的母爱，……然而她还留有一个母亲的尊严的悲哀""她仍然挣扎着，仍然要以自尊反抗着她所面对着的冷酷和侮辱""这个坚强的灵魂终于完全被损害，而且完全被压碎了。"（383-384页）"这个坚强的人抵挡得住物质上被剥削的痛苦，然而终于抵挡不住精神上被剥夺、被侮辱、被威胁的痛苦了。……封建的礼教和迷信（这两者都是封建剥削阶级用来束缚被剥削人民的工具）的势力，这就最有效地尽了它们的践踏、侮辱和伤害的任务！"（385页）"祥林嫂的灵魂是中国劳动妇女的一个最真实的灵魂。"（387页）

### 4. 伟大的疑惑

"这个乞丐在临终之前，却发生疑惑了，疑惑一个人死了之后究竟有没有灵魂，阴间有没有地狱。这真是一个伟大的发现！""她总是已经怀疑这个人间社会给她排定的这个命运了。无论她希望死后有灵魂，或希望没有灵魂，都说明她已经不愿意服从别人替她排定的这个运命了。""最重要的，是她的这个怀疑，显然又正是她对于现实的压迫势力的一个反抗"（385页）"在这篇小说中，最重要的，是她最后的疑惑；从这里，被压迫人民将产生解放自己的力量。"（386页）

从以上摘录不难看出，冯雪峰对祥林嫂的品行和性格，是毫无保留地肯定与赞赏，其评价之高，乃至其整体观点，比之于同时期乃至其后一些学者的认知，拉开了长长的距离。比如以下三点：

关于作者态度。后者认为，鲁迅批判了祥林嫂的愚昧和落后："很深刻地指出了她的反抗是盲目的，孤独的，是徒然的挣扎，得不到真正的出路，而且也很深刻地批判了她的愚昧和落后。"（何家槐）而《文集》指出，鲁迅既"掘发了人民的缺点"，也"掘发了我国劳动人民的品质和性格的最宝贵的方面"；他是以"最尊敬的态度"，"解剖着这一个劳动者高贵的灵魂的"。

关于祥林嫂的反抗。后者认为："她对自己不公允的遭遇不仅逆来顺受，毫无怨尤，反而为这种遭遇而深感卑屈。"（王西彦）或者有所保留："祥林嫂的反抗，也是近于原始性的反抗，她没有明确的认识在支持，她的周围，自然也没有谁能够告诉他妇女翻身的道理，——那是不可能的，在那个时候。"（许杰）"祥林嫂的'逃'也带有很大的局限性。"（范伯群、曾华鹏）与此相反，《文集》说，"最重要的，是她的这个怀疑，显然又正是她对于现实的压迫势力的一个反抗"。《谈祥林嫂》进而指明："一个被压迫者对于压迫者有反抗的表现，不管他根据怎样的观点、立场，就应该承认他是有反抗性的。""她最后的'疑惑'，是包含着反抗她的运命的意义的。……我所说的'反抗'的意义，是对于她的运命的反抗。"

关于缺乏觉悟。"祥林嫂的缺乏觉悟大大限制了她以'逃'来反抗的彻底性。""祥林嫂的'撞'的行动，反封建的因素和封建思想的因素是杂揉在一起的。"（范伯群、曾华鹏）而《谈祥林嫂》指出："您所说的'正确的思想'，离开了现实的社会环境，照您的看法或照现在的大家认识的观点去衡量，也是很不对的。"

比较以上两种观点的不同，依据鲁迅对人民群众优良品质的积极评价和热情赞扬（如在《一件小事》中，"我"和车夫的对比），对照祥林嫂的典型塑造，与阿Q、孔乙己两典型（或主要表现其性格中的消极因素，或含有性格缺陷）的差异，自可认同和赞赏前者的观点。要补充的是，诟病祥林嫂"缺乏觉悟"的"觉悟"，所指是政治觉悟或称革命觉悟，这是在革命年代，用以衡量群众（成员）思想、言行的标尺。以此评判祥林嫂，是超越时代、脱离其生存环境的苛求，即《谈祥林嫂》说的："照您的看法或照现在的大家认识的观点去衡量，也是很不对的。"

## 启示意义

时代在前进，鲁学在发展。陈涌、冯雪峰的《祝福》研究成果，已经成为历史留存，但在70年后的今天，二位的观点并未过时，依然具有借鉴意义。除其见解极具参考价值外，其著述态度、研究路径和研究方法，也可给新世纪学者以启示。如：

心中装着读者，为广大读者学习并接受经典服务；

从解读文本含义入手，精准分析人物、情节、语言等因素，从而得出结论；

用平实、畅达的语言解释经典，表述自己的观点，方便读者理解；

分清主次，把握重点，着力于中心人物祥林嫂，解析典型形象的内涵和意义，等等。

多年以来，频见"鲁迅研究向何处去？"之问。此问有道理，不妨具体一点：《祝福》在 21 世纪的最大读众，是中学师生（现编在高二语文课本）——据 2022 年春权威发布的大学毕业生数字（一千零七十六万）推算，此经典每年大约增加 1000 万青年阅读、学习者（高中生）。那么，学者的研究和撰述，要不要"雅俗共赏"（鲁学非属尖端科学，也不应自居"高端"），提供既属于学术研究，又是学生读得懂、老师用得上的学术成果？

（《中华读书报》2022年6月22日）

# 《鲁迅全集》注释宜"少而精"
## ——以《祝福》为例，兼及《在酒楼上》

据媒体讯息，人民文学出版社启动 2005 年版《鲁迅全集》的修订工作，计划于 2026 年，鲁迅逝世 90 周年之际出版发行。这是新世纪 20 年代思想文化事业的一件大事，对于读者、研究者而言，也是一则喜讯，将有益于更好地继承、学习和研究鲁迅。新版《全集》的修订涉及诸多方面，作为鲁迅作品的读者，笔者拟举一二篇作品为例，对注释修订工作贡献一愚之见。

## 一　从"白文本"到"注释本"

"白文本"和"注释本"，这是两个相对的名称。写文章、出书，原本均无需加注释。由于时代变迁，社会发展，后来的读者读前人著作，发生了困难，才加上注释，以便于阅读理解。这种有注释的文本，成为"注释本"；没有注释的，就叫"白文""白文本"。

鲁迅著作也是如此。鲁迅生前发表作品，结集出版，都没有注释。1938 年，鲁迅全集出版社出版 20 卷直排本《鲁迅全集》

（通称"1938 年版"），人民文学出版社于 1973 年据以重排，出版横排本《鲁迅全集》（通称"1973 年版"），均为"白文本"。在 1940 年代，注释本鲁迅著作问世。国家图书馆收藏有：1940 年 10 月，在延安出版的《鲁迅论文选集》（书中有注释 79 条），是鲁迅著作最早的注释本；鲁迅小说的最早注释本，是 1943 年 7 月，华北书店出版的《阿 Q 正传》和《理水》，两书均系徐懋庸注释。（参看周国伟编著《鲁迅著译版本研究编目》360 页，上海文艺出版社，1996 年 10 月；《鲁迅著作版本展览书目（1981）》，唐弢等著《鲁迅著作版本丛谈》234、235 页，书目文献出版社，1983 年。）

　　《鲁迅全集》注释本出版，开始于 1950 年代，至今已陆续出版三种，即：1958 年版《鲁迅全集》（人民文学出版社，1956-1958 年，以下简称"58 版"）；1981 年版《鲁迅全集》（人民文学出版社，1981 年 10 月，以下简称"81 版"）；2005 年版《鲁迅全集》（人民文学出版社，2005 年 11 月，以下简称"05 版"）。

　　注释鲁迅作品，从 1940 年代至今，已有 80 余年的历史，积累了丰富的经验。但如何做好这项科学而繁重的工作，依然是值得探讨和研究的课题。

# 二　注释什么（条目繁简问题）

## 一、《祝福》注释条目设置（例一）

注释经典作品，首先要解决具体注释什么的问题，即，确定文本的注释点；具体说，就是设置多少以及设置哪些条目。这里，先以笔者正在重读的《祝福》为例，查阅四种注释本，比较其条目设置。

"58版"：1最初发表处（下称"出处"）、2理学、3朱拓、4陈抟、5《近思录》、6《四书衬》、7"老了"、8"鬼神者二气之良能也"（按，"58版"各条注释，只有序号和注文而无注头；此处所列条目名称，为笔者所拟。）

"05版"（"81版"同）条目：1出处、2送灶、3理学、4新党、5康有为、6"祝福"、7朱拓、8陈抟、9"事理通达心气和平"、10《康熙字典》（包括对《近思录》《四书衬》的注释）、11"鬼神者二气之良能也"、12无常、13八十千、14善女人、15庙祝、16鹰洋、17炮烙

红皮本《彷徨》（人民文学出版社，1976年12月，以下简称"红皮本"）：1送灶、2讲理学的老监生、3新党、4康有为、5烟霭、6朱拓、7陈抟老祖、8"事理通达心气和平"、9无聊赖、10《康熙字典》（包括对《近思录》《四书衬》的注释）、11不更事、12怨府、13这几句话（指"我因为常见些但愿不如所料，以为未必竟如所料的事，却每每恰如所料的起来，所以很恐怕这事也一律。果然，特别的情形开始了"）的意思是、14"鬼神者二气之良能也"、

15 形骸、16 无常、17 这几句话（指 "然而在现世，则无聊生者不生，即使厌见者不见，为人为己，也还都不错"）的意思是说、18 中人、19 沸反盈天、20 新正、21 八十千、22 回头人、13 阿弥陀佛、24 香案、25 败坏风俗、26 桌帏、27 讪讪、28 善女人、29 阴司、30 庙祝、31 鹰洋、32 炮烙、33 惴惴、34 天地圣众歆享了牲醴和香烟、35 蹒跚

## 二、《在酒楼上》注释条目设置（例二）

《祝福》是《彷徨》的首篇小说。为了说明情况，再补充《彷徨》的第二篇作品，《在酒楼上》，看其条目设置——

"58 版"：1 出处

"05 版"（" 81 版" 同）：1 出处、2 城隍、3《诗经》、4《孟子》、5《女儿经》

"红皮本"：1 意兴早已索然、2 渍痕斑驳、3 堂倌、4 楪、5 着物不去、6 朔、7 客子、8 同窗、9 骨殖、10 圹穴、11 砖郭、12 城隍、13 送殓、14 "子曰诗云"、15 AB CD、16《诗经》、17《孟子》、18《女儿经》

## 三、条目设置的比较分析

1. 繁简问题 据上面的列举，如《祝福》的条目数，"58 版" 8 条，"81 版""05 版" 17 条，"红皮本" 37 条，差异较大。设置多少合适，这与读者对象相关。比如，"红皮本" 是提供给 "广大读者" 阅读的，"以相当于初中文化程度的读者为对象"（王仰晨：《鲁迅著作出版工作的十年（1971–1981）》，《鲁迅研究月刊》

1999 年第 11 期，以下简称"《十年》"），其注释乃有 37 个之数；《全集》的读者情况不同，注释条目的繁简值得思考。

2."58 版"和"05 版"比较　两版《祝福》注释条目：前者所注为 8 条，后者 17 条，增加的是，送灶、新党、康有为、"祝福""事理通达心气和平"、《康熙字典》、八十千、善女人、庙祝、鹰洋、炮烙（其中《康熙字典》条，包括对《近思录》《四书衬》的注释，前者将《近思录》和《四书衬》分开注释。前者的"老了"，后者没有）。《在酒楼上》注释条目：前者仅 1 条（出处），后者增加 4 条，城隍、《诗经》、《孟子》、《女儿经》。以上后者增加的条目，均属适当和必需？如，其中所含普通词语（非属生僻、特殊词语）：送（祭）灶、善女人、庙祝、鹰洋、炮烙、城隍等，从常用辞书《现代汉语词典》即可查到，《全集》要不要注释？

3.举个别条目讨论　如，《祝福》以鲁镇年终祝福盛典为背景，描述山村女人祥林嫂悲惨的命运，"祝福"一词，既是标题，在文中也一再出现。"祝福"是否需要注释？四种注释本中，不仅"58 版"没有加注，"红皮本"亦无注。原因是，"祝福"作为绍兴地区的岁末民俗活动，小说文本对其说明和描写，已经十分清楚，没有再注释的必要。

# 三　如何注释（注文详略问题）

对于经典作品的注释，在确定注释点（注释条目）后，面临如何作注（重点是，注文内容和文字的详略）问题。下面从《祝福》和《在酒楼上》各举一例：《康熙字典》和《诗经》，对"05版"和"58版"略作比较。

### 1. "《康熙字典》"注释比较

"《康熙字典》"在《全集》中，见于4篇文章，出现于4处。对其相关文字，"05版"均有注释，都对《康熙字典》作了简介。如前两处注文：

第1卷188页[4]《康熙字典》中各种胡须的名称是：上唇的叫"髭"，下唇的叫"鬚"，颊旁的叫"髯"，下巴的叫"鬍"。《康熙字典》，清代康熙年间张玉书等奉诏编纂的一部字典，于康熙五十五年（1716）刊行。共四十二卷，收四万七千零三十五字。(见于《坟·说胡须》( 183页 )，有关文字："假如翻一翻《康熙字典》，上唇的，下唇的，颊旁的，下巴上的各种胡须，大约都有特别的名号谥法的罢"。)

第2卷22页[10]《康熙字典》清代康熙年间张玉书、陈廷敏等奉旨编纂的一部大型字典，康熙五十五年（1716）刊行。……(见于《彷徨·祝福》( 6页 )，有关文字："我又无聊赖的到窗下的案头去一翻，只见一堆似乎未必完全的《康熙字典》，一部《近思录集注》和一部《四书衬》。")

后两处在第4卷631页、第6卷110页，注文略异。

再看"58版"：关于《康熙字典》的注释，仅见于第1卷《坟·说胡须》中的"假如翻一翻《康熙字典》"句，注文是："《康熙字典》中各种胡须的名称是：上唇的叫'髭'，下唇的叫'鬚'，颊旁的叫'髯'，下巴的叫'鬍'。"即，"05版"注文的前一句，但没有对《康熙字典》的简介。"05版"的另3个注条，"58版"都没有相应设置。

## 2.《诗经》注释比较

《全集》涉及《诗经》的文字近20处，"05版"有5条相关注释（在第2卷34页、第4卷198页、第6卷111页、第7卷140页、第8卷244页）。5条注释的注文，内容和文字相同或近似。如：

第2卷34页[ 3 ]《诗经》我国最早的诗歌总集，共三百零五篇。编成于春秋时代。大抵是周初到春秋中期的作品，相传曾经孔子删定。(见于《彷徨·在酒楼上》( 33 页)，有关文字："我先是两个学生，一个读《诗经》，一个读《孟子》。")

第4卷198页[ 16 ]《诗经》我国最早的诗歌总集，收诗歌三〇五篇，大抵是周初到春秋中期的作品，相传曾经过孔子删订。"兄弟阋于墙，外御其侮"，见该书《小雅·棠棣》。(见于《二心集·序言》( 195 页)，有关文字："一阶级里，临末也常常会自己互相闹起来的，就是《诗经》里说过的那'兄弟阋于墙'，——但后来却未必'外御其侮。'")

再看"58版"。关于《诗经》，只有一条注释，即第7卷《集外集·选本》有关文字的注释，注文是："《诗》即《诗经》，其中分'风''雅''颂'三个部分；从音乐上说，'风'是风土，即各地方的乐调，'雅'是王畿的音乐，也即周朝人所认为'正声'的乐调，'颂'是舞乐，即宗庙祭祀时的乐歌。"（第7卷794页）"05版"的其他4条注释，"58版"均无相应注条。又，"05版"5条注释，均有《诗经》简介，"58版"注释无简介。

### 3. 两者注释的比较分析

据以上列举，可比较和思考者有三点：

一是，对《祝福》中的《康熙字典》，《在酒楼上》的《诗经》，"58版"均无注，"05版"均设注，是无注适当，还是设注适当？——这取决于，对理解原文有没有作用。《祝福》中的"我又无聊赖的到窗下的案头去一翻，只见一堆似乎未必完全的《康熙字典》，一部《近思录集注》和一部《四书衬》。"《在酒楼上》中的"我先是两个学生，一个读《诗经》，一个读《孟子》。"对于这两处文字，读起来本没有什么问题，注释《康熙字典》或《诗经》，并不能加深对原文的理解，不加注释不影响阅读。何必"多此一举"？——不影响阅读，不属于阅读障碍者，无需注释。

二是，"58版"于《康熙字典》，仅有一条注释，对《坟·说胡须》有关文字（胡须名称的细分），作补充解释；于《诗经》，也仅有一条注释，对《集外集·选本》有关文字（《诗经》分"风""雅""颂"），也是作补充解释。但两个注条，都没有加入相关简介。原因是，《康熙字典》系旧时常用字典，后被今人新编字典取代，但仍为读者熟知；《诗经》在过去，是学童的必读，如今的初中生，也同样学习、背诵《诗经》中的诗篇。——属于常识范围内的（人物、书籍、事件等），无需作简介。

三是，"05版"关于《康熙字典》的简介，在第1、第2、第4、第6卷，各出现一次；不同注条，或者仅为简介，或者加入其他要点，总之大同小异（其异，仅为内容或文字的"微调"）。关于《诗经》的简介，在第2、第4、第6、第7、第1、第8卷，各出现一次，情况与之相似。同一内容似不必一再出现。——相同内容，无需在注释中重复。

# 四 几点建议

## 1. 以"少而精"为原则

《鲁迅全集》的注释，有"质"和"量"两方面的要求。单就"量"而言，应以"少而精"为原则，即，条目取简去繁，注文就略避详。冯雪峰提出：注释的选择标准，应是初中毕业生"不易懂者和不常见者""不为一般人所熟识者""一般读者不易了解的地方""不为现在一般读者所明瞭的"（《鲁迅著作编辑和注释的工作方针和计划草案》，《雪峰文集》4卷563页，人民文学出版社，1985年）；一位已故学者（参加过"81版"注释工作）主张："不注也能读懂的地方就不必加注。"（王景山：《〈鲁迅全集〉注释随感》，《鲁迅研究月刊》，2006年第3期）。二位所言极是，可为标准和参考。据此，属于普通词语和一般文化常识者，应不列为注释条目，相关注条内容避免重复。

## 2. 明确对象，适应需要

"红皮本"以初中文化程度的读者为对象，适应其要求，"注释要详细一些，力求通俗易懂，尽量避免使用较生僻不常见的字词及文言语句"（《十年》）。《全集》的功能，是保存经典文献，提供研读和查阅；其阅读、使用者，自然不排除"广大读者"，但更多是学者、鲁迅研究者、大学文科师生，以及藏书家、爱好者等等，为求其引录、查核、珍存、悦览等的方便。需求不同，注释应与之适应。

### 3. 以"58 版"为参考范本

"05 版"是对"81 版"的修订，"81 版"是在"红皮本"单行注释本基础上，经修订和重新编排而成，两者似对"58 版"重视不够。"58 版"固然存在一些不足，于十年（1966-1975）时期，又受到批判（主要针对个别注条的内容），但其意义和价值是不容否定的。其注释成果及其体现的"少而精"原则，值得吸收和参考。再者，其编排方法：把各篇作品的注释集中于每卷最后，是为附录（使用小号字体）；鲁迅原作统一排在前面，是为主体。（注释仅供参考，作品才是经典，两者不宜混搭。）由此表明的，对鲁迅及其作品的态度与精神，值得细思和借鉴。何况，"参加（编辑和注释）工作的，现在已经有孙用、王士菁、杨霁云、林辰等同志"（《雪峰文集》4 卷 565 页），以及领导者冯雪峰，均为前辈先贤，值得后人景仰和学习。

（《中华读书报》2024年3月27日）

# 新鲜而独到的解读
## ——[日] 代田智明《〈祝福〉论》读后赘语

为重读鲁迅经典作品《祝福》，在参看诸多相关研究文章中，从《上海鲁迅研究》（2013 年 9 月），查阅到日本学者代田智明的论文：《老妇人的唠叨——〈祝福〉论》（译者李明军，以下简称"《〈祝福〉论》"）\*。读后有耳目一新的感觉，其观点方法，明显不同于既往一些中国学者之论。语谓，"他山之石，可以攻玉"。愚以为，此文对于研究《祝福》，颇具参考和借鉴意义。

## 题目与称谓

初读《〈祝福〉论》，对其题目用语——"老妇人的唠叨"，就有一种新鲜感。"老妇人"，自然指祥林嫂；"唠叨"，应该是说祥林嫂的反复哭诉。此二词的使用（包括含义）非同一般；"老妇人"的称谓，尤其值得玩味，为什么以此指称祥林嫂？

不妨先做一点回顾：《祝福》问世百年来，评论者是如何称呼祥林嫂（认定其身份）的？大致说来，早期有"女仆"（"我们看到女仆做起事来战战兢兢，连摆筷子都要受拒绝，替女仆着想，她这时心里是如何的难堪！"见景深《鲁迅的〈祝福〉》，1927 年）；"乡下女人"（"这一个被压迫被损害的、具有良善灵魂的乡下女人的遭遇与结局，在鲁迅的作品中，是仅次于阿Q"。据许杰《鲁迅小说讲话》，1951 年）；"农村妇女"（"在作者的描绘里，我们看到一个灵魂极其善良的农村妇女——勤劳，自尊，富于母性的爱，具有坚强的忍受力量。"见王西彦《〈祝福〉——一个令人颤栗的回顾》，1951 年）等。其后许多年，直至现如今，论者普遍以"劳动"界定身份，称其为"劳动妇女"。（最早，可能起始于何家槐 1954 年的文章《〈祝福〉》："这篇小说的主题，是通过祥林嫂这一个下层劳动妇女的悲惨命运来解剖旧中国的农村社会。"）

以上几称谓（身份认定）用词，"女仆""乡下女人""农村妇女""劳动妇女"，值得予以比较。其中，"乡下女人"应较为恰当。依据是，它契合鲁迅用语：在《鲁迅全集》中，凡涉及女性的，以"女人"之称最为常见（"女人"是社会日常用语），"妇女"一词较少；在小说中，一律称"女人"。比如，《祝福》中的"卫老婆子忽而带了一个三十多岁的女人进来了，说那是祥林嫂的婆婆。那女人虽是山里人模样，然而应酬很从容"，《药》《离婚》中的"老女人"，等等。"农村妇女""劳动妇女"二词，不见于鲁迅著作（"劳动妇女"带有意识形态色彩）。

说到《〈祝福〉论》的"老妇人"之称，可议者三。一，"老妇人"也是鲁迅用词，"在拾煤渣的老妇人的魂灵中看见拜金主义"（《而已集·〈尘影〉题辞》）。二，称祥林嫂为"老妇人"，表现出论者及其论文的独具色彩。按小说义本实际，祥林嫂死时"四十上下"年纪，谈不上"老"，如此称呼，可突出其研读的独异感受：小说对祥林嫂出场时的描画，"给读者（按，即论者）留下的印象果然就像沦落女巫似的老妇人"。三，解读者给予人物的称谓（身份认定），显示其关注点，与其对人物的评价有密切关系。比如，另一位日本学者以"寡妇"指称祥林嫂："《祝福》是一个被叫做祥林嫂的寡妇的传记。"即，关注她"丈夫死去，婆婆强迫她再嫁"的遭遇，从而引出其结论："祥林嫂逃出婆家的原因，还是对'一女不嫁二夫'这种贞洁观念的忠诚。"（[日]丸尾常喜《"人"与"鬼"的纠葛——鲁迅小说论析·祝福与救赎》，人民文学版，1995年）而"老妇人"之称，强调的是祥林嫂悲惨结局，再由此做出自己的分析和论断。

# 真知灼见

《〈祝福〉论》的内容，涉及《祝福》的几个重要方面，全文分为"回到故乡的'我'""老妇人的来历""老妇人的绝望""老妇人和'我'的对话""纠葛的'我'之故事"共五节，各节的论述，均显示其独特感受和认知。其中，最引人注目，即最不同于既往的，是对于祥林嫂的论述。在此略举几例：

## 1. 祥林嫂的"本性"和"欲望"

解读《祝福》主人公祥林嫂，首要问题是：祥林嫂是什么样的人，她的根本品质是什么?《〈祝福〉论》解读为："她本性是个勤劳能干的人。"即，认定"勤劳能干"，是祥林嫂的本性。其依据是，祥林嫂第一次到鲁镇做工的情节和表现。（即文本中的，"试工期内，她整天地做，似乎闲着就无聊，又有力，简直抵得过一个男子""实在比勤快的男人还勤快。到年底，扫尘，洗地，杀鸡，宰鹅，彻夜的煮福礼，全是一人担当，竟没有添短工。然而她反满足，口角边渐渐的有了笑影，脸上也白胖了"等）。其讲析文字，有"虽是女工的艰苦工作，但也能窥见他从婆家的束缚中解放出来的那种轻松感。""这段三个半月的时间，对祥林嫂来说，应该说是充满光明的吧。"等等。

关于祥林嫂的出逃和抗拒再嫁，其解读是："她想在可能范围内按照自己的方式生活一辈子的朴素、原始的欲望，也可以说是急于寻求最大限度之自由心情的生命力的自然流露。"简言之，祥林嫂的生活"欲望"（生存需求），在于"在可能范围内按照自己的方式生活一辈子"。因而，"即使是对于不合理、不愿意的再婚，如果生了孩子，生活稳定下来，她也会因在其中找到自己生存的场所而能够满足。""在这里对'生存'者来说，其相对性有时也是无比宝贵的。"

以上两点，关于"本性"，《〈祝福〉论》将祥林嫂定性为"勤劳能干的人"，相比于"劳动妇女"之说，前者关注其立身处世的品性，这与文本内容一致，也符合鲁迅创作思想；后者着眼于社会（阶级）身份，偏离了作品实际与作者思想。关于"欲望"，即出逃和抗拒再嫁的动机，解读为祥林嫂要"按照自己的方式生活一辈子"，亦比归结为贞洁观念（"一女不嫁二夫"）、理学法则（"失节事极大"），更符合人物的生活环境（贫穷山村）和命运遭际。


## 2. 祥林嫂的坚强意志

《〈祝福〉论》在论述中，注重祥林嫂非同寻常的意志。如，对于到土地庙捐门槛一事，解读道："无论这是多么迷信的行为，文本的描写都传达着她坚强的意志。"对其最后与"我"的交集，包括关于灵魂的"三问"："这里含有那么一点点祥林嫂想要弄清事情原委的意味"，"别具个性的表现了几乎丧失生气的祥林嫂最后的意志。"以及，"在祥林嫂即使面对那种'死后'的命运也力图抗争的情节中，还描写了前文所述的主人公的生命力和独立的形象"。

此前一些论著有所不同：关于捐门槛和灵魂之"问"，评论的基调多是否定性的。如，一本鲁迅小说专著称，"祥林嫂的捐门槛也同样显示了她的愚昧的一面。她所追求的并不是真正的人的权利，仍然只是希望能做稳奴隶""祥林嫂的希望同样也掺杂着消极的色调""她仍把希望寄托于迷信"，等等。（范伯群 曾华鹏《鲁迅小说新论·逃、撞、捐、问——对悲剧命运徒劳的挣脱——论〈祝福〉》，人民文学版，1986 年）

上述两种不同评论，根本区别在于：如何看待——在特定社会环境和生存条件下，祥林嫂以所能采取的方式所作抗争？或者说，对身处卑微、命运多舛的祥林嫂，是（按现代社会的思想观念）求全责备与苛责，还是在所谓"消极""迷信"中，看到其积极的精神内核？

### 3. 祥林嫂的"划时代意义"

《〈祝福〉论》以"具有划时代意义",评价祥林嫂形象及其意义。如此置评,是过往从未有过的:"我想在这里稍加肯定看待的是,祥林嫂的那种对于生活的欲望或姿态,那种对于人生积极的、坚强的精神以及对于现实的那种微薄的幸福、安定的纯朴感受性。如果把她作为一个民众的形象来理解的话,对鲁迅的小说系谱来说,也是相当具有划时代意义的。"

这段话,从人生追求("欲望")、精神面貌(积极而坚强)、现实感受(享受即使是微薄的幸福)等方面,高度肯定祥林嫂这一民众形象。据其研究,鲁迅笔下的民众,有的属于"在背景中存在的群众",他们"作为旁观者来注视他人的不幸";即使作为小说主人公,如单四嫂子(《明天》)、闰土(《故乡》),也属于"被动的、精神萎靡的存在",而祥林嫂是"带有现实感并能使其具有接近鲜活人物特性的形象"。再者,"《呐喊》前期的悲剧主人公只不过是故事的某种要素、道具",这些作品对黑暗的暴露和描写,不同于《祝福》,在《祝福》中,"黑暗是作为构造来显现的",是不可战胜的,"祥林嫂的一生是作为黑暗的构造而存在的"。正是从上述方面,"生动鲜活的祥林嫂"显示出"划时代意义"。

总之,《〈祝福〉论》之于《祝福》及其主人公祥林嫂,只有正面、积极的肯定,而不含负面、消极的评价。这就是它和此前一些论著的最大不同。

# 对旧说的质疑

阅读《〈祝福〉论》可发现，其对前人研究成果——主要是中国学者的论著，多有参考和引列，而在其中显示出一种质疑问难的精神。此精神，对于《祝福》研究的深化，以及对于经典的准确阐释，都是具有积极意义的。这里举几例。

**例一，"太过于刻板"的"封建思想"论**

上文已举引，关于祥林嫂的出逃和抗拒再嫁，《〈祝福〉论》的论断是，祥林嫂要"按照自己的方式生活一辈子"。此论断，是在引述中国学者的观点后提出的：

"在中国，关于祥林嫂的反抗，'反封建的因素和封建思想的因素是杂糅在一起的'解释也应当站得住脚，但这样的解释岂不是太过于刻板了吗？"由此直接阐明，"我认为，无论逃亡还是抵抗，都在于祥林嫂的心情，而不在于儒教理论"。

**例二，超越"意识形态的观念"**

《〈祝福〉论》对《祝福》研究中的"意识形态的观念"，两次表示异议。一次是谈及祥林嫂在四叔、四婶家做工，就此提出，应"超越作为女工被剥削这种意识形态的观念"（即，不应以剥削与被剥削，看待雇主与受雇者的关系），而且，祥林嫂实际是以做工为享受，由此获得"从婆家的束缚中解放出来的那种轻松感"。一次是论述祥林嫂再嫁后的满足，"那是生活上的感觉，即使抽象地说与'封建的意识形态'有关系也没有太大意义。"

例三，关于一种"代表性言说"——"四种封建权力"论

"过去人们一般都理所当然地认为祥林嫂的悲剧性故事是由于'政权、族权、神权、夫权'四种封建权力（毛泽东《湖南农民运动考察报告》）压迫造成的，这一代表性言说一般也都被认为是《祝福》中的中心性主题。'过往的研究也主要集中于封建的伦理关系是如何置这个两次守寡的善良女人于死地的'"——此处举引，见于《〈祝福〉论》关于"我"的第一节。与上引两例不同的是，对于这一"代表性言说"，《〈祝福〉论》止于举引，未予评论，好像仅作客观介绍，但其所持分明是保留态度，并不认同这种"过去人们一般"的言说。

上举三例，"封建思想"（理学法则）说、"意识形态的观念"和"四种封建权力"论，在过往《祝福》研究中，是长期通行而且影响至今的三个代表性观点，频见于有关论文、著作，包括语文教学参考书。《〈祝福〉论》的质疑，值得人们思考。

最后要说的是，《〈祝福〉论》的解读何以不同于既往？可能的原因在于，其研究不受某种社会理论、思维定式的局限，而着力于对文本的精研细读和深刻领会。独到的论断，来自独特的研究路径和方法。

★代田智明（1951–2017），日本汉学家，原东京大学教授，日本现代中国学会秘书长。其关于鲁迅小说的研究，出版有《解读鲁迅——谜一样奇异的小说10篇》（东京大学出版社，2006年）。书中篇什译为中文者，见于《上海鲁迅研究》的还有：《危机的葬送——鲁迅〈孤独者〉论》（2011年11月），《试论〈出关〉——对鲁迅知识人观的总结》（2015年1月），《叙述人的位相——有关〈一件小事〉

和〈无题〉的略有夸大的备忘录》（2019年4月），以及刊于《绍兴鲁迅研究》的《悖论性的启蒙战略——〈孔乙己〉论》（2020年9月）等，译者均为李明军（《叙述人的位相——有关〈一件小事〉和〈无题〉的略有夸大的备忘录》，系李明军与宫原洋子合译）。

（本文写作中，承内蒙古民族大学李明军教授惠示相关资料，谨此志谢。）

（《上海鲁迅研究》2023年7月）

# 关于"祥林嫂之死"
## ——向孙绍振、孔庆东二位教授讨教

浏览网页（公众号），在"今日头条"的"孙绍振如是说"（2024-01-03 14：16）中，看到"我 2020 年讲关于鲁迅写祥林嫂之死"及"关于此议题我有专门论文发表"等信息。说来很巧，日前阅读新出《人间呐喊》（孔庆东著：《人间呐喊：孔庆东解读〈呐喊〉》，北京大学出版社，2022 年 7 月；"孔庆东解读鲁迅小说系列"之一）一书，也看到类似信息："我讲《祝福》的时候，就提出一个问题，是谁杀死了祥林嫂？这是二十多年前的事了，后来全国的中学老师都学会了这么讲，一讲《祝福》都问学生：'谁杀死的祥林嫂？'"（128 页）可见，孙绍振、孔庆东二位教授，均看重"祥林嫂之死"（谁杀死祥林嫂）的研究，各自取得研究成果，提供了问题答案。笔者正在重读《祝福》，对二位教授所提问题，也有所思考和探究，愿就此向二位教授求教。

一、孙教授说，"此议题我有专门论文发表"，应是指其大文：《礼教的三重矛盾和悲剧的四层深度——〈祝福〉解读》（《语文学习》2008 年 10 期）。关于"祥林嫂之死"，其文称："这个观念（指"寡妇守节"）就是这样野蛮，可是，（祥林嫂）中毒就是这么深，中毒到了自我折磨、自我摧残，自己把自己搞得不能活的程度。……祥林嫂不仅死在别人脑袋里的封建礼教的观念，而且死在她自己脑袋里的封建礼教的观念。"就是说，"祥林嫂之死"是"封建礼教的观念"造成的，这个观念既存在于"别人脑袋里"，更存在于祥林嫂"自己脑袋里"，以至于，"把自己搞得不能活的程度"。——"祥林嫂之死"的责任，要由她自己承担全部，或者大部分（部分）。这一结论，很值得商榷。所求教者：

第一，所谓"寡妇守节"，与祥林嫂的实际行动（小说情节）不符。祥林嫂在小丈夫祥林死后，随即被她的婆婆以高价卖进深山，成为贺老六的老婆。接着，她在贺家墺生活了两年多，生了孩子，终因为丈夫（贺老六）病死，孩子被狼吃，又一次身处绝境。就事实而言，祥林嫂不存在"寡妇守节"这回事：虽是寡妇，却没有"守节"。

第二，所谓"自我折磨、自我摧残，自己把自己搞得不能活的程度"，云云，是说祥林嫂被强逼和贺老六拜天地时，她的挣扎和抗拒："一头撞在香案角上"。但这一"撞"的结果，是："头上碰了一个大窟窿，鲜血直流，用了两把香灰，包上两块红布还止不住血呢"。亦即，她虽然想一头撞死，却没有死成。且不说，她是不是出于"寡妇守节"的观念，而想一死了之，实际是，她的"撞"和后来的死，没有什么关系。

第三，"祥林嫂之死"的事实，发生在她和返乡游子（叙述人）"我"对话之后（当天夜，或次日晨）。从对话内容看，祥林嫂这时"脑袋里"装的是：人死后有没有魂灵？有没有地狱？以及，"死掉的一家的人，都能见面的？"并非"寡妇守节"这一类封建礼教观念；可见，"祥林嫂之死"，不是"封建礼教的观念"造成的。

第四，有什么依据证明：祥林嫂"脑袋里"，装的是"封建礼教的观念"？"一头撞在香案角上"能证明？不能。"撞"的原因，是婆婆的逼婚，而且是把她卖进深山里，她不愿屈从，这是其一。其二，婆婆堵死了她自主求生之路——逃离婆婆家，在鲁镇做短工已经三个半月，她满足这种生活。要之，她的"撞"，是对婆婆的激烈而坚决的反抗，是在强迫拜天地即将完成时，一种仅能采取的反抗方式。

二、孔教授说，"我讲《祝福》的时候……这是二十多年前的事了"，等等，这是指：当年他在CCTV 10《百家讲坛》"孔庆东讲鲁迅"节目的一讲，题目是《祥林嫂之死》。宣讲的内容，经其整理，现收录在《地狱彷徨》（孔庆东著：《地狱彷徨：解读鲁迅〈彷徨〉》，北京大学出版社，2021年6月；"孔庆东解读鲁迅小说系列"之二）中，是《地狱彷徨》的首篇，题作《从〈祝福〉看〈彷徨〉——在〈百家讲坛〉解读〈祝福〉》。节目开始的"旁白"提出："祥林嫂到底是谁害死的呢？"接着，解读者就几个人物与祥林嫂的关系，展开其解读。

重要论断有："祥林嫂之死其直接原因，不是鲁四老爷他们家，间接原因跟鲁四老爷家也不能说有多么大的关系，只能说它在其中发挥了一定的作用。"（3页）"她的婆婆是害死他的重要的原因之一。"（4页）"作为小资产阶级知识分子的'我'，面对这一切无能为力，最后，只有妥协、逃避。"（8页）柳妈"是祥林嫂善良的阶级姐妹""最奇怪的是，祥林嫂跟柳妈是有隔膜的，这一点最厉害。"（9页）等等。

结论为："祥林嫂之死，我们找不到具体的'责任就在他身上'这样一个明确的凶手，祥林嫂反映了中国文化的整体性问题，是中国文化的整体——当时的文化整体——杀害了祥林嫂。"（10页）

对于上述解读和结论，拟提出两个问题求教：

1．"祥林嫂之死"，有没有应承担责任的"明确的凶手"？比如鲁四老爷，所谓"不能说有多么大的关系"，他只"在其中发挥了一定的作用"，未免过于轻描淡写了吧。实则，"祥林嫂之死"的第一责任人，第一凶手，就是鲁四老爷。再如柳妈，她怎么是祥林嫂"善良的阶级姐妹"？两人仅仅"有隔膜"？是她加害祥林嫂，陷祥林嫂于恐怖之中，使之至死念念不忘魂灵（死鬼）、地狱（阴司）等迷信邪说。她对"祥林嫂之死"没有责任？

2．怎样理解："是中国文化的整体——当时的文化整体——杀害了祥林嫂"？这里含有三个概念："文化""中国文化"和"中国文化的整体"，解读者没有解释其内涵和外延，读者搞不懂它们指的是什么。再就是，它们和"祥林嫂之死"有什么关系？怎么就"杀害了祥林嫂"？其杀害祥林嫂，体现于文本中的什么人物，哪些情节？——论者不能只出结论（论点），而没有论据，不进行论证；解读者的解读，应该依据文本，而不能脱离文本，凭空解读。

三、笔者对"祥林嫂之死"的理解。解读《祝福》悲剧故事，即"祥林嫂之死"，应以鲁迅在《我之节烈观》一文的论述，作为参考和依据。

1.《我之节烈观》指出,"只有说部书上,记载过几个女人,因为境遇上不愿守节,据做书的人说:可是他再嫁以后,便被前夫的鬼捉去,落了地狱;或者世人个个唾骂,做了乞丐,也竟求乞无门,终于惨苦不堪而死了!"(鲁迅:《坟·我之节烈观》,《鲁迅全集》第1卷127页,人民文学出版社2005年版)——此所谓"再嫁以后,便被前夫的鬼捉去,落了地狱",所谓"世人个个唾骂,做了乞丐,也竟求乞无门,终于惨苦不堪而死",等等:《祝福》中的祥林嫂,不就是这样的吗。

2.《我之节烈观》说,"社会公意,不节烈的女人,既然是下品;他在这社会里,是容不住的。社会上多数古人模模糊糊传下来的道理,实在无理可讲;能用历史和数目的力量,挤死不合意的人。这一类无主名无意识的杀人团里,古来不晓得死了多少人物;节烈的女子,也就死在这里。……不节烈的人,便生前也要受随便什么人的唾骂,无主名的虐待。"(同上129页)——所谓"不节烈的女人,既然是下品;他在这社会里,是容不住的",所谓"社会上多数古人模模糊糊传下来的道理……挤死不合意的人":《祝福》中的祥林嫂,不就是这样的吗。

3.据《我之节烈观》,"无主名无意识的杀人团里,古来不晓得死了多少人物",以此看《祝福》的悲剧,祥林嫂确系死于鲁镇的"无主名无意识的杀人团"。具体分析,鲁镇这个"杀人团"的组成:

首先是鲁四老爷,"讲理学的老监生"。在鲁镇,鲁四老爷最讨厌,乃至仇恨祥林嫂,在其死后,还咒骂她是"谬种"。鲁四老爷信奉的理学,就是一种"古人模模糊糊传下来的道理",他以此"挤死不合意"的祥林嫂，使之"做了乞丐，也竟求乞无门，终于惨苦不堪而死"。

其次是"善女人"柳妈。她向祥林嫂宣扬的，不止"再嫁以后，便被前夫的鬼捉去，落了地狱"，更严重的是："你将来到阴司去，那两个死鬼的男人还要争……阎罗大王只好把你锯开来，分给他们"。这种恐怖邪说，是仅次于理学教条的精神枷锁，置其于死地。

第三是鲁镇人——"全镇的人们"。在鲁镇，"不节烈的"祥林嫂，"受随便什么人的唾骂，无主名的虐待"。无论祥林嫂走到哪里，都躲避不掉鲁镇人的歧视、嘲笑和侮辱。在鲁镇人看来，祥林嫂不应该活在人间，尤其不应该活在鲁镇。

自然，鲁镇的"杀人团"中，没有哪一个人，动手杀害祥林嫂。他们是联合起来，以"软刀子"——精神暴力，而致"祥林嫂之死"。

（《鲁迅研究动态》2024年1月19日）

# 祥林嫂魂归何处
## ——《祝福》解读异议

　　《语文学习》公众号（2024-03-08 11：16 上海）新近推送一篇重读《祝福》的论文，名《祥林嫂为何只活了"半生"》（作者侯桂新，原载《语文学习》2023 年 11 期，题作《无处安放的灵魂——〈祝福〉重读》；下称"《重读》"，所引据公众号），读后产生讨论的欲念。以下，试提出三个问题。

## 一　"灵魂问答"究竟问什么？

　　《重读》关于"灵魂"的解析，似为一个重点，如："当祥林嫂与'我'在河边有过一番'灵魂问答'后，她便一天也活不下去了""回乡知识分子'我'的出现使她（即祥林嫂）有机会对困扰自己长达五年的灵魂有无问题做一了结，但'我'的逃避态度与含糊不清的回答使她生存的信念之火最终熄灭，从而选择在鲁镇家家从事祝福前夕结束自己的卑微生命"等。拟讨论者——

### 1. "灵魂"含义如何

关于"灵魂"问题,《重读》称:"这是一个有关宗教或神学的根本问题,祥林嫂当然不是从学术的角度提出这样的问题,而是根据亲身遭遇,不得不面对这一问题。"却没有说明,祥林嫂"面对这一问题"的"问题",究竟是什么意思?即其所问:"一个人死了之后,究竟有没有魂灵的?"的"魂灵"(即"灵魂")含义如何?

按人们的日常语言,"灵魂"简称为"魂",指的是一种可以脱离人的肉体而存在的精神(如"魂不附体""魂飞魄散""吓掉了魂"等说法)。(《现代汉语词典》"灵魂"释义之1:"迷信的人认为附在人的躯体上作为主宰的一种非物质的东西,灵魂离开躯体后人即死亡。")普遍认为,人死后灵魂成为游荡的"鬼魂",也就是鬼。如鲁迅指出的,"我们中国人是相信有鬼(近时或谓之'灵魂')的,既有鬼,则死掉之后,虽然已不是人,却还不失为鬼,总还不算是一无所有。"(《且介亭杂文末编·死》,《鲁迅全集》6卷632页,人民文学出版社,2005年)

回到《祝福》文本,祥林嫂之所以问:"一个人死了之后,究竟有没有魂灵的?"源自柳妈吓唬她的话:"你将来到阴司去,那两个死鬼的男人还要争,你给了谁好呢?阎罗大王只好把你锯开来,分给他们。"据此可知,祥林嫂是问:人死之后,会不会(像柳妈说的)变成鬼?但,这只是她最终要问的引子。

### 2. 祥林嫂要问的究竟是什么

"灵魂"之问,仅为祥林嫂对"我"所问三个问题的第1问,并非所问的全部。《重读》的相关表述是："灵魂问答""灵魂追问""魂灵有无的疑惑""灵魂有无问题"，等等，即以"灵魂问答""灵魂追问"之类，作为祥林嫂所问的全部（等于说，祥林嫂仅问"有没有魂灵"）。这属于"以偏概全"，系立论之一忌。这一失当，曾经出现于此前诸多关于《祝福》的论著中，似不能不有所警觉。

实际上，第1问不仅不是"三问"的全部，而且也不是祥林嫂真正想问的实质问题。接下去的第2问："那么，也就有地狱了？"是说，既然鬼（即灵魂）"也许有罢"（"我"的回答），那是不是有地狱（鬼的世界）？"我"回之以"论理，就该也有。"于是，祥林嫂发出第3问："那么，死掉的一家的人，都能见面的？"这第3问，才是最想问、也是她最关心的问题。即，祥林嫂心心念念牵挂着：死掉的一家人，能否在地狱团聚。

《重读》说："在这一场灵魂问答中，由于祥林嫂自己都不清楚究竟想要什么，而'我'最终也以'说不清'取消了所有回答，因此，这成了一场无效的问答。"——这可能是，由于没有理清祥林嫂的思想脉络，因而产生的误判。祥林嫂"究竟想要什么"，她自己很"清楚"：一家人团聚。所谓"祥林嫂的思想脉络"，与形式逻辑的"三段论"有一点相似，在"大前提"和"小前提"之后，即可得出结论。"我"的前两个回答，鬼（即灵魂）"也许有罢"，地狱"就该也有"，均为肯定性回答（尽管"吞吞吐吐""只得支梧着"），祥林嫂由此自己得出结论：（有鬼，有地狱）一家人就可以在地狱见面。虽然"我"对第3问（"一家的人，都能见面的？"），没有再予以肯定（只应之以"说不清"），但对祥林嫂而言，这已经无关紧要了。

## 二 "我"与祥林嫂悲剧是什么关系？

《重读》问道："祥林嫂为何只活了'半生'"？此问显示的是，对祥林嫂悲剧之所以产生的探究。给出的答案，有"祥林嫂的悲惨结局，就由这'罪恶'（'嫁第二个丈夫是罪恶呀'）而来""祥林嫂的悲剧不是由某一个人造成的，然而又确实与她身边的每个人有关""对于祥林嫂的死，婆婆、贺老六、鲁四老爷、四婶、柳妈与一般的鲁镇人都可以说是罪人，但他们的罪责都不足以致命"等，归结为："在传统文化阴霾笼罩的鲁镇，一旦寡妇再嫁，便堕入了万劫不复的深渊。""祥林嫂只活了四十来岁，就被传统文化'吃掉'了"。

可讨论者：1，将悲剧产生归罪于传统文化，这是否过于笼统和抽象？"传统文化"包括哪些内容？它如何"'吃掉'了"祥林嫂？2，所谓"与她身边的每个人有关"，以及"婆婆、贺老六、鲁四老爷……都可以说是罪人"等，同样需要具体分析，不能一概而论。比如贺老六，既然说"她改嫁贺老六后……坏事变成了好事"，贺老六怎么也成了罪人？

从文本实际情节看：祥林嫂之死，"属于非正常死亡·他杀·精神虐杀，即语言暴力致死，软刀子杀人。"这种精神虐杀（语言暴力）的组成，包括"理学和禁忌（代表人物是鲁四老爷）；迷信邪说（代表人物是柳妈）；冷酷的人性（表现于鲁镇人）"（参看拙文《鲁镇苦人论——从孔乙己到祥林嫂》，载 2021

年《绍兴鲁迅研究》)。从"责任人"分析,鲁四老爷是罪魁祸首,他崇奉的理学教条("嫁第二个丈夫是罪恶呀"之类),不仅直接堵死祥林嫂的活路,而且影响了柳妈和鲁镇人等,与之协同配合,置祥林嫂于死地。其次是柳妈,她的迷信邪说,对祥林嫂极具杀伤力。鲁镇人对祥林嫂的冷酷,同样属于致人于死地的软刀子,不仅如《重读》所说,只"造成祥林嫂精神上的惶恐与痛苦"。再者,《重读》的设想,"如果鲁四老爷能够收起他的冷漠和鄙薄,允许她参与祭祀""如果柳妈不向她传递有关阴司的想象,免除她的恐怖"等,均不符合其本性,是毫无可能发生,因而也是没有什么意义的。

最可讨论者,是"我"与祥林嫂悲剧的关系。如上文引到的,"与'我'在河边有过一番'灵魂问答'后,她便一天也活不下去了",以及"'我'的逃避态度与含糊不清的回答使她生存的信念之火最终熄灭",这是不是说,"我"造成祥林嫂生命终结?还有,"祥林嫂的悲剧……与她身边的每个人有关",这"身边的每个人",是否包括"我"在内?"这个唯一对祥林嫂抱以真正同情的'我',却在事实上加速了祥林嫂的灭亡,使她的生命戛然而止。"这是不是"我"的责任所在?——不难看出,《重读》坐实了文本中"我"曾经的自问:"我的答话委实该负若干的责任"等。

值得思考的是:

1.鲁迅说,女人如不愿守节,"他再嫁以后,便被前夫的鬼捉去,落了地狱;或者世人个个唾骂,做了乞丐,也竟求乞无门,终于惨苦不堪而死了!"(鲁迅:《坟·我之节烈观》,《鲁迅

全集》第 1 卷 127 页，人民文学出版社 2005 年版）可见，未能
守节的祥林嫂，"惨苦不堪而死"是恒定无疑的，其生命的终结，
包括其悲剧的发生，非"我"所为。

2．祥林嫂之"求乞无门"，"活不下去"，在她被逐出鲁四
老爷家时，已经开始。其生命之所以能延续"长达五年"，是因
为"这五年里祥林嫂一直在等待一个人。这个人，就是第一人称
叙述者'我'。"（郜元宝《"连自己也烧在这里面"——读〈祝
福〉》，《鲁迅研究月刊》2020 年第 1 期）祥林嫂在二人问答之
后"老了"，因为无需再等待下去，这只是生命"延续"的结束。
即，"我"的作用，是延续了她的生命，而非"在事实上加速了
祥林嫂的死亡"。如果讲"事实"，即使等不到"我"回乡，没
有二人问答，祥林嫂已延续"长达五年"的生命，已即将结束。
（文本提示：祥林嫂见到"我"时，"只有那眼珠间或一轮，还可
以表示她是一个活物。"）

3．"我"的回答，对祥林嫂渴盼与一家人见面，起到增加其
信心的积极作用；祥林嫂的生命，是在怀抱希望、充满信心的状
态下，从容结束的，尽管冻饿至极，正垂死挣扎。


# 三　祥林嫂的"灵魂"安放在哪里？


《重读》以"无处安放的灵魂"为题，文称："在现实中已完
全无法寻觅幸福，死后灵魂又无处安放，生无余欢，死有余辜，
祥林嫂由此成为鲁迅小说人物中最不幸的一个。"其终篇之问是：
"死去的祥林嫂的'魂灵'，在何方飘荡？该如何安息？"

实际与此相反，所谓祥林嫂的"灵魂"，不存在"无处安放""何方飘荡"的问题。准确研读文本，体悟"一家的人，都能见面的?"的本意，问题即可迎刃而解。

首先是，"一家的人"如何厘清。祥林嫂一生，经历过母家、婆婆家、她与贺老六共建的家，共三个家；前两个只是曾经生活过（呆过）的家，后一个才属于她自己。因此，"一家的人"指哪些人，就十分清楚，即：她，贺老六和阿毛，三口之家。

重要问题在于，祥林嫂为何如此牵挂"一家的人"，在死前仍念念不忘其三口之家? ——这显示着她对"一家的人"的深情厚爱。祥林嫂是富于爱心的女人：她爱自己，爱自己的生命，要活着，她为此挣扎、抗争十几年（从二十六七岁，到四十上下）；二爱丈夫贺老六，是贺老六与她组成一个温馨之家，使她过上两三年幸福日子；三爱孩子阿毛，有了阿毛她才获得做母亲的成就感、幸福感。现实生活中的祥林嫂，是一个感情丰富，敢爱敢恨的女人。文学典型祥林嫂，其性格特征（即典型性）包含独特的崇高精神，即以"爱（爱心）"为第一因素。"爱"属于人的天性，是人的第一感情；有了"爱"，活着才有意义。鲁迅说："独有'爱'是真的。"（鲁迅：《我们现在怎样做父亲》，《鲁迅全集》第 1 卷 142 页，人民文学出版社，2005 年）祥林嫂牵挂"一家的人"，就彰显着这种天性的爱。

其次是，"都能见面"怎样解读。在夫死子亡多年后，渴盼和"一家的人"见面，这是祥林嫂最后的希望，最后的追求。祥林嫂的一生，是在希望和追求中度过的；"希望和追求"，是其崇高精神的第二因素。（关于祥林嫂崇高精神的内涵，参看拙文《百岁祥林嫂——"精神之母"论》，载 2023 年《绍兴鲁迅研究》。)

　　试梳理祥林嫂四十上下的生命历程。在母家时，她处于婴幼儿阶段，谈不上希望和追求。做了婆婆家童养媳（祥林比她小十岁）以后，开始产生对未来的希望，即生活的盼头，活着的目标——小丈夫快快长大，早日成婚；也有追求，即实现希望的切实行动——隐忍婆婆的"严厉"，以顺从为上。但成婚不久，祥林竟意外夭亡，而且面临婆婆逼嫁，她这时最迫切的希望，是即刻脱离凶险之地，外出自主谋生，其行动是瞒着婆婆，逃到鲁镇。嗣后被迫嫁给贺老六，发现对方确可信赖，于是滋生新希望、新追求，为此两人共建了温馨和谐的三口之家。仅两三年工夫，幸福之家破灭，又被大伯赶出家门，她只好再到鲁镇，希望像上次一样，在主人家做工谋生。事实是，她已成不可饶恕的罪人，"做了乞丐，也竟求乞无门"，她的新希望和追求是，就能否再与一家人见面，向"我"求教索解，为此，竭力支撑，耐心等待，长达五年之久。之后是如上所述：最后的希望，最后的追求。

　　异议和讨论到这里刹住。于此，当可回应《重读》之问：祥林嫂的美丽"灵魂"，从未"无处安放"，从未"飘荡"过，它一直紧附其身，最终偕同"一家的人"，安息在另一世界。

　　　　　　　　　　　　　（《鲁迅研究动态》2024年4月8日）

# 祥林嫂是什么典型
## ——关于"劳动妇女"说

在《祝福》阅读与教学中，如何认识和评价祥林嫂，是一个重要问题。长久以来，论者、教者和有关重要资料，都说她是"劳动妇女"，或"劳动妇女的典型"，这些论断似可讨论。现依据对文本的品读，在此略陈异见，并求正于学者和教学同仁。

## 一 不幸的山里女人

### （一）来自卫家山的女人

小说开头部分，"我"回到鲁镇的第二天下午，在河边遇见祥林嫂，当夜或第三天，祥林嫂就"老了"。这是说，祥林嫂死在鲁镇。但据"我"叙述，"她不是鲁镇人。有一年的冬初，四叔家里要换女工，做中人的卫老婆子带她进来了……卫老婆子叫她祥林嫂，说是自己母家的邻舍"，而中人是卫家山人，祥林嫂自然也是卫家山人。卫老婆子还说，祥林嫂是"瞒着她的婆婆"来鲁镇的。

在鲁镇，山里人和鲁镇人界限分明。比如，祥林嫂的婆婆一到鲁镇，就被看出："那女人虽是山里人模样，然而应酬很从容"。柳妈警告祥林嫂，"你将来到阴司去，那两个死鬼的男人还要争，你给了谁好呢？阎罗大王只好把你锯开来，分给他们"，这种恐怖的处置法，是祥林嫂"在山村里所未曾知道的"。可见鲁镇人知道的多，令山里人自惭形秽。

祥林嫂作为山里女人，唯一被鲁镇人看重的，是她第一次在鲁四老爷家干活时，"力气是不惜的"，肯定她"实在比勤快的男人还勤快"。相反的，鲁镇的善女人柳妈，在鲁四老爷家干活，就因"吃素，不杀生的，只肯洗器皿"。可见山里人是为鲁镇人服务的，要卖力地服务。

### （二）不幸的遭遇

同是山里人，祥林嫂相比卫老婆子和她的婆婆，有很大的不同。鲁迅自述："我的取材，多采自病态社会的不幸的人们中，意思是在揭出病苦，引起疗救的注意。"[1] 祥林嫂就是一个不幸的人。其不幸，正是小说描写的主要内容，表现于各个时期。

### 1. 童年时期：家境贫寒，受罪遭殃

祥林嫂回答别人说，"她是春天没了丈夫的"，而丈夫"比她小十岁"。这表明她是童养媳（又称养媳妇、等郎媳），即，因家穷而早早脱离父母（甚至是被遗弃），到陌生人家做备娶的儿媳。在她的童年时期，父母之爱，孩童之乐，等等，全是天外之物，想都别想，只有受罪和遭殃。"养媳妇的命运是很悲惨的。她们干的牛马活，吃的猪狗食，有的积劳成疾而终，有的

冻饿而死。即使幸存下来，等小丈夫长大成人，自己已经鬓毛斑白，仍会被虐待和厌弃。特别是丈夫夭殇，不论并亲与否，人家对她有权另行处置。"[2] 就祥林嫂而言，"她家里还有严厉的婆婆；一个小叔子，十多岁"。在四口之家中，她地位最低下，一人伺候三人，免不了挨打受骂。

## 2. 成年时期：丧夫失子，伶仃孤苦

祥林嫂苦熬到祥林十五六岁，二人正式结为夫妻。哪知祸从天降，小丈夫意外夭亡，她立即成为寡妇。此时在婆婆家，她孤身一人，前途渺茫，生活再无盼头。严厉而精明强干的婆婆，为了给小儿子娶老婆，强逼她再嫁到深山野坳里去，到手八十千，既解决了小儿子的聘礼钱，还有些剩余。祥林嫂拼死拼活，不愿被逼嫁，却意外成了贺老六的老婆。新丈夫是大好人，她因祸得福，"真是交了好运了"。可惜美好日子不长久，灾祸随即降临，贺老六"断送在伤寒上"，儿子阿毛"遭了狼"，"大伯来收屋，又赶她"。所谓"祸不单行，福无双至"，祥林嫂成孤家寡人，"真是走投无路了"。

## 3. 终年时期：备受欺辱，葬身无处

祥林嫂以"四十上下"的年纪，陈尸于鲁镇街头，在鲁镇的十三四年（其中有两年多在贺家墺），是她最不幸、最凄惨的时期。其不幸来自三方面：一是鲁四老爷和四婶。鲁四老爷是讲理学的老监生，他警告四婶，祥林嫂败坏风俗，祭祀时候不许她沾手。这等于否认祥林嫂的存在价值。理学像一顶华盖，罩住祥林

嫂动弹不得。二是柳妈。柳妈的阴司恐怖说，"阎罗大王只好把你锯开来，分给他们"，成为对祥林嫂的另一精神威压，使她异常痛苦。三是全鲁镇人。众多的鲁镇人，不分男女，无名无姓，竞相对祥林嫂实施精神折磨。祥林嫂无处遁逃，终被折磨而殒命，死无葬身之地。

## 二　不屈从命运的抗争者

身处险恶环境，遭逢重重劫难，祥林嫂却拒绝认命，从不屈从。她以弱女子的一人之身，对社会邪恶力量作坚决抗争。祥林嫂在"年纪大约二十六七"时，"死了当家人，所以出来做工了"，而丈夫比她小十岁。据此推算，祥林嫂在祥林家，忍受婆婆的"严厉"（即管束和虐待），有十多年之久。在旧时代，有"多年媳妇熬成婆"之说，这反映婆媳矛盾之普遍而严酷。丈夫既已夭亡，在婆婆家没了盼头，祥林嫂再也不愿忍受，由此走上抗争之路。

一是，不屈从婆婆的严厉。祥林嫂的抗争，先是"瞒着她的婆婆"出逃谋生。她在鲁四老爷家干活，"每月工钱五百文"，虽然活重，"她反满足，口角边渐渐的有了笑影，脸上也白胖了"。这是抗争换来的。接着是抗拒逼嫁。婆婆把她绑架回卫家山，强迫她"嫁进深山野坳里去"。她的反抗持续而激烈："一路只是嚎，骂""喉咙已经全哑了"，再"一头撞在香案角上，头上碰了一个大窟窿"，最后"反关在新房里，还是骂"。按卫老婆子说法，"祥林嫂可是异乎寻常""真出格""实在闹得利害"。

二是，不屈从鲁四老爷的理学。祥林嫂是出逃而来鲁镇，这事不仅"瞒着她的婆婆"，也瞒过了卫老婆子和四叔、四婶，因而被四婶留下。在她眼里，鲁四老爷并非神圣不可侵犯。如是者干活三个半月，一天祥林嫂"忽而失了色"，无意间说出：夫家的堂伯"为寻她而来"。此时四叔如梦初醒，"恐怕她是逃出来的。"比之于鲁四老爷、四婶等人，她并不欠缺机敏。最主要的，祥林嫂和鲁镇的柳妈不同，她不信奉理学教条，"存天理灭人欲"和做"节妇烈女"之类，不是她的生活准则。一旦感受到贺老六可以信从，她就踏踏实实享受"人欲"，即享受再嫁的丈夫和孩子。祥林嫂以亲身经历实证理学的荒唐。

三是，不屈从柳妈的地狱迷信。柳妈对祥林嫂的警示，发生于一场厨下对话，她以咄咄逼人的气势，斥责祥林嫂"后来竟依了贺老六"。祥林嫂不甘示弱，以"你不知道他力气多么大呀""你倒自己试试看"回呛。柳妈再以恐怖的阴司强压祥林嫂，提示她：捐门槛可赎罪。祥林嫂照办了，却毫无作用。祥林嫂由此怀疑柳妈的阴司说，等待多年后有了机会，向见多识广的"我"问个究竟："一个人死了之后，究竟有没有魂灵的？""那么，也就有地狱了？""那么，死掉的一家的人，都能见面的？"这连续三问，是对地狱迷信的否定。如果真有地狱，也不怕被阎罗大王锯开，她一心一意想着一家人团聚，重温美好日子。

四是，不屈从鲁镇人的冷酷无情。鲁镇人看待祥林嫂，前后有很大变化。在祥林嫂第二次到鲁镇时，因她再次克夫又克子，人们表现出鄙薄的神气，对她的反复哭诉，先是纷纷评论，随后烦厌得头痛，还似笑非笑地重复她的话。祥林嫂从鲁镇人的笑影上，感受到又冷又尖，她的应对"单是一瞥他们，并不回答一句话"。后来，鲁镇人效仿柳妈，专在她额上的伤疤挑逗：一个问"祥林嫂，我问你：你那时怎么竟肯了？"一个看着她的疤应和道："唉，可惜，白撞了这一下。"对于这种嘲笑，祥林嫂"总是瞪着眼睛，不说一句话，连头也不回""整日紧闭了嘴唇……默默地跑街"。祥林嫂以此抗拒冷酷。

## 三　重情爱子的母亲

祥林嫂的性格，既有坚强的一面，也有温情的一面；就小说的艺术构思而言，前者为主，后者居次，由此构成她的典型性格。对祥林嫂的认知，不能无视她的温情。

祥林嫂"四十上下"的一生，共有五个亲人：亲生父母，两任丈夫（祥林和贺老六），孩子阿毛。她与前后五个亲人，感情轻重不同。

在"二十六七"前，祥林嫂缺失父母爱，夫妻情。由于过早和父母分离，祥林嫂没有享受到父母之爱，也谈不上对老人的爱心。天下父母都是爱孩子的，但具体情况各异，文本对祥林嫂母家略而不提，也没有表现祥林嫂对父母如何。祥林嫂和前夫，虽然自小确定夫妻关系，但年龄相差十岁，虽然成了亲，因为婚后时间过短，无法培养出正常的夫妻感情。更大可能是，受"严厉的婆婆"影响，小丈夫以"严厉"对待大龄婆。

祥林嫂后两个亲人，即贺老六和阿毛，才是她具有实际意义的亲人，一个是称心如意的丈夫，一个是无限疼爱的儿子，合成温馨的三口之家。按照卫老婆子的说法，祥林嫂"现在是交了好运了"：

"她到年底就生了一个孩子，男的，新年就两岁了。我在娘家这几天，就有人到贺家墺去，回来说看见他们娘儿俩，母亲也胖，儿子也胖；上头又没有婆婆；男人所有的是力气，会做活；房子是自家的。——唉唉，她真是交了好运了。"

这是一幅家庭幸福图，母子健康，丈夫能干，妻子舒心，生活自给自足（有房住、有饭吃）。在穷困的山区，这属于上等家庭。祥林嫂此时的亲情，可用她的话语验证。

在厨下对话中，柳妈问祥林嫂："你那时怎么后来竟依了呢？"又说，"我想：这总是你自己愿意了"。祥林嫂的回答是，"你不知道他力气多么大呀"。此所谓"他力气多么大呀"，含有夸赞的意思，和卫老婆子说的"男人所有的是力气"，可以互相印证。男人有力气，会干活，自然是女人的福气。

祥林嫂第二次到鲁镇，反复倾诉"我真傻，真的……"，表现其失子之痛。在倾诉中，她说，"拿小篮盛了一篮豆，叫我们的阿毛坐在门槛上剥豆去""出去一看，只见豆撒得满地，没有我们的阿毛了"；到后来，"一看见两三岁的小孩子，她就说：'唉唉，我们的阿毛如果还在，也就有这么大了。……'"——她为什么一再说，"我们的阿毛"如何，而不是阿毛如何？"我们"，指她和贺老六；"我们的阿毛"是说："我和贺老六的阿毛"。

"年纪青青"的贺老六，虽已"断送在伤寒上"，但依旧活在祥林嫂的心中；阿毛"遭了狼"，祥林嫂以"我真傻，真的……"，反复责备自己，作为母亲，她哀痛欲绝，不能宽诉自己。

# 四 "劳动妇女的典型"

对于"如何认识和评价祥林嫂",上文从三个方面试予解析,要再加以综括性评述:祥林嫂,一个不屈从命运的山里女人的典型,虽生非其时,处境险恶,却对不幸遭际作持续抗争,其身已亡,而其志未泯,她是社会底层中品性坚毅而富于温情的伟大母亲。

关于祥林嫂的典型性问题,30 多年前出版的人教版《中学语文教学指导书》称:"小说成功地塑造了祥林嫂这个旧中国被压迫的农村劳动妇女的典型形象。"[3] 现行《教师教学用书》说法是:"祥林嫂是旧中国劳动妇女的典型代表"[4],上一版《教师教学用书》说,"小说塑造了祥林嫂这样一位普通劳动妇女的形象",是"受压迫剥削的劳动者"[5]。

上述几种论断,文字略异而观念相同,所谓"劳动妇女""受压迫剥削"云云,作为《祝福》教学的指导或参考,多年来一以贯之而没有改变。对此观念,拟讨论者有如下几点:

1."劳动妇女""受压迫剥削"之说,是政治性观念,固化思维。长久以来,"劳动—剥削"成为认知定式,用以区分社会群体和个人。这种观念值得深思,在当下,社会群体常区别为市民—村民,企业家—公司职工,等等,不再以劳动或剥削区分社会成员。

2.不符合文本实际内容。《祝福》中的人物,有山里人和鲁镇人之别,没有"劳动—剥削"之分。祥林嫂的婆婆、卫老婆子、柳妈等，说起来均系劳动妇女。主人四婶和短工祥林嫂，不是剥削者和劳动者的关系，而是双向选择的雇佣（价值交换）关系。

3.不符合鲁迅创作思想。鲁迅自述"我的取材，多采自病态社会的不幸的人们中"，表明其小说创作的观察、着眼点，在于人物遭遇的幸与不幸，不是社会的"劳动—剥削"二元对立。如，《故乡》中闰土的不幸，不是他在迅哥儿家干活造成的，是"多子，饥荒，苛税，兵，匪，官，绅，都苦得他像一个木偶人了"[6]。

（《语文月刊》2023年3期）

1　鲁迅.我怎么做起小说来. ［M］.鲁迅全集 4. 北京：人民文学出版社，2005:526.

2　裘士雄.浅议鲁迅小说《祝福》中的绍兴若干封建陋习. ［M］. 裘士雄.鲁海拾贝.大连：大连出版社，2000:19.

3　冯仲云，王光硕，张红玲 主编.中学语文教学指导书（人教版）［M］. 北京：人民教育出版社，1988:388.

4　人民教育出版社，课程教材研究所，中学语文课程教材研究开发中心. 普通高中课程教科书 教师教学用书 语文必修 下 ［M］.北京：人民教育出版社，2020:203.

5　人民教育出版社，课程教材研究所，中学语文课程教材研究开发中心. 普通高中课程标准实验教科书 教师教学用书 语文3 必修 ［M］.
北京: 人民教育出版社，2018:15，16.

6 鲁迅.故乡.［M］.鲁迅全集 1. 北京: 人民文学出版社，2005:508.

# 祥林嫂的刚烈
## ——"从一而终"论商榷

　　《祝福》中有一个情节：祥林嫂被婆婆卖给贺老六做老婆，在强逼拜天地时，她奋力挣脱身，随即"一头撞在香案角上"。这是关涉祥林嫂命运的重要情节，如何认识和分析此情节，是教学和研究应解决的问题。对此，历年来的教学资料，乃至新发表的研究文章，几乎一致的结论是：祥林嫂受封建伦理（道德、思想等）影响，她要"从一而终"。可是，细细品读文本，此论值得商榷，确切原因和意义大可探究。

## 山村贫女的成长路

　　祥林嫂"一头撞在香案角上"，并非偶然的"意气用事"，而是其主观意识（认知、情感、意志等）和性格，长期积累、发展的必然结果。
　　请看文本对年龄的提示。祥林嫂逃离卫家山到鲁镇做工，此时"年纪大约二十六七"，而丈夫"比她小十岁"，即死了的祥林只有十六七岁。从年龄差异可知，祥林嫂原为童养媳（等郎媳），即，因家贫养不起（或别的某种原因），她才到祥林家做准媳妇的。这应该是她十岁以后（祥林已经出生）的事。十岁前，她生活在穷苦的父母家，又是生存不易的山里，经长年艰苦生活的磨砺，她的性格已基本形成：1．"穷人的孩子早当家"，自幼参加劳动，已养成干活习惯（因此，后来"她整天地做，似乎闲着就无聊"），能干肯干，吃得了苦（做工时，"力气是不惜的""实在比勤快的男人还勤快"）；2．饱尝生活艰辛，懂事早，生存能力强，有一定的认识事物，分辨是非的能力；3．遇事有主见，心里有数，但少言寡语（后来表现为，"顺着眼，不开一句口""当时并不回答什么话""瞪着眼睛，不说一句话"），个性沉稳而坚强。以上是其少儿时期（十岁前），已初步养成的性格和意识，也是她日后为人处事，乃至命运变化的前因。

祥林嫂十岁后到婆婆家，直到二十六七岁出逃，这期间，做童养媳十余年，和丈夫成亲，为时约一年。这十多年，正是她长大成人阶段，当年的幼女、少女历练为成年女人，除身体发育完成（在四婶眼中，是"模样还周正，手脚都壮大"）外，性格已经成熟，有了自己的生活观念和人生追求，包括对人所持态度，遇事处置方法。

与十岁前相比，由于境遇的变化，十岁后的祥林嫂，其性格和意识有所发展，增加了新的因素。境遇的变化主要是，在新的家，上有"严厉的婆婆"（"一个三十多岁的女人"，只比她大十来岁），下有比她小十岁的丈夫，以及更小的小叔子。对上，要尽力侍奉好难以侍奉的婆婆，挑剔申斥，打骂侮辱之类是常事，她只能忍气吞声；对下，要伺候好未必好伺候的两个小兄弟，同时，盼望丈夫快快长大，成亲后能够改变处境。十多年受尽煎熬，养成了：对苦难的隐忍，对改变命运的期盼，以及郁积在胸的反抗意志。

"艰难困苦，玉汝于成。"经历了两个不同家庭，不同生存环境，承受过炉火淬炼的祥林嫂，将迎来更为严酷，以至夺命的考验。

## 忍无可忍的大爆发

祥林嫂苦等十余年，终于和小丈夫成了亲，但，命中注定她终生受苦遭罪。哪里料到，祥林成亲只一年，就一命呜呼，撒手人寰，撒下一个无儿无女的寡妇。祥林嫂改变命运的期盼，就此落了空，而且成为家中多余人。精明强干，很有打算的婆婆，谋划拿她换钱，给小儿子娶亲。面临绝境的祥林嫂，将反抗意志化为反抗行动：逃出婆婆魔掌，自寻生路。在鲁镇做工，她果真品尝到自主命运的甜头：既摆脱了婆婆的管束和虐待，又有了属于自己的收入，"每月工钱五百文"，所以干起活来，"比勤快的男人还勤快""口角边渐渐的有了笑影，脸上也白胖了。"

但是，对祥林嫂的命运，婆婆既已安排好，岂能容忍她逃出手掌心。婆婆分三步走对付祥林嫂，先是请堂伯打探踪迹，证实祥林嫂在鲁镇。

再指使人把她绑回卫家山：

"待到祥林嫂出来淘米，刚刚要跪下去，那船里便突然跳出两个男人来，像是山里人，一个抱住她，一个帮着，拖进船去了。

祥林嫂还哭喊了几声，此后便再没有什么声息，大约给用什么堵住了罢。接着就走上两个女人来，一个不认识，一个就是卫婆子。窥探舱里，不很分明，她像是捆了躺在船板上。"

祥林嫂婆婆对四婶说，"特来叫她的儿媳回家去"。这哪里是"叫她的儿媳回家去"？明明是公然抢人。婆婆深知祥林嫂要违抗，所以安排两个男人，以暴力对付："抱住她""拖进船""堵住（嘴）""捆了（丢在船板上）"。祥林嫂"寡不敌众"，其反抗只能是"哭喊了几声"。

最后一步是关键：绑回去不几天，依然是暴力胁迫，用绳子一捆，把祥林嫂塞在花轿里，抬往贺家墺的贺老六家。

"祥林嫂可是异乎寻常，他们说她一路只是嚎，骂，抬到贺家墺，喉咙已经全哑了。拉出轿来，两个男人和她的小叔子使劲的擒住她也还拜不成天地。他们一不小心，一松手，阿呀，阿弥陀佛，她就一头撞在香案角上，头上碰了一个大窟窿，鲜血直流，用了两把香灰，包上两块红布还止不住血呢。直到七手八脚的将她和男人反关在新房里，还是骂……"

暴力逼嫁一步步推进，只待拜过堂，婆婆的谋划就可完成。而祥林嫂的反抗力度，也一步步增强：送亲途中，"一路只是嚎，骂"，以至"喉咙已经全哑了"；拜堂时，三个男人"使劲的擒住她"也拜不成，终于出现意外，祥林嫂"一头撞在香案角上"，其用力之大、之猛，至于"头上碰了一个大窟窿"。

这就是"一头撞在香案角上"情节（强逼祥林嫂拜天地事件），发生的前因后果。由此不难看出，祥林嫂极力抗争的，是婆婆暴力逼嫁。这也是她反抗意志的大爆发：既已逃出卫家山，开始了在鲁镇的新生活，昔日的婆婆就不再是婆婆，如今却要断绝自己的生路，于是，十几年的积怨，立即发展成仇恨，坚强性格化为刚烈行动——拼命撞去，只求一死。

概而言之，祥林嫂之所以拼命一撞：一则，以死明不屈之志（不甘心被婆婆逼嫁，尤其不甘心被高价卖进里山）；二则，以死报积累之仇（十余年的压迫，再加断绝生路之恨）；三则，以死打乱婆婆卖人计划，粉碎其如意美梦。

## 刚烈之举的意义

解析《祝福》的艺术构思：祥林嫂头撞香案角，有什么重要性？

1.从情节发展看。祥林嫂头撞香案角，而且如此"惊心动魄"，显示其命运的重大转折，是情节发展（暴力伤害）的高潮。

祥林嫂的悲剧命运，主要表现形式是精神折磨，其次为暴力伤害。关于后者，相关情节先是，祥林嫂在河边淘米时被绑架："那船里便突然跳出两个男人来，像是山里人，一个抱住她，一个帮着，拖进船去了"；接着是逼嫁，如卫老婆子所说："只要用绳子一捆，塞在花轿里，抬到男家，捺上花冠，拜堂，关上房门，就完事了。"最后是强迫拜堂："两个男人和她的小叔子使劲的擒住她也还拜不成天地。"——绑架时是，"两个男人"对付一个女人；而拜堂时是，"两个男人"加小叔子，即三个人"擒住"祥林嫂。施害者的力量在加强，而受害者始终是以弱抵强，孤军奋战。至此，暴力伤害达到高潮。

命运的转折，此后表现为悲剧发生地的转换：即将从卫家山（贺家墺），转变为鲁镇；以及悲剧"责任人"的更换：由祥林嫂婆婆，转而为鲁四老爷（四婶），柳妈，鲁镇的男男女女，等等。

2.从形象塑造看。祥林嫂是旧时代的苦人——备受伤害的山村女人的典型，对命运抗争即反抗性，是其思想性格的主要特质。她的反抗性，因迫害形式的不同（精神的，暴力的），而应之以不同形式。单就对暴力伤害的抗争而言，"一头撞在香案角上"，乃是她一次最激烈的反抗，是最后的奋力一搏。对此一搏，据文本描写细细品味：一、祥林嫂不同于其他再嫁女人。卫老婆子说，"这有什么依不依。——闹是谁也总要闹一闹的"。祥林嫂不是"闹一闹"，她是只求一死地抗争。二、既要拼尽全力抗争，又要抓住时机，她是在两个男人和小叔子"一不小心，一松手"的当儿，挣脱身"一头撞在香案角上"——是"香案角上"，不是"香案边上"：香案角的撞击效果更强、更大，所以才会"头上碰了一个大窟窿，鲜血直流，用了两把香灰，包上两块红布还止不住血呢"。没有文化的山村女人，不仅体力好，能干活，并不缺乏睿智和机敏。祥林嫂形象的内涵是丰富的，在反抗性之外，还含着坚毅、勇敢和机敏等品质。

## "从一而终"论商榷

对祥林嫂的"一头撞在香案角"，此前的教学参考资料，现行的教学用书和教材研究文章，一致解读为：祥林嫂誓死"从一而终"（"寡妇守节"）。如1982年版《数学参考书》的论断：

"（祥林嫂）由于受'寡妇守节'这种封建伦理观念的影响……，因此，毅然在香案上撞破自己的额头"[1]。2018 年版《教学用书》称："她的出逃、抗婚等反叛行为的背后却是'从一而终''饿死事小，失节是大'的封建道德。"[2] 2020 年版《教学用书》说：祥林嫂撞向香案"是保持'贞洁'"，她"终究未能摆脱封建思想的桎梏"[3]。见于研究论文的，如"祥林嫂成为寡妇后自愿'从一而终'，矢志不渝为丈夫守节"[4]，或"她拼死地反抗，不是为了所谓的自由，而是为了维护她'祥林嫂'的寡妇身份。"[5] 等等。

对这些论断和评述，可质疑者：

一、文本无据。"一头撞在香案角"，是祥林嫂忍无可忍的一次刚烈行动，但，她不能忍受什么，反抗什么，文本既没有明写，也没有暗示。认定是因为不许她守节，破坏她"从一而终"，这与文本内容不合，找不到文字、细节的依据。如上文所述，祥林嫂的成长经历，她的行为举止，显示的是，反抗婆婆逼她嫁进深山，断绝她自主生存之路。上举资料和论文的论断，与文本实际内容不符，值得商榷。

二、格格不入。祥林嫂与理学戒律不搭界，"从一而终"和"饿死事小，失节是大"之类说教，她无从学起。在十岁前，她生活在贫穷的父母家，哪里有钱上学读书？——山里也没有学校。父母是文盲，不可能教她认字、学文化，更不可能教她学儒家经典和理学思想。十岁以后做童养媳，婆婆家境况虽然好于父母家，但靠"打柴为生"，乃至"一个小叔子，十多岁，能打柴了"：在这样的家庭，哪能受到理学精神或封建道德、封建思想的熏陶？

三、司空见惯。山里人的观念与风气，和鲁镇人有所不同。在文本中，说再嫁是"败坏风俗"的，仅鲁四老爷；是"一件大罪名"的，只有柳妈。山里人不这样说，不这样看。在山里，"回头人出嫁"（即寡妇再嫁），是司空见惯的事，即卫老婆子所谓"我们见得多了"。正如鲁迅指出的，"一个村妇再醮了两回，原是穷乡僻壤的常事"[6]。正如文本所写，祥林嫂的婆婆在儿子死后，没有要求祥林嫂守节（"从一而终"），反而逼祥林嫂再嫁；贺老六花八十千，好不容易才娶到祥林嫂，更没有嫌弃她是回头人。

（《语文教学之友》2022年8期）

1　广东、广西、江西、湖北、湖南五省区 中学语文教学参考书编委会. 五年制中学高中语文第2册教学参考书［M］.北京：人民教育出版社，1982:133.

2　人民教育出版社，课程教材研究所，中学语文课程教材研究开发中心. 普通高中课程标准实验教科书 教师教学用书 语文3 必修［M］. 北京：人民教育出版社，2018:16.

3　温儒敏总主编.人民教育出版社，课程教材研究所，中学语文课程教材研究开发中心. 普通高中课程教科书 教师教学用书 语文必修 下［M］.北京：人民教育出版社，2020:203.

4　杨大忠.《祝福》札记三则［j］.中学语文教学，2020（3）:50.

5　丁磊.祥林嫂：身份焦虑下的无妄挣扎［j］.中学语文教学，2021（3）:53.

6　鲁迅.论"人言可畏".［M］.鲁迅全集6. 北京：人民文学出版社，2005:346.

# 论柳妈和祥林嫂
## ——《祝福》文本品读

　　鲁迅经典作品《祝福》，或可称女性小说。主人公祥林嫂是村妇，在重要、次要人物中，女性也占较大比例。这些女性人物，有个体，有群体。个体的，如，做中人的卫老婆子，女主人四婶，精明强干的婆婆，善女人柳妈；群体的，如，陪出许多眼泪来的女人们，特意寻来听悲惨故事的老女人，念佛的老太太，等等。她们与祥林嫂的关系，对祥林嫂命运所起作用，各有不同。其中，影响最大、最深的，就数柳妈。拙文试依据对文本的品读，略说二人关系。概而言之，她们是：强势对弱势，亦即，伤害与被伤害关系。

## 强势女人说话

　　实际上，柳妈相比于祥林嫂，遭际相同：都是穷苦女人，为生存而外出谋食，同做鲁四老爷家的女工。命运相似：丈夫不幸亡故，孤苦伶仃（祥林嫂的阿毛被狼吃，柳妈没有孩子），丧失家庭生活与亲情。但相异处更明显，表现在——

祥林嫂生在山村（卫家山），嫁在山村，是从山村（先是卫家山，后为贺家墺）逃出，来到鲁镇的，对外面世界所知甚少。柳妈是鲁镇人，比祥林嫂见多识广，如，在阴司里，两个死鬼男人要争一个女人，阎罗大王要把女人锯开分给他们，等等，就是祥林嫂在山村未曾知道的。做女工的经过和表现，也不相同。祥林嫂，是卫老婆子一次再次介绍，才被四婶接受。柳妈，四叔家过新年，事多忙不过来，是临时雇佣。祥林嫂整天地做，比勤快的男人还勤快，各种出力的活，以及杀鸡，宰鹅，彻夜的煮福礼，全是一人担当。柳妈是善女人，吃素，不杀生，只肯洗器皿。

最大的不同在于，祥林嫂嫁过两次，柳妈没有再嫁，这就形成强势对弱势，即有罪和无罪的区别。品读文本可知，柳妈的强势，表现于一场灶下对话，即在她的一番言辞中：

"祥林嫂除烧火之外，没有别的事，却闲着了，坐着只看柳妈洗器皿。微雪点点的下来了。

'唉唉，我真傻，'祥林嫂看了天空，叹息着，独语似的说。

'祥林嫂，你又来了。'柳妈不耐烦的看着她的脸，说。'我问你：你额角上的伤疤，不就是那时撞坏的么？'

'晤晤。'她含胡的回答。

'我问你：你那时怎么后来竟依了呢？'

'我么？……'

'你呀。我想：这总是你自己愿意了，不然……。'

'阿阿，你不知道他力气多么大呀。'

'我不信。我不信你这么大的力气，真会拗他不过。你后来

一定是自己肯了，倒推说他力气大。'

'阿阿，你……你倒自己试试看。'她笑了。"

据这段文字，灶下对话的起因是，祥林嫂看到天空飘雪，就联想起与雪天有关的爱子阿毛，于是叹息而自语，也许想得到一点安慰。柳妈不但没有安慰，反而十分厌烦，打断她："祥林嫂，你又来了。"说过这句话，"柳妈不耐烦地看着她的脸"。这个"看"，实为观察，寻觅，要找话茬数落祥林嫂。她看对方的脸，从正面看到侧面，在额角发现伤疤，于是紧盯这块伤疤。此前，卫老婆子、四婶等人，谁都没注意，甚至没看到这个疤痕，是柳妈第一个发现，但她不是由此，对祥林嫂表示一点关心，一点同情，而是借以嘲笑祥林嫂。她接连发问——

第一句，"我问你：你额角上的伤疤，不就是那时撞坏的么？"注意句子形式：所问"不就是"，不同于"是不是"。已经有了结论（"就是"），但尚待确定，所以用反问形式的询问，意欲证实。

第二句，"我问你：你那时怎么后来竟依了呢？"所谓"怎么""竟"，语含褒贬，是指责祥林嫂，背离守寡戒律，顺从了贺老六，真成为夫妻。本意是，这顺从很荒唐，是罪过。同为反问句形式，和上句的询问相比，这个反问句进了一层，是质问，是责难，怪罪。

两句话的开始，都加一个"我问你"，这是强势用语，加重了语气。在《祝福》中，人物间的问答，出现于多种情况。如，"我"问短工："刚才，四老爷和谁生气呢？""祥林嫂？怎么了？"四婶问卫老婆子："你是什么意思？""你拿我们家里开玩笑么?"等等。情境各不相同,都没有说"我问你"。四婶对卫老婆子,分明是质问、责问,但没有以"我问你"加强气势。仅有柳妈用这种口气,指责祥林嫂的罪过。(检索《鲁迅全集》,"我问你"仅见于《祝福》,只有柳妈这样说话。)

柳妈对祥林嫂说话,在两个"我问你"之后,还有"我不信",也是两个:"我不信。我不信你这么大的力气,真会拗他不过。……"这同属强势语言。前一个"我不信。"三字句,干脆利落,总体否定祥林嫂其人;后一个"我不信",有具体内容,否定祥林嫂说的话。连着说"我不信",也是为加重分量,增强语气。

以上,是灶下对话的前几句。柳妈以"我问你""我不信"等话语,居高临下,咄咄逼人,强势压住祥林嫂。而更严酷的威压,还在后面。

## 伤害和被伤害

据上文所引,柳妈以强势语言,显示其嚣张气焰,威压力量。她所说,"后来竟依了""总是你自己愿意""你后来一定是自己肯了",接连三句,强调祥林嫂的再嫁,系心甘情愿,不是被逼无奈,从而坐实她再嫁之罪。这是伤害的第一步:定罪。

接着有第二、第三、第四步:

"'祥林嫂,你实在不合算。'柳妈诡秘的说。'再一强,或者索性撞一个死,就好了。现在呢,你和你的第二个男人过活不到两年,倒落了一件大罪名。你想,你将来到阴司去,那两个死

鬼的男人还要争，你给了谁好呢？阎罗大王只好把你锯开来，分给他们。我想，这真是……。'

她脸上就显出恐怖的神色来，这是在山村里所未曾知道的。

'我想，你不如及早抵挡。你到土地庙里去捐一条门槛，当作你的替身，给千人踏，万人跨，赎了这一世的罪名，免得死了去受苦。'"

伤害祥林嫂的第二步：受惩罚。柳妈对祥林嫂说，你实在不合算，索性撞死就好了。这好像是同情，实则用心恶毒，要祥林嫂死于非命。"柳妈诡秘的说"，"诡秘"就是不怀好意，鬼鬼祟祟。她真正要说的是，因为再嫁乃一桩大罪，在阴司里，两个死鬼男人相争，"阎罗大王只好把你锯开来，分给他们"。听到如此惩罚，祥林嫂极度惊惧，"她脸上就显出恐怖的神色来"。活着受罪，死后还要受罪，做鬼也做不成全身的鬼。罪孽深重，能不能赎罪？

赎罪方法，柳妈已给她预备好，捐门槛。这实为伤害的第三步：谎言欺骗。柳妈告诉她，可以到土地庙捐门槛，当作替身，"给千人踏，万人跨，赎了这一世的罪名"。果然，祥林嫂听信柳妈的说法，向女主人支取历来积存的工钱，换算12元鹰洋，到土地庙里捐了门槛。但这样做没有用，赎不了罪：在四婶那里，捐门槛和不捐门槛都一样，依旧是罪人。

伤害还在继续，第四步，更大的伤害：传播开来，形成强大舆论。

"她久已不和人们交口，因为阿毛的故事是早被大家厌弃了的；但自从和柳妈谈了天，似乎又即传扬开去，许多人都发生了新趣味，又来逗她说话了。至于题目，那自然是换了一个新样，专在她额上的伤疤。

'祥林嫂，我问你：你那时怎么竟肯了？' 一个说。

'唉，可惜，白撞了这一下。' 一个看着她的疤，应和道。"

灶下的一场对话，在场仅两人，是谁传扬开去的？只能是柳妈。镇上的人，一个说，"我问你：你那时怎么竟肯了？""那时怎么""竟"，这正是柳妈原话的重复。她不仅自己嘲笑，还要让"许多人都发生了新趣味"，形成共识，一起嘲笑。擅于摇唇鼓舌的她，活动能力极强，不止于在女人中散布，还要让男人们都知道。文本用语是，"一个说"之后，接着"一个"应和，而不是一个女人说，一个女人应和。这和祥林嫂讲阿毛故事时不同，那时女人的反应更强烈，这时是，不分男女性别都这样说，都这样应和，全镇人都参与。

面对鲁镇人众的伤害，祥林嫂——

"她大约从他们的笑容和声调上，也知道是在嘲笑她，所以总是瞪着眼睛，不说一句话，后来连头也不回了。她整日紧闭了嘴唇，头上带着大家以为耻辱的记号的那伤痕，默默的跑街，扫地，洗菜，淘米。"

柳妈连同全镇人一起，推祥林嫂于万劫不复的深渊。

## 为什么是善女人

品读灶下对话，分析柳妈对祥林嫂的伤害，有几个问题值得思考。

**问题之一，如何认识和看待柳妈其人？**

文本对柳妈的描写，集中于上引灶下对话，没有叙述她的身世、家庭、经历等。据文本有限的文字，可知：一，柳妈的年岁，大于祥林嫂，系老女人（她的脸已经"打皱"，祥林嫂没有），是长辈，过来人，有资格教训祥林嫂。二，柳妈早已寡居，无子女孙辈等亲人，否则，偌大年岁，不必自己离家谋生。三，她体力有限，不能干重活，"只肯洗器皿"。正因此，才在新年"忙不过来"时，临时被雇"做帮手"。四，她为人十分张扬，比如，对祥林嫂的强势和伤害，对鲁镇男女的广泛影响，等等。

关于柳妈，上一版（2018年）《教师教学用书》的有关论断，说柳妈"与祥林嫂同属受压迫剥削的劳动者"[1]。此论可以商榷。从文本看不出，柳妈受过什么压迫剥削？怎么是劳动者？仅仅依据"做帮手""只肯洗器皿"等，无法得出这种结论。分析人物形象，应根据作品的实际内容，即文本提供的信息；以固有观念和思维定势，套在人物身上，此法不可取。鲁迅写《祝福》，不是要表现祥林嫂与柳妈等人，如何同受压迫剥削，意欲塑造劳动者形象。《祝福》写于1924年2月7日，鲁迅当时还不是阶级论者。以压迫剥削、劳动者等观念，解读作品人物，不符合作者创作思想和小说内容。

**问题之二，从《祝福》整体构思看，柳妈有什么重要性？**

柳妈是《祝福》女性人物的代表（就加害祥林嫂的鲁镇人群而言，她也是鲁镇施害者的代表）。在祥林嫂之外，小说的其他女性，无论个体或群体，以柳妈最为抢眼。全篇叙事文字中，柳妈所占篇幅最多，分量最重。据故事情节，卫老婆子虽然出场五次（到鲁四老爷家说事四次，出现在河边一次），四婶露面近二十次（接待卫老婆子，容留祥林嫂，忙过年等），但都是分散的过程记叙。柳妈仅有一场灶下对话，却是神态、语言的精心描画，细致入微，活灵活现。柳妈对祥林嫂的影响和作用，远超小说中其他女性。如前文所述，她伤害祥林嫂，是一句接一句，步步逼近，层层施压，使祥林嫂无法喘息。

柳妈配合鲁四老爷，致祥林嫂于死境。祥林嫂之死，是全鲁镇各色人等合力摧残的结果。鲁四老爷是罪魁祸首，柳妈为帮凶，二人作用最大。分析死因，祥林嫂死于求生愿望的断绝，死于精神崩溃。具体说，鲁四老爷是讲理学的老监生，他秉持"存天理灭人欲""饿死事小，失节事大"的信条，厌恶祥林嫂是寡妇，骂她是谬种，通过四婶（鲁四老爷不屑于直接对话祥林嫂），从精神、思想上加害祥林嫂。柳妈实践理学信条，使之具体化，指责祥林嫂再嫁，是不可饶恕的大罪，又以阴司报应，被阎罗大王锯开来，等等恐怖情节，恫吓祥林嫂。理学观念和迷信邪说，两者相辅相成，双管齐下，祥林嫂无可遁逃。

关于柳妈，在新版（2020年）《教师教学用书》中，直接提到的，只有一句话："柳妈'祥林嫂，你实在不合算'的一番高论，诡秘无端，煞有介事，见出他的迷信、冷漠而又自以为是。"[2] 这是在分析人物语言具有鲜明个性特征中，举出的一个例子。这里以"迷信、冷漠而又自以为是"，表述人物的个性特征，很值得讨论。柳妈确实迷信（她是鲁镇人迷信的突出代表），但说她冷漠而又自以为是，未免过于轻描淡写，似乎与祥林嫂之死无关。如上所述，她对祥林嫂是威压和伤害，是使祥林嫂陷于绝境的帮凶，岂止是冷漠和自以为是。

**问题之三，柳妈为什么是善女人？**

小说写灶下对话，一开始就点明："柳妈是善女人"。这是为什么？

1．所谓善女人，就是吃斋念佛的女子（"善女人"，出自《金刚经·无为福胜分》），吃素，不杀生，是其重要行为准则。正因为吃素，不杀生，只肯洗器皿，才促使柳妈和祥林嫂，同在灶下干活，提供了对话的可能和场所。由此形成对比，一个不肯杀鸡、宰鹅，一个盼望宰杀而不许——所谓罪人宰杀的鸡鹅，祖宗不吃。

2．这是提示，要以善女人的应有作为，审视柳妈。佛家讲求救苦救难，普度众生，既是善女人，吃素信佛，就要发善心，做善事。可柳妈相反，她对祥林嫂毫无善心，只有伤害和摧残。事实表明，她的善是伪善，是自欺欺人的善，与祥林嫂的淳朴、善良、勤劳，构成鲜明对照。如此写，是用反衬手法，突出祥林嫂的典型形象。

3．写柳妈是善女人，也有反语讽刺的意义，隐含作者感情倾向。小说写其外貌，"使她蹙缩得像一个核桃""干枯的小眼睛"等，可联系鲁迅另一篇小说《故乡》，后者描写杨二嫂形象，"凸颧骨，薄嘴唇""正像一个画图仪器里细脚伶仃的圆规"等等，两篇的写法和用意，颇有相似之处，是漫画手法。在散文《琐记》和《父亲的病》中，有一个心术不正、令人憎恶的衍太太，此人一面怂恿孩子，看淫书，偷母亲首饰，教唆干各种坏事，一面散布关于孩子的坏话。善女人柳妈，和杨二嫂、衍太太两个人物，有相通、相近之处，鲁迅的笔触带着厌恶，具有批判性质。

（《中学语文教学》2021年3期）

1 人民教育出版社，课程教材研究所，中学语文课程教材研究开发中心.普通高中课程标准实验教科书 教师教学用书 语文3 必修［M］.北京：人民教育出版社，2018:16.

2 人民教育出版社，课程教材研究所，中学语文课程教材研究开发中心.普通高中课程教科书 教师教学用书 语文必修 下［M］.北京：人民教育出版社，2020:204.

# 贺老六与祥林嫂的悲剧

《祝福》的主人公祥林嫂，是一个悲剧人物，在其悲剧人生中，鲁四老爷和四婶，她的婆婆，柳妈等，都是伤害她的人，是这些人影响，乃至决定了她的命运。与此相反，也有深爱她——唯一爱她的人，此人就是贺老六。对于祥林嫂的命运，贺老六起什么作用？他是唯一爱祥林嫂的人？

## 祥林嫂的两个丈夫

评析贺老六，不能不和祥林比较，即祥林嫂第一个丈夫。他们都是祥林嫂最亲的人，但均非出场人物，只见于叙述语言。如，两人名字的首次出现，都是经由卫老婆子提及："卫老婆子叫她祥林嫂，说是自己母家的邻舍，死了当家人，所以出来做工了。"此处说的"死了当家人"，就是指前夫祥林。"她婆婆来抓她回去的时候，是早已许给了贺家墺的贺老六的，所以回家之后不几天，也就装在花轿里抬去了。"卫老婆子给四婶拜年，说到祥林嫂的去向，是许给贺老六，"装在花轿里抬去了"，此即她出嫁的第二个丈夫。同为祥林嫂丈夫（一前一后），都不在故事现场露面（自然是艺术构思需要，避免枝蔓），这是两人在文本中的相同之处。

贺老六和祥林相比，不同之处更明显。

一，年龄比较。就祥林嫂和前夫祥林，卫老婆子说："她是春天没了丈夫的；他本来也打柴为生，比她小十岁"，而祥林嫂第一次到鲁镇时，"年纪大约二十六七"，这是说，祥林死时只有十六七，尚未成年，可谓"小女婿"。贺老六多大岁数，文中没有交代，但据卫老婆子叙述，"肯嫁进深山野墺里去的女人少"，要花大价钱才能娶进媳妇，可知他是"大龄男"，可能和祥林嫂年龄相当，或许还要大一些。

二，家境不同。祥林嫂所嫁两个丈夫，各自家庭情况差别很大。"她家里还有严厉的婆婆；一个小叔子，十多岁，能打柴了"，连同上文所引文字，就是祥林家的情况：母子三人，加上童养媳（祥林嫂），四口人同住，合为一家，靠兄弟二人打柴卖钱，作为全家生活来源。贺老六是单身汉，父母已亡故，一人为家，自己有房住，没有别的负担。虽然兄弟多（他排行老六），但各自独立生活，不存在经济纠葛。

三，态度相异。祥林和贺老六作为丈夫，对祥林嫂的感情和态度，也存在明显差异。祥林之于祥林嫂，自幼一起生活，十分熟稔，但年龄相差十岁，像是小弟面对大姐，却是被伺候和伺候关系，更像是少爷对待大丫头；再者，祥林幼承母训，极易仿效其母（祥林嫂的婆婆），对祥林嫂施以"严厉"。贺老六不存在上述情况，而且恰恰相反，祥林嫂是他殷切盼望多年，又花了八十千，才娶进家门的媳妇，自然呵护有加，十分珍爱，其感情和态度，远非祥林可以比拟。

在祥林嫂心里，祥林和贺老六，都是寄予希望，乃至托付终身的亲人。她和前夫祥林，十多年朝夕相处，照护这个"小女婿"长大，深切感知其性格与为人，感情所系，态度如何，却无法培养出夫妻间的恩与爱。直到再嫁贺老六，她才找到这种感觉。

# 为什么"后来竟依了"

关于祥林嫂与贺老六，小说中有一个重要情节：柳妈连着问祥林嫂两个问题，一问"你额角上的伤疤，不就是那时撞坏的么？"再问："你那时怎么后来竟依了呢？"意思是，你既然不愿意和贺老六拜天地，头撞香案角而留下伤疤，后来为什么竟然依从他，做成夫妻，还生了孩子？——"怎么后来竟依了"，确系祥林嫂悲剧的一个关节点。细品此句，实际包含两个方面，即两个问题：就贺老六而言，他怎么促使祥林嫂"竟依了"？对祥林嫂来说，为什么"后来竟依了"？两问题的答案，文本没有明确提供，却含蓄在其中，即下面四婶和卫老婆子的对话：

"后来怎么样呢？"四婶还问。

"听说第二天也没有起来。"她（卫老婆子）抬起眼来说。

"后来呢？"

"后来？——起来了。……"

据小说情节，从"直到七手八脚地将她（祥林嫂）和男人反关在新房里，还是骂"，到"起来了"，为时约两个昼夜（"第二天也没有起来"）。在这两昼夜中，一对新人是什么情况？对此，卫老婆子没有说，其实她也不知道（她说的那些话，都是听别人说的）。这有如国画的"留白"手法（给观赏者留出想象空间），读者却可以根据对话细细体悟。

在两昼夜里，贺老六至少要做三件事：第一件（最急），由于"他们一不小心，一松手"，发生了"头上碰了一个大窟窿，鲜血直流"的情况。在被反关新房后，贺老六必须紧紧抱住祥林嫂，防止她再做傻事，还要"头撞"什么。（祥林嫂对柳妈说："你不知道他力气多么大呀"。这话是真的，她确实"拗他不过"——身强力壮的贺老六。）第二件，劝慰祥林嫂不要"还是骂"：此前"一路只是嚎，骂，抬到贺家墺，喉咙已经全哑了"，为的是抗拒逼嫁，现在已成事实，再骂毫无用处，而且伤害身体。第三件，护理好祥林嫂头上的大窟窿，止住血。在众人忙乱中，"用了两把香灰，包上两块红布还止不住血呢"，此时要即刻弥补，设法包扎好，不能继续流血。其他要做的，还有：让祥林嫂躺下休息，恢复身体；待稍稍平静后，端茶倒水，劝吃劝喝（在两天两夜里，怎能不吃不喝），等等，不一而足。

祥林嫂在这期间，情绪由激烈到安静下来，以至"起来了"，其间的行为举止、内心活动，应可表述为三个词：观察—感受—比较；外加八个字：思前想后，拿定主意。

观察。被反关新房里的两昼夜，在祥林嫂，是一段漫长的时间，一生中的特殊经历。此时此刻，在无意、有意间，她观察：新房是什么样的房子，室内的摆设、家具、用品……从新房内外小环境，再观察可见的里山（贺家墺）大环境。今后，就在这种地方过日子？

感受。除了感受环境，更重要的是感受人，即贺老六：他的年岁（和自己相当？），身体（"他力气多么大呀"），特别是性格脾气——一个本分、温和的山里人；对自己关心、爱护、体贴，无微不至；会操心，屋里屋外收拾得停当……

比较。贺老六这人和祥林不一样：那个小女婿的年龄、为人、脾气，对自己说的话、做的事……怎么能比呢？再说，那个家：四口人住在一起，没有自己的家；夹在他们中间，吃多少苦，受多少罪……，和这个家相比，太不一样了。

如此思前想后，祥林嫂形成对贺老六的看法，他才是可以信赖的男人，自己想象中的当家人。于是"起来了"，即拿定主意，跟定贺老六，一起踏踏实实过日子。

柳妈问祥林嫂，为什么"后来竟依了"？这就是"竟依"的原因，从头撞香案角，到"竟依"的转变过程。

关于"后来竟依了"这个问题，有论者称：祥林嫂矢志守节，从一而终，但既经和贺老六拜过天地，已经身为贺家人，死为贺家鬼，再为前夫寻死，也改变不了贺老六女人的身份，所以顺从了贺老六。此论可质疑：其一，文本说的是，"使劲的擒住她也还拜不成天地"，既然拜天地而未成，按其逻辑，就不具备贺老六女人的身份，"顺从"之论何以成立？其二，祥林嫂先与祥林成婚，她如"从一而终"，这"一"就是祥林，应为他"而终"（无论后来发生什么情况）。就算被迫和贺老六拜成天地（身为贺家人，死为贺家鬼），因而"顺从"后夫，这岂非"从二而终"？其三，"顺从"论脱离文本，祥林嫂一路嚎、骂，头撞香案角的原因，文本无解释，结论应从对情节、文字等的研读而来。其四，祥林嫂矢志"从一而终"，这就已成为"共识"，如 2018 年版《教学用书》称："正是这种'从一而终'的封建伦理道德观念，无情地绞杀了祥林嫂的精神和肉体。"[1]。2020 年版《教学用书》说，"祥林嫂这一生的挣扎与反抗，终究未能摆脱封建思想的桎梏。"[2]但细读文本，祥林嫂的反抗，并非为了从一而终，所谓"共识"应重新审视。

## 祥林嫂"交了好运"

卫老婆子和四婶的对话，说到祥林嫂后来的情况，"她真是交了好运了"：

> "她到年底就生了一个孩子，男的，新年就两岁了。我在娘家这几天，就有人到贺家墺去，回来说看见他们娘儿俩，母亲也胖，儿子也胖；上头又没有婆婆；男人所有的是力气，会做活；房子是自家的。——唉唉，她真是交了好运了。"

"交了好运"，这在祥林嫂悲剧中别具意义。体会这段话的内容——

先说的是生孩子：时间（年底），性别（男孩），年岁（新年两岁）。回溯上文，祥林嫂是"新年才过"十几天，被绑回卫家山，不几天逼嫁贺老六。年底生育，而且是男孩，情况（时间）正常，顺利，可喜，可谓双喜（结婚、生子两件大事）临门。

接着分四项（以分号区隔），叙说祥林嫂的新情况：

"母亲也胖，儿子也胖" 这是总的生存状态：平安，幸福，美满。母亲胖，表明祥林嫂身心俱佳；儿子胖，就是发育好，营养足（说"新年两岁"，实际还是哺乳期婴儿）。鲁迅说，"女人的天性中有母性，有女儿性"³，称赞"那强有力的，无不包罗的母性"⁴。在中国传统观念里，嫁人一生子，是女子一生的两件大事。祥林嫂尽显母性力量，圆满完成了两件大事。

**"上头又没有婆婆"** 这显示祥林嫂的家庭地位。在前夫家，她饱受婆婆"严厉"之苦，为时达十五六年，即使和祥林成了婚，婆婆还是一家之主，一切都要听婆婆安排，毫无自由可谈。如今没有了婆婆，就是一种解脱，再也不必过那种被管束、限制，甚至斥责和辱骂的日子。养育孩子，操持家务，协同丈夫经营简单而舒心的生活，这是身为女人的快乐所在。

**"男人所有的是力气，会做活"** 这是家庭生活的重要支撑。此处说，"男人所有的是力气"，和前文的"他力气多么大"（祥林嫂语）、后面的"男人是坚实人"（卫老婆子所说），可以互相印证，显示贺老六壮硕有力。"会做活"，含"多面手"的意思，不像前夫祥林只能打柴。有这样的男人做依靠，祥林嫂可以衣食无忧，乃至丰衣足食。

**"房子是自家的"** "耕者有其田，居者有其屋"，这是正常生活的物质保障。山里有可以开垦、利用的土地，再有房子住，既可遮风挡雨，防暑避寒，又能储物藏身，躲避野兽伤害。"自家的"，更为重要。与祥林虽然成了婚，房子还是婆婆的，没有自己的，就谈不上独立生活。这自家房子，应是贺老六造的，他意外病死，"大伯来收屋，又赶她"，自家房子也保不住，无处栖身而再次流落鲁镇，可见房子的重要。

以上四项，说再嫁后的状况，前一项是总叙，后三项从不同方面细化。在这四项之外，卫老婆子也说到祥林嫂本人，"她又能做，打柴摘茶养蚕都来得"。祥林一家打柴为生，祥林嫂自然也能打柴，而摘茶养蚕都来得，应是新学的，贺老六教的。夫妻二人，贺老六"会做活"，祥林嫂"又能做"，两好合一好，日子过得必然和和美美。

# 贺老六的意义

### 一、祥林嫂生活中的贺老六

祥林和贺老六，都是祥林嫂生命的组成部分。祥林之于祥林嫂，虽说是"青梅竹马"，乃至"两小无猜"，相伴共处十余年，却无法和贺老六相比——

贺老六和祥林嫂，彼此成就了对方：做成完整的男人，或者女人。作为深山野墺的男人，贺老六苦等二十余年，花了大价钱，终于娶到祥林嫂，且"喜得贵子"，完成了一个正常男人的人生大事。尽管为时仅约两年，也是死而无憾。同样，祥林嫂是童养媳出身的山村女人，受尽千辛万苦，因逼嫁而得到如意丈夫，生育儿子，实现了女人的伟大天性。

贺老六和祥林嫂，彼此是对方的最爱：唯一的爱人。两人都是在渴盼夫妻亲情中，幸遇对方，互相认同，彼此珍惜，因而成为仅有而最亲的人。祥林嫂的遗愿是，"死掉的一家的人，都能见面"：所谓"一家的人"，就是她，贺老六，阿毛。

### 二、祥林嫂悲剧中的贺老六

贺老六未曾出现于故事现场，在文本叙述中，关于他只是几句话，几个词，却是鲁迅小说中，仅有的正面男性人物：一介普通山民，芸芸众生之一人，活在社会底层。和祥林嫂一样，作者对他们只有褒词，不含一丝贬义，在鲁迅心目中，或许国人就应该是这样的。

对祥林嫂形象塑造，贺老六起烘托作用。两个好人合而为一家，相依为命，相得益彰，构成一段温馨生活，一个凄美故事。很可惜，时间只有一两年光景，而美常常是短暂的。

贺老六对于祥林嫂悲剧，具有反衬意义。他的出现，在祥林嫂悲惨的一生中，是一线微光，一点亮色，在艺术构成中相反相成，益显其四十年苦难之深重。

（《语文月刊》2022年6期）

1　人民教育出版社，课程教材研究所，中学语文课程教材研究开发中心. 普通高中课程标准实验教科书 教师教学用书 语文3 必修［M］. 北京：人民教育出版社，2018:16.

2　人民教育出版社，课程教材研究所，中学语文课程教材研究开发中心. 普通高中课程教科书 教师教学用书 语文必修 下［M］.北京：人民教育出版社，2020:203.

3　鲁迅. 小杂感［M］//鲁迅.鲁迅全集：第3卷.北京：人民文学出版社，1981.531.

4　鲁迅. 凯绥·珂勒惠支木刻《牺牲》说明［M］//鲁迅.鲁迅全集：第8卷.北京：人民文学出版社，1981.312.

# "我真傻"的意蕴
## ——试解祥林嫂的哭诉

依据《祝福》的故事情节，祥林嫂第二次到鲁镇后，反复哭诉其失子之痛：先是在鲁四老爷家，后是在镇上，先是对他人，后是对自己，每次均由"我真傻"引起。怎样理解祥林嫂的哭诉？写她一再叙说"我真傻"的故事，有什么意义？

## 哀伤、悔恨、自责

"我真傻"在文本中，前后出现四次，即写了她四次哭诉。不过，只有两次（第一次和第二次），完整地叙述了失子经过，另两次仅开了头，就被听者打断，不让她说下去。首次叙述的文字是：

"'我真傻，真的，'祥林嫂抬起她没有神采的眼睛来，接着说。'我单知道下雪的时候野兽在山墺里没有食吃，会到村里来；我不知道春天也会有。我一清早起来就开了门，拿小篮盛了一篮豆，叫我们的阿毛坐在门槛上剥豆去。他是很听话的，我的话句句听；他出去了。我就在屋后劈柴，淘米，米下了锅，要蒸豆。

我叫阿毛，没有应，出去一看，只见豆撒得一地，没有我们的阿毛了。他是不到别家去玩的；各处去一问，果然没有。我急了，央人出去寻。直到下半天，寻来寻去寻到山墺里，看见刺柴上挂着一只他的小鞋。大家都说，糟了，怕是遭了狼了。再进去；他果然躺在草窠里，肚里的五脏已经都给吃空了，手上还紧紧的捏着那只小篮呢。……'她接着但是呜咽，说不出成句的话来。"

这是在鲁四老爷家的哭诉，原原本本地讲述了阿毛"遭了狼"的过程。可以比较的是，祥林嫂前一次到鲁家，"只是顺着眼，不开一句口"，以至于总是"不很爱说话，别人问了才回答，答的也不多"；这一次，为什么"一反常态"，没等卫老婆子把话说完（其末句"我想，熟门熟路，比生手实在好得多……。"）她就抢接话茬，不管不顾地唠叨起来？个中缘由在于，阿毛是她的命根子，是贺老六病死后，她活着的全部希望，后半生的生活意义。阿毛"给狼衔去"，无疑是对她的致命一击，此时的她，失子之痛堵塞心胸，压得喘不过气来。她急着哭诉，就是迫切一吐心中的痛苦。

如果细致体悟，祥林嫂的痛苦包含三重因素：

首先是哀伤。据文本，祥林嫂此次出现在四叔家时，脸色青黄，两颊消失了血色，"眼角上带些泪痕，眼光也没有先前那样精神了"，这显示出，阿毛"遭了狼"，使她一直深陷悲伤中走不出来。相应的于哭诉之后，"接着但是呜咽，说不出成句的话来"。是天外飞来的横祸，以及阿毛被狼吃的惨状（"果然躺在草窠里，肚里的五脏已经都给吃空了"等等），酿成她极度的哀伤。

其次是悔恨。祥林嫂每次哭诉，都是从悔恨开始，"我真傻，真的"。一声"我真傻"，感觉分量不足，再加一个"真的"，借以加重语气。她悔恨什么？她悔恨："我单知道下雪的时候野兽在山墺里没有食吃，会到村里来；我不知道春天也会有。"这种意外情况，卫老婆子也没想到，她说："春天快完了，村上倒反来了狼，谁料到？"但这是外在原因，如果祥林嫂叫阿毛坐在眼前剥豆，不离开视线，悲剧就可以避免。她怎能不为此而悔恨？

第三是自责。反复哭诉"我真傻，真的"，也明显含有自责自疚的意思。花费两年多心血养育而成的心肝宝贝，因一时疏忽，竟然成为恶狼的美餐，这是祥林嫂无法原谅自己的。从此以后，再见活泼可爱的阿毛，只能期盼于睡梦中。祥林嫂深知，阿毛是她和贺老六夫妻两人仅有的孩子，贺老六既已病死，保护好阿毛，抚养他长大成人，这千斤重担只能由自己挑起。可结果呢，孩子竟"遭了狼"，这是多大的罪责，怎么向死去的丈夫交代？

## 母子情，夫妻义

文本显示祥林嫂的痛苦（哀伤、悔恨与自责），实则还有深一层的作用，表现主人公的感情世界，可谓：拳拳母子情，浓浓夫妻义。

母子感情深。凡为人母者，都疼爱自己的孩子，乃至甘愿为孩子牺牲自我，一如鲁迅所说"那强有力的，无不包罗的母性"[1]，即伟大的母爱。对祥林嫂而言，阿毛的出生，是她历经劫难——幼年时期的童养媳之苦，首次成婚不久即丧夫，"二十六七"岁出逃后，又被逼再嫁等，在近 30 岁时的意外惊喜，其爱子非一般母亲可比；尤其在第二个丈夫（贺老六）病死后，阿毛是她唯一的亲人，她本是要和阿毛相依为命，陪伴终生的，此等艰难境遇中的母爱，更为祥林嫂所独有。

从哭诉可以看出，祥林嫂对阿毛的爱，是爱中有理智，而不是娇生惯养（别的母亲如有类似遭遇，极可能宠爱、娇惯孩子），她在疼爱中注意养成孩子的好品行、好习惯。这种理性之爱，在两三岁的阿毛身上，已呈现出明显效果，如：1，听话，不任性（"他是很听话的，我的话句句听""他是不到别家去玩的"），祥林嫂为此感到安慰和自豪；2，不贪睡，随祥林嫂"一清早起来"（婴幼期孩子一般多睡，比大人迟起），母子同步开始一天的生活；3，学着干活（听从吩咐，"坐在门槛上剥豆"），母子二人共同准备早饭；4，面对恶狼，极力守护盛豆的小篮（"肚里的五脏已经都给吃空了，手上还紧紧的捏着那只小篮呢"）。剥豆时不会紧紧捏着小篮，可见是狼来了，才"紧紧的捏着"的。在祥林嫂培养下，阿毛真是一个好孩子。

夫妻情义重。和"我真傻"四次出现相似，文本中有五个"我们的阿毛"："叫我们的阿毛坐在门槛上剥豆去""没有我们的阿毛了"（各两次）和"我们的阿毛如果还在"。如果说，前者侧重表现祥林嫂的母爱，后者就凸显她对丈夫的深情。"我们"是谁？"我和贺老六"之谓也。"我们的"阿毛，就是"我和贺老六"的阿毛。祥林嫂不能把贺老六挂在嘴边（那更会被人耻笑），但无法忘记贺老六，于是在说到孩子时，把他包容于

"我们"之中。

祥林嫂心心念念记挂着贺老六，她之所以如此，是因为贺老六给了她家的温馨，给了她"好运"：

"她到年底就生了一个孩子，男的，新年就两岁了……他们娘儿俩，母亲也胖，儿子也胖；上头又没有婆婆；男人所有的是力气，会做活；房子是自家的。——唉唉，她真是交了好运了。"

正如卫老婆子所说，"她真是交了好运了"。卫老婆子所谓好运，是指她（祥林嫂）被逼嫁贺老六之后，意外出现的结果：两个真心过日子的好人（孤男寡女），巧遇对方，互相认可，合力组建成一个美满之家。这里有，健康的宝宝，身心俱佳的母亲兼妻子，能干的丈夫，自主操持（无婆婆管束）家务，有自己的房子，等等。这一切，都来自于贺老六，来自于夫妻二人的共同经营。据此，祥林嫂最终说的一句话，"那么，死掉的一家的人，都能见面的?"就不难理解了。她至死还在想念"一家的人"：包含她和贺老六、孩子的三口之家。

## "我真傻"的回声

祥林嫂反复哭诉，本为纾解自身痛苦，她或者希望，能够得到一点安慰，哪怕是一丝关心。可事实恰与她的愿望相反，面对不同听者，其反复哭诉的遭遇是：

### 一、四叔、四婶的鄙视和贬斥

祥林嫂两次到鲁镇做工，四叔、四婶都是鄙视的。前一次，四叔一听她是"死了当家人，所以出来做工了"，就"皱了皱眉""讨厌她是一个寡妇"。而四婶看重的是，"模样还周正，手脚都壮大……很像一个安分耐劳的人，便不管四叔的皱眉，将她留下了。"即，虽鄙视其寡妇身份，但还可以役使她干活。后一次，祥林嫂哭诉"我真傻"的故事，四婶听完"眼圈就有些红了"，勉强让她留下。四叔听后照旧皱过眉，但鉴于用工难就不大反对，而暗暗告诫四婶：祥林嫂再嫁是败坏风俗，她后夫病死、孩子被狼吃虽然可怜，用来帮忙可以，祭祀时候她不能沾手。这是说，祥林嫂已成贱民，失去做正常人的资格。嗣后，因祥林嫂遭受百般折磨而身心俱废，丧失役使价值，终被四叔、四婶赶走，沦落为街头乞丐。

## 二、鲁镇人的冷酷和摈弃

祥林嫂向鲁镇人的哭诉，文本显示两次。一次是完整叙述（与在四叔家的叙述比较，内容相同而文字略异），鲁镇人听后，男人"往往敛起笑容，没趣的走了开去"，女人们"立刻改换了鄙薄的神气，还要陪出许多眼泪来"，乃至"叹息一番，满足的去了，一面还纷纷的评论着"。此所谓"叹息一番，满足的去了"，并非出于对祥林嫂的同情，而是"满足"了近于猎奇的心理，所以后来哭诉，"一听到就烦厌得头痛"。乃至，祥林嫂再次开首说"我真傻，真的"，他们立即以"是的，你是单知道雪天野兽在深山里没有食吃，才会到村里来的"，打断她的话而后走开去；或者，以"祥林嫂，你们的阿毛如果还在，不是也就有这么大了么?"嘲笑她。鲁镇人对祥林嫂是"烦厌和唾弃"，她对鲁镇人的感觉是"又冷又尖"。

### 三、柳妈的伤害和恐吓

祥林嫂的哭诉，有一次是"独语似的"，即自言自语。这次哭诉时，在场的柳妈，一听到"唉唉，我真傻……"就不耐烦，立即打断她，"祥林嫂，你又来了"，不许往下说。柳妈在文本中的身份，既不同于"四老爷，四太太"（卫老婆子语，指四叔、四婶），又不同于鲁镇其他男女，她是吃素念佛的"善女人"。和祥林嫂相比，二人同为命苦的寡妇，同在四叔家做工。可是，命苦的"善女人"，却对命更苦的祥林嫂毫无善心，反而施加伤害，说祥林嫂再嫁而再寡，是"一件大罪名"和"一世的罪名"。又以"你将来到阴司去，那两个死鬼的男人还要争……阎罗大王只好把你锯开，分给他们"恐吓祥林嫂，导致祥林嫂陷于终日恐怖之中。祥林嫂听信柳妈所说，到土地庙捐了门槛，想借以赎罪，却毫无作用，依然罪不可赦。

## 艺术构思中的"我真傻"

若问：小说为什么描写祥林嫂反复哭诉？应考察小说的整体艺术构思，从而认识其意义。

### 1.哭诉推动情节发展

从小说全部情节看，祥林嫂从山村到鲁镇，仅存活到"四十上下"年纪，其最后惨死的结局，是一步严酷一步推进的。其中，"二十六七"岁之后的十几年，是文本着重表现的时期，而第二次到鲁镇做工（年约三十左右），则是重中之重。她这次到鲁镇后的遭遇，即与三类人物（四叔和四婶，鲁镇人，柳妈）的交集和纠葛，均由"我真傻"的哭诉引起。如，在鲁四老爷家，因由她的哭诉，才被四婶、四叔暂时留下，但在主人鄙视、贬斥下，"她的变化非常大""全不见有伶俐起来的希望"，终于被主人赶走；她对鲁镇人的哭诉，开始时"这故事倒颇有效"，后来"便是最慈悲的念佛的老太太们，眼里也再不见有一点泪的痕迹"，祥林嫂只能"张着口怔怔的站着""自己也觉得没趣"；与柳妈的纠葛，也起于她的叹息和独语，"唉唉，我真傻"，由此引发出柳妈好一通数落与讥讽，以至传扬开去，使鲁镇人发生新趣味，又来逗她说话，嘲笑她"白撞了这一下"。据以上可知，"我真傻"哭诉对故事的推进作用。

## 2. 哭诉丰富人物内涵

小说人物的塑造，离不开情节，即人物之间的交集、矛盾与纠葛。文本中的哭诉情节，对于人物形象的塑造，即丰富人物内涵，具有至关重要的意义。单看祥林嫂，在哭诉之前，她是不幸的山村女人（幼年失去父母亲情，成为备受婆婆虐待的童养媳，苦熬到和小丈夫祥林成亲，竟遭遇其夭亡），其形象相对较为单纯，即"不幸"二字。哭诉之后，在四叔、四婶和鲁镇男女及柳妈等人，相互配合的精神打击和折磨之下，祥林嫂最后成为奄奄一息的木偶人。但其求生意志并未削减，依然渴望在地狱中，和"死掉的一家的人，都能见面"。对祥林嫂施害者，即鲁四老爷和四婶，鲁镇人，柳妈，同样在祥林嫂哭诉后，一一完成其形象塑造。如，鲁四老爷的固守理学、阴鸷狠毒，四婶的唯夫命是从而务实，鲁镇人群对弱者冷酷的一致性，等等。祥林嫂哭诉引出的柳妈，是虚伪的善女人，以阴司邪说加害于祥林嫂。

### 3. 哭诉深化小说主旨

关于《祝福》的主题思想，历来的《教师教学用书》有不同表述，如见于 2018 版的："小说通过祥林嫂的不幸遭遇，把批判的锋芒直指造成其悲剧的社会环境和封建伦理道德。"和"封建的政权、族权、夫权、神权四大绳索编织成严密的网，将祥林嫂捆绑在其中，直至她窒息而死。"[2] 见于 2020 版的："《祝福》通过祥林嫂一生的悲惨遭遇，揭露了封建思想对广大民众的毒害，抨击了封建礼教吃人的本质，表现了对底层劳动妇女的深切同情。"[3] 前者将"社会环境和封建伦理道德"，细化为"四大绳索"云云，后者所谓"揭露了封建思想对广大民众的毒害"，等等，均脱离了小说的实际内容。细品文本，其批判锋芒所指，应是鲁镇三类人物（四叔和四婶，鲁镇人，柳妈）所代表的强大精神力量，正是通过祥林嫂"我真傻"的哭诉，揭示了这一强大精神力量，不动声色、无影无形地置祥林嫂于死地。

（《中学语文教学》2022年4期）

---

1　鲁迅：《凯绥·珂勒惠支木刻<牺牲>说明》，《鲁迅全集》第8卷，人

民文学出版社2005版，第350页。

2　人民教育出版社，课程教材研究所，中学语文课程教材研究开发中心. 普通高中课程标准实验教科书 教师教学用书　语文3 必修 ［M］. 北京：人民教育出版社，2018:15，16.

3　人民教育出版社，课程教材研究所，中学语文课程教材研究开发中心. 普通高中课程教科书 教师教学用书 语文必修 下 ［M］.北京：人民教育出版社，2020:203.

# 山村女人的人生追求
## ——祥林嫂"三问"的本义

《祝福》中祥林嫂的"三问"，既是小说的重要情节，也是阅读和教学的一个难点。为解决这一难点，拙文遵循鲁迅"顾及全篇"的"论文"方法[1]，联系文中相关人物和情节，试辨析"三问"究竟问什么，并论及祥林嫂典型形象的特质。

## 柳妈与祥林嫂"三问"

《祝福》中的人物，与祥林嫂"三问"直接相关的，是同在鲁四老爷家做工的柳妈。后者之于"三问"，文本提供两个视角：

一个视角是，两个人物的对照。从小说构思看，作者特地设置两个女人：中心人物祥林嫂，重要人物柳妈。二人十分相似，但又截然不同。相似的是命运，都是遭遇夫死的女人，即人们所谓寡妇，又都没有（或失去）孩子，孑然一身；再就是都缺失生活来源，为了谋生，同在有钱人家做佣人。不同的是，对待命运与生活的态度，可谓泾渭分明，表现在品行、性格和为人处世的方方面面。

单就柳妈而言，她接受命运安排，既然做了寡妇，就信守社会（理学）为她们立下的戒律，"从一而终"，死心塌地守寡。对于未来和生活，再也没有新的要求与期待，从此进入清心寡欲的境界，只以吃斋念佛，做善女人而度过余生。但她对于非亲非故的祥林嫂，却有近乎严苛的要求，至于揪住祥林嫂"额角上的伤痕"，在鲁镇男女中宣扬，使得后者"专在她额上的伤疤"做文章，极尽讥刺、挖苦之能事。

另一个视角是，柳妈与"三问"的关系。祥林嫂之所以发出"三问"，源于她和柳妈的一场灶下谈话。有关情景是，赶上四叔家祭祀，祥林嫂坐在灶下烧火，柳妈洗器皿。（如此安排，是因为祥林嫂再嫁，"不干不净"，祭祀时四婶不许她沾手；柳妈是善女人，吃素，不杀生，只肯洗器皿。）祥林嫂独语似的叹息，"唉唉，我真傻"，引起柳妈厌烦，看着她额角上留下的伤痕，数落她不该顺从贺老六：

"'祥林嫂，你实在不合算。'柳妈诡秘的说。'再一强，或者索性撞一个死，就好了。现在呢，你和你的第二个男人过活不到两年，倒落了一件大罪名。你想，你将来到阴司去，那两个死鬼的男人还要争，你给了谁好呢？阎罗大王只好把你锯开来，分给他们。我想，这真是……。'

她脸上就显出恐怖的神色来，这是在山村里所未曾知道的。

'我想，你不如及早抵挡。你到土地庙里去捐一条门槛，当作你的替身，给千人踏，万人跨，赎了这一世的罪名，免得死了去受苦。'"

祥林嫂听到柳妈的话，十分恐怖，于是信从她的说法，到土地庙捐了门槛却没有用，四婶依旧不许她沾手。这对祥林嫂是致命打击，从此精神更不济，"直是一个木偶人"。这是灶下谈话对祥林嫂影响的一方面，再一方面是，柳妈所谓"阴司""死鬼"云云（"你将来到阴司去，那两个死鬼的男人还要争"），系祥林嫂"在山村里所未曾知道的"，嗣后一直怀疑在心：柳妈说的话是真的吗（为什么捐门槛没有用）？——她不相信鲁四老爷，也不相信鲁镇其他人，更不能向这些人寻求答案。在苦等五年后，祥林嫂终于有机会见到"我"，随即急着向这位"识字的""出门人"求证。

# 祥林嫂"三问"的本义

以上解说"三问"的来源，再看祥林嫂问的是什么。

## 1."三问"内容

叙述者"我"回到鲁镇的第二天，意外与祥林嫂相遇，随即听到对方连着问了三个问题。

"'这正好。你是识字的，又是出门人，见识得多。我正要问你一件事——'她那没有精采的眼睛忽然发光了。

我万料不到她却说出这样的话来，诧异的站着。

'就是——'她走近两步，放低了声音，极秘密似的切切的说，'一个人死了之后，究竟有没有魂灵的？'……

'也许有罢，——我想。'我于是吞吞吐吐的说。

'那么，也就有地狱了？'

'啊！地狱？'我很吃惊，只得支梧着，'地狱？——论理，就该也有。——然而也未必，……谁来管这等事……'

'那么，死掉的一家的人，都能见面的？'"

'唉唉，见面不见面呢？……'这时我已知道自己也还是完全一个愚人，什么踌躇，什么计画，都挡不住三句问，我即刻胆怯起来了，便想全翻过先前的话来，'那是，……实在，我说不清……其实，究竟有没有魂灵，我也说不清。'"

从以上内容看，祥林嫂究竟要问什么？

## 2.“三问”解析

第一问，"一个人死了之后，究竟有没有魂灵的？"这里的"一个人"，是说祥林嫂自己（她没有能力关心别人，更管不了），"究竟有没有魂灵的"，意思是有没有鬼。这实际是问，自己死后是不是变成鬼？此问来自柳妈的"死鬼"之说（"那两个死鬼的男人还要争"），即人死而为鬼。

第二问，"那么，也就有地狱了？"这句从柳妈所谓"你将来到阴司去"引起，地狱即阴司，意思是，死后既然变成鬼，那就要进入地狱吧？祥林嫂希望有地狱，但不能肯定，所以这样问"我"。这第二问比上一问进了一层，紧承"我"的回答"也许有罢"而来：既然有地狱，我是不是就能进去？希望对方予以证实。

最后一问（第三问），是最重要的问题，"那么，死掉的一家的人，都能见面的？"原来，祥林嫂想的是：要和"死掉的一家的人"见面，而且"都能见面"。（说的是"一家"，即包括贺老六和阿毛在内的三口之家。）祥林嫂从"我"上面的回答："地狱？——论理，就该也有。"得出结论：既然有地狱，她就可以和阿毛、贺老六见面，一家人相聚。但拿不准，所以再发此问。（遗憾的是，"我"没有给予肯定，以"说不清"敷衍，甚至推翻前面说的，"究竟有没有魂灵，我也说不清。"）

合起来看，祥林嫂的"三问"，包含一个认知过程：如果有鬼，就应该有地狱；有地狱，就能和儿子、丈夫相会。归根结底，祥林嫂要问的是，能否一家人见面，她满怀希望在地狱里，实现三口人的团聚。

### 3. 本义释读

"三问"的提出　对于祥林嫂而言，以"三问"向"我"寻求答案，是期盼已久的事。这从其话语中两个副词"正"（"这正好""正要问你"），以及"没有精采的眼睛忽然发光"神色变化，不难看出她早有准备，急于求证。

"三问"的结果　尽管"我"在回答中，经历"踌躇""吃惊""胆怯"等内心变化，说话"吞吞吐吐""支梧着"，最后以"我也说不清""想全翻过先前的话"，但说过的话无法收回。祥林嫂不关心、也不知道"我"的内心活动，她关注的是"我"的回答，即"我"已经说出口的话：灵魂（即死鬼）"也许有罢"，地狱"论理，就该也有"。祥林嫂据此自己得出结论，"死掉的一家的人，都能见面的"。

"三问"的本义　从祥林嫂的"三问"，可看出她的最后追求，既已被鲁镇断绝生路，活不下去，那就寄希望于未来——死后；她殷切盼望像过去那样（贺老六没有死于伤寒，阿毛没有被狼吃），在地狱里，重新享受三口之家的温馨与幸福。祥林嫂怀抱此心此情，在"我"回到鲁镇的第二天夜里，即与"我"谈话后，或者第三天，终结了自己的苦难人生。

## 祥林嫂的人生追求

依循"顾及全篇"之法，才能准确解读祥林嫂的"三问"。为此，不可忽略两个直接相关的情节，即祥林嫂的两段经历："有了笑影"和"她笑了"两个生活时期。

"有了笑影"，发生在祥林嫂二十六七岁时。具体情节是，在第一个丈夫（祥林）死后，她挣脱牢笼（自幼女至成年女人，管束二十余年），从婆婆家逃到鲁镇，经卫老婆子介绍，在鲁四老爷家做工。在试工期内，"她整天地做，似乎闲着就无聊，又有力，简直抵得过一个男子"。如此尽心尽力，并非做样子给人看，而是出于真心实意。嗣后——

"日子很快的过去了，她的做工却丝毫没有懈，食物不论，力气是不惜的。人们都说鲁四老爷家里雇着了女工，实在比勤快的男人还勤快。到年底，扫尘，洗地，杀鸡，宰鹅，彻夜的煮福礼，全是一人担当，竟没有添短工。然而她反满足，口角边渐渐的有了笑影，脸上也白胖了。"

不难看出，"有了笑影"是她内心的真实流露。其中既有脱离牢笼的欣喜，更有为自己做工（每月挣工钱 500 文）的快慰。此时的她，是在享受自主生活，享受劳动。

"她笑了",发生在灶下谈话时(此时祥林嫂大约三十来岁),
具体情节为,柳妈不相信祥林嫂说的话,"你不知道他(贺老六)
力气多么大"——

"'我不信。我不信你这么大的力气,真会拗他不过。你后
来一定是自己肯了,倒推说他力气大。'

'阿阿,你……你倒自己试试看。'她笑了。"

谈话到这里,为什么"她笑了"?祥林嫂之所以笑,是因为
柳妈说到贺老六,于是在她的脑际,迅速出现贴心丈夫的身影,
以及在贺家坳的生活场景,即卫老婆子描述的——

"她到年底就生了一个孩子,男的,新年就两岁了。我在娘
家这几天,就有人到贺家坳去,回来说看见他们娘儿俩,母亲也
胖,儿子也胖;上头又没有婆婆,男人所有的是力气,会做活;
房子是自家的。——唉唉,她真是交了好运了。"

这场景显现的,是其乐融融的合家欢,是一个女人正享受
着好丈夫,乖儿子,享受着幸福生活。以上述两"笑"作比较,
"她笑了"是喜形于色,是舒心的快乐,显然比"有了笑影"进
了一层,也就是祥林嫂的好运,又进了一个层次。

应把"三问",与"有了笑影""她笑了",三者连起来看,
其间具有密切关系:三者代表祥林嫂命运的三个关节点,体现
她在不同人生阶段的热切追求。前两者是活在人世的追求,上
文说及,第一层("有了笑影")是做一个正常人,为自己活
着,享受自主人生;第二层("她笑了")是做一个正常女人,
嫁一个疼爱自己的丈夫,生育可爱的孩子,一家人自给自足,
平安幸福地过日子。这两种生活,祥林嫂都曾得到,却转瞬

即逝，随之而来的，是饥寒交迫的乞讨，是万劫不复的地狱。后者是在地狱的追求，即便做死鬼，也要做享受亲情和母爱的死鬼。

对人生，对未来（包括在地狱），怀抱希望，不懈追求——这就是山村女人祥林嫂，与其他山村人以及所有鲁镇人截然不同的地方，是文学典型祥林嫂，有别于阿Q、孔乙己等典型而独具的特质。

## "旧论""新说"辨析

关于祥林嫂的"三问"，在学术论著和教学资料中，历来多有论述或解说，其观点大致相同，且均就灵魂的有无进行申论。这里以40年前的教学参考书，现行教学用书各一种为例。1982年的"旧论"："祥林嫂临死向'我'提出的三个问题，是对灵魂的有无表示疑惑。她希望人死后有灵魂，因为她想看见自己的儿子；她害怕人死后有灵魂，因为她害怕在阴间被锯成两半。这种疑惑是她对自己命运的疑惑，但是，也正是这种疑惑，这种无可解脱的矛盾，使她在临死前受到了极大的精神折磨，最后，悲惨地死去。"[2] 2020年的"新说"："她临终前向'我'发问，表现出对灵魂有无的困惑，则是在生命的最后时刻对封建社会鬼神信仰的怀疑与反抗。"[3]

对上引"旧论"和"新说"，可质疑者——

一，祥林嫂问了什么问题？"旧论"说，祥林嫂所问，"是对灵魂的有无表示疑惑"；"新说"云，"她临终前向'我'发问，

表现出对灵魂有无的困惑"。而实际上,祥林嫂所问是三句,
"有没有魂灵的?"仅是第一句,只占三分之一,而且是非重点
的引入句,将"三问"归结为一问,这属于以偏概全。

二,祥林嫂所问"魂灵"含义如何?对此,"旧论"和"新
说"均未涉及,实则其内涵不可忽略。据辞书释义,"魂灵"即
"灵魂",属多义词,本义是:"迷信的人认为附在人的躯体上作
为主宰的一种非物质的东西,灵魂离开躯体后人即死亡。"这种
"东西"也就是"鬼"("迷信的人所说的人死后的灵魂")[4]。祥
林嫂说的"魂灵",属于"吴越方言。指人的精神。古人想象人
的精神能离开肉体而存在,这种精神被称作魂灵。"[5]鲁迅指出:
"我们中国人是相信有鬼(近时或谓之"灵魂")的,既有鬼,
则死掉之后,虽然已不是人,却还不失为鬼……""在这时候,
我才确信,我是到底相信人死无鬼的。"[6]可见,祥林嫂说的"魂
灵"即"鬼"。她是从有没有鬼问起,指向"死掉的一家的人,
都能见面的"。

三,祥林嫂"三问"意义何在?据"旧论"解读,"她希
望人死后有灵魂,因为她想看见自己的儿子",可实际是想看见
"一家的人",不仅儿子阿毛;所谓"这种无可解脱的矛盾,使
她在临死前受到了极大的精神折磨",祥林嫂并非如此,她是满
怀"一家的人,都能见面"的期盼而死的。"新说"云,其"困
惑""是在生命的最后时刻对封建社会鬼神信仰的怀疑与反抗。"
亦可商榷,祥林嫂的"怀疑",其实是盼望,她盼望在地狱里,
和丈夫、孩子重温亲情与母爱的和谐与温馨;祥林嫂确实具有
强烈的反抗性,但她不反抗"一家的人,都能见面",恰恰相

反，一家人团聚正是她追求的。

（《语文月刊》2023年9期）

---

1 鲁迅："不过我总以为倘要论文，最好是顾及全篇，并且顾及作者的全人，以及他所处的社会状态，这才较为确凿。"见《且介亭杂文二集 · 题未定草（六至九）》，《鲁迅全集》第6卷，人民文学出版社2005版，第444页。

2 广东、广西、江西、湖北、湖南五省区 中学语文教学参考书编委会. 五年制中学高中语文第2册教学参考书［M］.北京：人民教育出版社，1982:134.

3 人民教育出版社，课程教材研究所，中学语文课程教材研究开发中心. 普通高中课程教科书 教师教学用书 语文必修 下［M］.北京：人民教育出版社，2020:203.

4 参看《现代汉语词典》（第7版），商务印书馆，2021年，589页，828页，492页。

5 参看《鲁迅大辞典》，人民文学出版社，2009年，1093页。

6 鲁迅：《死》，《鲁迅全集》第6卷，人民文学出版社，2005年，632页，634页。

# 祥林嫂 "怎么死的？"
## ——浅析 "无聊生者" 和 "厌见者"

祥林嫂 "怎么死的？" ——这是叙述者 "我" 提出的问题。小说开头部分，"我" 听短工说祥林嫂 "老了"（即 "死了"），随即问 "什么时候死的？"，紧接着追问 "怎么死的？" 可见 "我" 心情之迫切，急于了解祥林嫂之死的原因。其实，这个问题也是《祝福》阅读和教学中，必须思考和解决的重要问题。

## 一 "无聊生者" 祥林嫂

据文本，短工对 "我" 的追问，回答道："还不是穷死的"。"我" 对此并不认同，他有自己的思考和判断：

"这百无聊赖的祥林嫂，被人们弃在尘芥堆中的，看得厌倦了的陈旧的玩物，先前还将形骸露在尘芥里，从活得有趣的人们看来，恐怕要怪罪她何以还要存在，现在总算被无常打扫得干干净净了。魂灵的有无，我不知道；然而在现世，则无聊生者不生，即使厌见者不见，为人为己，也还都不错。"

其结论就是："无聊生者不生，即使厌见者不见"。

怎样理解这句话？先品味"无聊生者"的语词含义。此处的"聊"，意为依赖，凭藉。（如，民不聊生：百姓穷困而无所依靠。）多与"无"连用，表示无所凭藉，无以为生。（《战国策·秦策》："上下相愁民无所聊"。《晋书·石勒载记下》："自是刘、石祸结，兵戈日交，河东、弘农间百姓无聊矣。"）所谓"无聊生者"，说的就是"百无聊赖的祥林嫂"，指祥林嫂无法生存，其性命无处安放，亦即，命中注定多劫多难，活不下去。

祥林嫂的一生，从开始就是不幸的：出生在贫瘠山村，穷苦人家。她刚到鲁四老爷家做工时，回答别人道："春天没了丈夫的"，丈夫"比她小十岁"。这实际是说，自己是童养媳（等郎媳）——因父母养不起（或别的什么变故），在十岁多时（祥林出生后），她就到了婆婆家。父母家贫穷，自然缺吃少穿，很早就学着干活，受苦遭罪。这是她的幼小时期。

祥林嫂进了婆婆的家门，可婆婆家日子也不富裕（全家以"打柴为生"），而且她面对的是：严厉的婆婆，二人相差不足十岁；自己的未婚夫，是更加幼小的婴儿；几年后，婆婆又生一个儿子（她的"小叔子"）。家里这一老二小（公公是什么时候死的，文本没交代）都归她一人伺候。从十来岁的少女，到二十六七（出逃时的年龄）的成年女人，在十多年里，祥林嫂当牛做马，挨打受骂，泪水只能咽到肚里，痛楚无处哭诉。苦熬到祥林十五六岁，两人终于成亲，竟承受一场意外打击，"春天没了丈夫"。这时的婆婆，根本不顾祥林嫂的丧夫之痛，随即以大价钱，把她卖进深山，只为给小儿子娶亲。这是祥林嫂在婆婆家的境遇。

祥林嫂被逼再嫁贺老六，却因祸得福，"喜结良缘"（上天赐给她一个好丈夫），随后又"喜得贵子"。时来运转，双喜临门，祥林嫂真要谢天谢地。按卫老婆子说法，"现在是交了好运了"，具体情况是："她到年底就生了一个孩子，男的，新年就两岁了。我在娘家这几天，就有人到贺家墺去，回来说看见他们娘儿俩，母亲也胖，儿子也胖；上头又没有婆婆；男人所有的是力气，会做活；房子是自家的。——唉唉，她真是交了好运了。"祥林嫂终究时运不济，幸福生活时间太短，紧接着是，祸不单行，劫难接二连三：贺老六年纪青青，"断送在伤寒上"，儿子阿毛"给狼衔去"，"大伯来收屋，又赶她"。好端端的三口之家，只剩下孤身一人，连立锥之地都没有，祥林嫂"真是走投无路了"。

祥林嫂生在山村，长在山村，而山村——无论是卫家山，还是贺家墺，都不能容留她。山村女人祥林嫂，竟成为山村的"无聊生者"。在哪里可以活下去呢？

## 二 "讨厌她是一个寡妇"

祥林嫂唯一出路在鲁镇，卫家山的邻居卫老婆子，到鲁镇就过得不错，可谓如鱼得水。但，祥林嫂不是卫老婆子，她没有那样的运气，和卫老婆子相反，她在鲁镇，是人见人厌的山里穷婆子。

第一个"厌见者"——讨厌祥林嫂的人，是鲁四老爷。他对祥林嫂的厌恶，在文本中多次显示，而且一次比一次加重。起初是：

"有一年的冬初，四叔家里要换女工，做中人的卫老婆子带她进来了，头上扎着白头绳，乌裙，蓝夹袄，月白背心，年纪大约二十六七，脸色青黄，但两颊却还是红的。卫老婆子叫她祥林嫂，说是自己母家的邻舍，死了当家人，所以出来做工了。四叔皱了皱眉，四婶已经知道了他的意思，是在讨厌她是一个寡妇。但看她模样还周正，手脚都壮大，又只是顺着眼，不开一句口，很像一个安分耐劳的人，便不管四叔的皱眉，将她留下了。"

这里写，祥林嫂逃离卫家山，到鲁镇求卫老婆子荐地方，走进鲁四老爷府上。主人老爷第一眼就发现，来人"头上扎着白头绳"（为丈夫守孝，因为"死了当家人"），立即"皱了皱眉"，以示"讨厌她是一个寡妇"。但因祥林嫂模样周正，手脚壮大，像一个安分耐劳的人，被女主人看好而留下了，主人老爷也没有反对——毕竟正急需雇用女工。

第一次到鲁四老爷家，祥林嫂因其寡妇身份，主人老爷仅"皱了皱眉"，第二次就"加码"了。这时的祥林嫂，是再嫁再寡的灾星，身份已经不相同。鲁四老爷"照例皱过眉"，只因雇用女工之难，也就不大反对，但对祥林嫂施加了限制：他暗暗地告诫四婶，"这种人虽然似乎很可怜，但是败坏风俗的，用她帮忙还可以，祭祀时候可用不着她沾手，一切饭菜，只好自己做，否则，不干不净，祖宗是不吃的。"这是说，祥林嫂因再嫁而"败坏风俗"，已经沦为低贱的女人，祭祀时如用她沾手，不干不净，有辱死去的祖宗。

不仅如此，嗣后，鲁四老爷的厌恶继续"加码"，竟至发展为痛恨和咒骂，尽管已经过去好多年，祥林嫂早已不在鲁四老爷家做工。相关情节是：

"傍晚，我竟听到有些人聚在内室里谈话，仿佛议论什么事似的，但不一会，说话声也就止了，只有四叔且走而且高声的说：'不早不迟，偏偏要在这时候，——这就可见是一个谬种！'"

人们何以聚在内室里谈话，是什么引起鲁四老爷咒骂"谬种"？"我"不明就里，疑心和自己有关系。后经询问短工才知道，鲁四老爷等人在内室，议论的是祥林嫂之死，骂她死的不是时候。怎么不是时候？按短工说法，祥林嫂死在"昨天夜里，或者就是今天"，即"我"回到鲁镇的第二天（祭灶的次日），或者第三天——鲁四老爷家和鲁镇的人们，正准备在五更天举行祝福祭祀。祝福，"这是鲁镇年终的大典，致敬尽礼，迎接福神，拜求来年一年中的好运气的。""年年如此，家家如此，——只要买得起福礼和爆竹之类的，——今年自然也如此。"祥林嫂死在这一天，对于鲁四老爷来说，无异于冒犯神灵，极端晦气。"我"深知，鲁四老爷"虽然读过'鬼神者二气之良能也'，而忌讳仍然极多，当临近祝福时候，是万不可提起死亡疾病之类的话的"，何况惨死在祝福这一天。

若问：鲁四老爷为何痛恨祥林嫂，咒骂她是"谬种"？祥林嫂临死又犯一宗大罪，扫了人和神的兴，破坏庆典气氛。这就是原因所在。

## 三　柳妈的"不耐烦"

祥林嫂在鲁镇，第二个"厌见者"是柳妈。相比于鲁四老爷，柳妈的"厌见"明显不同，表现在身份、力度、作用和影响等几个方面。分述如下：

1.**身份**　鲁四老爷是"讲理学的老监生"，是鲁镇有钱有势的乡绅；祥林嫂是从卫家山逃出来，到鲁镇做工的穷苦女人，是鲁四老爷以"每月工钱五百文"雇来干活的佣人。两者是主仆关系，地位不平等，主人颐指气使，指摘训斥仆人，在彼时是再正常不过的事。而柳妈不同，她不能和鲁四老爷相比，在主人宅子里，她和祥林嫂身份一样，也是一个佣人，而且是新年忙不过来，临时雇用做帮手的短工。据此，两人的地位相同，且均为苦人、穷人，都是寡居一人，孤苦伶仃，"同病相怜"。再者，柳妈吃斋念佛，是善女人，又年长于祥林嫂（脸已"打皱"），在正常情况下，如果将心比心，应对祥林嫂有所体恤和同情。但实则相反，她竟成为最讨厌祥林嫂的人。

2.**力度**　柳妈之最讨厌祥林嫂，表现在，她的"厌见"有甚于鲁四老爷，也有别于鲁镇其他人。其"不耐烦"，由一件不相干的事引出：

"'唉唉，我真傻，'祥林嫂看了天空，叹息着，独语似的说。

'祥林嫂，你又来了。'柳妈不耐烦的看着她的脸，说。'我问你：你额角上的伤疤，不就是那时撞坏的么？'"……

回看鲁四老爷的讨厌，前两次是"皱了皱眉"（第一次），和"照例皱过眉"（第二次），都没有表现为语言；后一次咒骂"谬种"，是在祥林嫂"老了"之后，并未面对祥林嫂。柳妈呢？她从不耐烦祥林嫂的独语，随即不留情面地质问、申斥，乃至直接宣示祥林嫂，"落了一件大罪名"。读下文——

"'祥林嫂，你实在不合算。'柳妈诡秘的说。"再一强，或者索性撞一个死,就好了。现在呢,你和你的第二个男人过活不到两年,倒落了一件大罪名。你想,你将来到阴司去,那两个死鬼的男人还要争,你给了谁好呢?阎罗大王只好把你锯开来,分给他们。我想,这真是……。"

注意,柳妈是宣示,祥林嫂在人世间犯罪,在阴间还要受惩罚:"把你锯开来"。

3.作用和影响 四婶根据鲁四老爷的告诫(祭祀时不许祥林嫂沾手),在祥林嫂第二次做工时,一再制止她:"你放着罢!我来摆。""你放着罢!我来拿。"祥林嫂听到后,"讪讪地缩了手","转了几个圆圈,终于没有事情做,只得疑惑地走开"。此所谓"讪讪"和"疑惑",系难为情、不明白等的情绪反应,未构成大的伤害。

柳妈远非如此,其宣示("阎罗大王只好把你锯开来,分给他们")之后:

"她(祥林嫂)脸上就显出恐怖的神色来,这是在山村里所未曾知道的。

'我想,你不如及早抵挡。你到土地庙里去捐一条门槛,当作你的替身,给千人踏,万人跨,赎了这一世的罪名,免得死了去受苦。'"

"显出恐怖的神色来",这是一种精神伤害,而且仅为伤害的初始。接下去还有:

"'你放着罢,祥林嫂!'四婶慌忙大声说。

她像是受了炮烙似的缩手,脸色同时变作灰黑,也不再去取烛台,只是失神的站着。直到四叔上香的时候,教她走开,她才走开。这一回她的变化非常大，第二天，不但眼睛窈陷下去，连精神也更不济了。而且很胆怯，不独怕暗夜，怕黑影，即使看见人，虽是自己的主人，也总惴惴的，有如在白天出穴游行的小鼠；否则呆坐着，直是一个木偶人。不半年，头发也花白起来了，记性尤其坏，甚而至于常常忘却了去淘米。"

有关情节是：祥林嫂听信柳妈的话，到土地庙里捐了门槛，却不能赎罪，四婶依然制止她沾手祭祀。柳妈的宣示，配合四婶（四叔）的制止，协同作用于祥林嫂，形成沉重一击，这一无法承受的精神伤害，彻底摧毁了坚强的祥林嫂，"直是一个木偶人"。此后不久，她就被主人打发走，随即行乞于鲁镇，为时达五年，直至倒毙河边或街头。

# 四　鲁镇人"烦厌得头痛"

在鲁镇，祥林嫂的"厌见者"，不止鲁四老爷和柳妈——他们是代表性个体人物，此外，还有群体人物：鲁镇人，"全镇的人们"。

鲁镇人仰望着鲁四老爷，关注他家的事，唯他马首是瞻。比如，祥林嫂首次到鲁四老爷家，整天的干活，似乎闲着就无聊，"食物不论，力气是不惜的"，因而被主人认可。鲁镇人怎么评价呢？——"人们都说鲁四老爷家里雇着了女工，实在比勤快的男人还勤快。"这是鲁镇人最初的态度，肯定祥林嫂干活好，虽然还没有交集，但对情况有所了解。

祥林嫂第二次到鲁镇，为其再嫁再寡的缘故，鲁镇人的态度变了。这一次，她因哭诉阿毛的故事，而与镇上的男人和女人，有了广泛接触：

"镇上的人们也仍然叫她祥林嫂，但音调和先前很不同；也还和她讲话，但笑容却冷冷的了。她全不理会那些事，只是直着眼睛，和大家讲她自己日夜不忘的故事：

这故事倒颇有效，男人听到这里，往往敛起笑容，没趣的走了开去；女人们却不独宽恕了她似的，脸上立刻改换了鄙薄的神气，还要陪出许多眼泪来。有些老女人没有在街头听到她的话，便特意寻来，要听她这一段悲惨的故事。直到她说到呜咽，她们也就一齐流下那停在眼角上的眼泪，叹息一番，满足的去了，一面还纷纷的评论着。"

后来，禁不住她反复诉说阿毛的故事，鲁镇人的态度变化更大了："全镇的人们几乎都能背诵她的话，一听到就烦厌得头痛。"他们或者打断她，掉头走开，或者似笑非笑地重复她的话："你们的阿毛如果还在，不是也就有这么大了么?"祥林嫂哪里知道，"她的悲哀经大家咀嚼赏鉴了许多天，早已成为渣滓，只值得烦厌和唾弃"。

正因为，"阿毛的故事是早被大家厌弃了的"，嗣后就有了新花样，新话题：

"她久已不和人们交口，因为阿毛的故事是早被大家厌弃了的；但自从和柳妈谈了天，似乎又即传扬开去，许多人都发生了新趣味，又来逗她说话了。至于题目，那自然是换了一个新样，专在她额上的伤疤。

'祥林嫂，我问你：你那时怎么竟肯了?'一个说。

'唉,可惜,白撞了这一下。'一个看着她的疤,应和道。

她大约从他们的笑容和声调上,也知道是在嘲笑她,所以总是瞪着眼睛,不说一句话,后来连头也不回了。"

至此,鲁镇人对祥林嫂的"厌见",发展为主动挑逗和嘲笑,"许多人"(不分男女)积极参与。他们重复柳妈的话,"我问你:你那时怎么竟肯了?"(其原话是"我问你:你那时怎么后来竟依了呢?""你后来一定是自己肯了"),而"唉,可惜,白撞了这一下。"则是他们的"创造"和"发展",即更深的伤害。

## 五　祥林嫂死因综述

祥林嫂生在山村,死在鲁镇。二十六七岁以前,她是山村的"无聊生者";其后,她以四十上下的年纪,惨死于鲁镇,在这里,她也是"无聊生者"。体魄壮实的村妇,为什么"英年早逝"?

致死祥林嫂的原因是语言,最有杀伤力的,是下面三句话:

"你放着罢,祥林嫂!"

"阎罗大王只好把你锯开来,分给他们。"

"唉,可惜,白撞了这一下。"

上句出自四婶:祥林嫂虽然捐了门槛,仍然制止她拿酒杯和筷子,说明其罪不可赎。四婶的依据,是鲁四老爷的告诫(再嫁的女人"不干不净"云云),即理学戒律(包括禁忌)。

中句是柳妈对祥林嫂的宣示:再嫁是一宗大罪,要受阎罗大王惩罚。这是迷信思想。

下句是鲁镇人的挖苦和嘲讽。他们对濒临绝境的祥林嫂,既无同情心，也没有丝毫的怜悯意。

理学杀人：断绝活路，抹杀生存价值；迷信害人：精神恐怖，遭受地狱惩罚；凉薄伤人：环境阴森，犹如跌进冰窟。三者配合，形成语言暴力——无可遁逃的软暴力。这是祥林嫂的直接死因（近因）。

祥林嫂之死，与她的婆婆、大伯，以及自然原因等，也密不可分。如果，其婆婆不"严厉"，或大伯不"收屋"，或三个亲人（祥林、贺老六、阿毛）中，有一个不夭亡，等等，祥林嫂的一生，也许是另一种情形。这是间接原因（远因）。

（《语文教学之友》2023年12期）

# 祥林嫂和阿 Q
## ——质疑"'国民性'弱点"说

　　《祝福》和《阿Q正传》，堪称鲁迅小说经典的双璧，两经典的中心人物，分别是祥林嫂和阿Q，均为不朽的文学典型。在部编普通高中教科书中，《祝福》选在语文必修下册，是高一下学期的课文；《阿Q正传（节选）》编入选择性必修下册，在高二下学期讲授。为准确并加深对两篇课文的理解，现以《祝福》与"改造国民性"问题为视角，对两篇经典及其典型人物，试作一点比较分析，并及于祥林嫂"'国民性'弱点"之说，敬请研究者、教者和读者赐教。

## 一　"相异成趣"的经典

　　《阿Q正传》和《祝福》，居鲁迅三篇最具代表性小说（包括《孔乙己》在内）的前两位，也是中国新文学史上，问世最早而影响深远的经典。研究两经典，应认识其异质。比如：

## 1. 两经典主旨不同

鲁迅早在留日时，就对友人许寿裳提出过"国民性三问题"：怎样才是理想的人性，中国国民性中最缺乏的是什么，它的病根何在。嗣后，他将相关研究，写进小说、杂文等作品。

1921 年《阿Q正传》问世。多年后，他自述："鲁迅作的一篇《阿Q正传》，大约是想暴露国民的弱点的"[1]，"要画出这样沉默的国民的魂灵来，在中国实在算一件难事"[2]。所谓暴露"国民的弱点"，画出"国民的魂灵"：这是告诉读者，《阿Q正传》的主旨在于"改造国民性"。

鲁迅对于《祝福》的写作动机，没有做过专门解释，但有对于小说创作意图的总述："我的取材，多采自病态社会的不幸的人们中，意思是在揭出病苦，引起疗救的注意。"[3] 还曾说过，《孔乙己》的"主要用意，是在描写一般社会对于苦人的凉薄"[4]。《祝福》所关注、描写的祥林嫂，正是饱受社会凉薄的不幸的女人，其用意即为，通过祥林嫂一生的不幸遭遇，反映旧时代社会底层妇女的共同命运。

## 2. 历史背景不同

《阿Q正传》把阿Q的命运变迁，乃至生死存亡，与社会历史的大变动——辛亥革命，密切联系起来。在故事情节的叙述中，多处点明历史事件的发生和发展，及其对阿Q的影响。如，"皇帝已经停了考，不要秀才和举人了"（1905 年清朝政府废除科举考试）"（阿Q想）便是我，也要投降革命党了"（"革命党"指孙中山领导的革命政党组织）"革命党虽然进了城，倒还没有什么大异样"（辛亥革命后城市状况），等等。

《祝福》的时代感，远不如《阿Q正传》，其历史印记是相对模糊的。在《祝福》中，涉及时代或历史的，仅有两处文字，"讲理学的老监生"，和"大骂其新党……他所骂的还是康有为"，说的都是鲁四老爷。这既是对其身份、地位和思想观念的描写，也是对祥林嫂所处历史背景的交代。

比较而言，《祝福》反映的历史时期（祥林嫂生活的时代），略早于《阿Q正传》，后者表现了辛亥革命引起的城乡变动，这些变动在前者还没有发生。

### 3. 人文环境不同

《阿Q正传》展现的空间，远比《祝福》广阔。其中，既有乡村——未庄，还有城里（县城），小说以未庄为主，兼写城里。未庄的场景，写到的有赵府、土谷祠、静修庵等，城里写到的有衙门、牢房、大堂等。《阿Q正传》的人物，有乡绅财主（赵太爷、钱太爷），赵秀才和"假洋鬼子"，佣人吴妈，乡村闲人，赤着膊的王胡和穷小子小D，小尼姑和老尼姑，管土谷祠的老头子，以及，满头剃得精光的老头子（审案官，即原把总）、囚犯和衙役，看游街而喝彩的人们，等等。阿Q与这些人，发生各种不同的交集与纠葛，其中一些人，合力把阿Q推向刑场。

《祝福》故事的发生地，只限于鲁镇，包括鲁四老爷宅子内外，河边，街上等。（卫老婆子说及的卫家山和贺家墺，不是故事现场。）故事中的人物，除鲁四老爷和四婶外，仅有卫老婆子、祥林嫂婆婆、柳妈和未出场的贺老六等几人，再就是，那些不知姓名的鲁镇人。所有这些人，构成了影响乃至决定祥林嫂命运的人文环境。

以上所举《阿Q正传》与《祝福》之异，既表现了社会、历史的复杂和变化，也彰显了鲁迅小说艺术的丰富性和多样性。

## 二　祥林嫂和阿Q

祥林嫂和阿Q，是两个性质不同的文学典型。其不同，可从课文中举几例予以比较：

### 1.身世"行状"

在两人出场时，文本对其姓名（名称）、来历、身份、职业等，均作了明确交代。

对于祥林嫂，故事叙述者"我"，在开始讲述其"半生事迹"时，说道：

"大家都叫她祥林嫂；没问她姓什么，但中人是卫家山人，既说是邻居，那大概也就姓卫了。她不很爱说话，别人问了才回答，答的也不多。直到十几天之后，这才陆续的知道她家里还有严厉的婆婆；一个小叔子，十多岁，能打柴了；她是春天没了丈夫的；他本来也打柴为生，比她小十岁：大家所知道的就只是这一点。"

这里的"叫她祥林嫂""卫家山人""打柴为生""比她小十岁"等，都是重要提示。据此可确定，祥林嫂是贫穷的山村女人，童养媳出身。

关于阿Q，课文开篇就叙其"行状"：

"阿Q不独是姓名籍贯有些渺茫，连他先前的'行状'也渺茫。因为未庄的人们之于阿Q，只要他帮忙，只拿他玩笑，从来没有留心他的'行状'的。而阿Q自己也不说，独有和别人口角的时候，间或瞪着眼睛道：

'我们先前——比你阔的多啦！你算是什么东西！'

阿Q没有家，住在未庄的土谷祠里；也没有固定的职业，只给人家做短工，割麦便割麦，舂米便舂米，撑船便撑船。工作略长久时，他也或住在临时主人的家里，但一完就走了。"

由此可见，阿Q姓名不详，来历不明（"比你阔的多啦"，不知真是如此，还是自我胡吹），无家可归，无固定职业，等等，应该属于乡间游民。

## 2. 对待他人欺辱

祥林嫂在鲁镇，阿Q在未庄，都是被众人欺辱的对象，而两人反应不同。先看祥林嫂的有关情节：

"自从和柳妈谈了天，似乎又即传扬开去，许多人都发生了新趣味，又来逗她说话了。至于题目，那自然是换了一个新样，专在她额上的伤疤。

'祥林嫂，我问你：你那时怎么竟肯了？'一个说。

'唉，可惜，白撞了这一下。'一个看着她的疤，应和道。

她大约从他们的笑容和声调上，也知道是在嘲笑她，所以总是瞪着眼睛，不说一句话，后来连头也不回了。她整日紧闭了嘴唇，头上带着大家以为耻辱的记号的那伤痕，默默的跑街，扫地，洗菜，淘米。"

祥林嫂在和柳妈谈话之后，鲁镇人争相挑逗和嘲笑她。而她毫不理睬，应之以"瞪着眼睛""连头也不回"，乃至"紧闭了嘴唇""默默的跑街……"，等等：这是一种无声的抗议，极度的轻蔑。

再看阿Q的表现。未庄人经常取笑阿Q，知道他有"精神胜利法"：被人打了，就说是"被儿子打了"。所以，后来每当揪住阿Q辫子的时候，就叫他先说："这不是儿子打老子，是人打畜生。自己说：人打畜生！"他这样应对：

"阿Q两只手都捏住了自己的辫根，歪着头，说道：

'打虫豸，好不好？我是虫豸——还不放么？'

但虽然是虫豸，闲人也并不放，仍旧在就近什么地方给他碰了五六个响头，这才心满意足的得胜的走了，他以为阿Q这回可遭了瘟。然而不到十秒钟，阿Q也心满意足的得胜的走了，他觉得他是第一个能够自轻自贱的人，除了'自轻自贱'不算外，余下的就是'第一个'。状元不也是'第一个'么？'你算是什么东西'呢！？"

阿Q的"精神胜利法"，有诸多不同表现，在妄自尊大、自欺欺人等之外，这里显示的是自轻自贱，极度的自轻自贱：自认比畜生还不如，是更低等的昆虫（"虫豸"）。

## 3. 面临暴力伤害

祥林嫂和阿Q，均曾遭受暴力伤害，两人的态度和应对方式，也明显不同。祥林嫂受到的，是其婆婆的暴力逼嫁：为了强逼她嫁进贺家墺，两次施之以野蛮胁迫。先是绑架回卫家山：

"待到祥林嫂出来淘米，刚刚要跪下去，那船里便突然跳出两个男人来，像是山里人，一个抱住她，一个帮着，拖进船去了。祥林嫂还哭喊了几声，此后便再没有什么声息，大约给用什么堵住了罢。"

接着是绳捆索绑塞进花轿，抬到贺老六家，强迫拜堂：

"可是祥林嫂真出格，听说那时实在闹得利害……太太，我们见得多了：回头人出嫁，哭喊的也有，说要寻死觅活的也有，抬到男家闹得拜不成天地的也有，连花烛都砸了的也有。祥林嫂可是异乎寻常，他们说她一路只是嚎，骂，抬到贺家墺，喉咙已经全哑了。拉出轿来，两个男人和她的小叔子使劲的擒住她也还拜不成天地。他们一不小心，一松手，阿呀，阿弥陀佛，她就一头撞在香案角上，头上碰了一个大窟窿，鲜血直流，用了两把香灰，包上两块红布还止不住血呢。"

可见，对于婆婆的暴力逼迫，祥林嫂从"哭喊"开始，继而反抗到底，以死明志，也借此粉碎婆婆的如意算盘。再看阿Q，如何对待所受躯体伤害——

"这'假洋鬼子'近来了。

'秃儿。驴……'阿Q历来本只在肚子里骂，没有出过声，这回因为正气忿，因为要报仇，便不由的轻轻的说出来了。

不料这秃儿却拿着一支黄漆的棍子——就是阿Q所谓哭丧棒——大踏步走了过来。阿Q在这刹那，便知道大约要打了，赶紧抽紧筋骨，耸了肩膀等候着，果然，拍的一声，似乎确凿打在自己头上了。

'我说他！'阿Q指着近旁的一个孩子，分辩说。

拍！拍拍！

在阿Q的记忆上，这大约要算是生平第二件的屈辱。幸而拍拍的响了之后，于他倒似乎完结了一件事，反而觉得轻松些，而且'忘却'这一件祖传的宝贝也发生了效力，他慢慢的走，将到酒店门口，早已有些高兴了。"

这里，阿Q先是"赶紧抽紧筋骨，耸了肩膀等候着"，被"拍！拍拍！"之后，再以"祖传的"忘却，而"早已有些高兴了"。这是"精神胜利"的又一种表现：忘却。

对两者的比较，仅举以上三例。概言之，祥林嫂和阿Q，虽然均生活在乡村底层，却属于不同类型的典型。祥林嫂是山村女人的典型，其性格的突出特点，是强烈的反抗性，对社会压迫，作坚决而持久的抗争，乃鲁迅笔下积极性人物。阿Q是乡间游民的典型，他以"精神胜利法"对待压迫者，其思想和性格被严重扭曲，是一个消极因素占主导成分的形象。

## 三　祥林嫂的"'国民性'弱点"？

鲁迅指出，最初的革命是排满，容易做到的，其次的改革是要国民改革自己的坏根性，于是就不肯了。他在《阿Q正传》中，以阿Q身上的"坏根性"，显示改革国民性之必要和迫切。同时又以《祝福》，塑造正面典型祥林嫂，表现国民精神和品格的积极方面，作为与阿Q对照的人物。

### （一）唯一正面典型

在鲁迅小说人物中，祥林嫂是唯一的正面典型。鲁迅以此山村女人的积极性形象，回答了"国民性三问题"中的第一问题：怎样才是理想的人性？其积极性表现为：

#### 1. 秉持本性

祥林嫂作为本色山村女人，保有自身秉性，淳朴、善良、勤劳而珍爱生命；她的生活追求（人生目标），就是以真诚、勤奋的劳动，换取最基本的衣食需求，一息尚存，求生不止。她初到鲁四老爷家做短工时："日子很快的过去了，她的做工却毫没有懈，食物不论，力气是不惜的。人们都说鲁四老爷家里雇着了女工，实在比勤快的男人还勤快。到年底，扫尘，洗地，杀鸡，宰鹅，彻夜的煮福礼，全是一人担当，竟没有添短工。然而她反满足，口角边渐渐的有了笑影，脸上也白胖了。"祥林嫂所秉持的山村女人本性，在这一细节中，得到真实而生动的显现。

#### 2. 维护尊严

如上文引述，祥林嫂对语言（精神）侮辱的拒斥，对暴力伤害的抗争，都是要维护自己的人格尊严。尽管身份和地位低贱，自尊却不容受半点损害。她的人格意识，是在童年时期培养起来的，这与她的穷苦人家出身，童养媳经历密不可分：苦难的遭遇和含辛茹苦的生活，养成她坚韧的意志，强烈的自尊。所以，在二十六七岁时（祥林死后），她毅然逃离卫家山，终结受婆婆虐待的命运，开启自谋生路，自己当家作主的生活。随后在鲁四老爷家做佣人，她少言寡语，仅以勤苦的做事取得主人的信任。和祥林嫂形成对照的，是卫老婆子、祥林嫂婆婆两人，她们也是卫家山人，但在四叔、四婶面前，或用花言巧语，或以能说会道，极力逢迎奉承，取悦对方，一副卑躬屈膝相，毫无人格尊严可谈。

### 3. 重情重义

贫穷卑微的祥林嫂，感情世界并不贫乏，相反的，她是一个血肉丰满、爱恨分明的女人。对伤害者，她从不屈服，坚持抗争，这是她的"恨"；对亲人（儿子阿毛和丈夫贺老六）重情重义，这是她的"爱"。有"爱"，所以有"恨"，爱恨分明，相反相成。

据文本情节，祥林嫂的重情重义，在开始时倾诉于言辞，即，在贺老六死于伤寒，阿毛遭了狼之后，祥林嫂第二次到鲁镇，她反复哭诉"我真傻"，述说"我们的阿毛"，表达其丧夫、失子的哀痛，对亲人的深情厚爱。后来，当哭诉遭到鲁镇人的讥讽和嘲笑，她就把这种深情厚爱，深埋在心底。直到五年后遇见"我"，才得机会吐露其情义，发问："死掉的一家的人，都能见面的?"表明与亲人在阴间团聚的迫切愿望。

### （二）与"'国民性'弱点"不搭界

现行《教学教师用书》中《祝福》的"课文解说"，开首一句提示道——《祝福》是鲁迅"呼唤'改造国民性'的小说力作"。其对祥林嫂典型形象的分析，归结为："祥林嫂这一生的挣扎与反抗，终究未能摆脱封建思想的桎梏。这也正是小说着意揭露的'国民性'弱点。"[5]此所谓"'改造国民性'的小说力作"、"'国民性'弱点"云云，很值得讨论。

据拙文上引鲁迅自述和作品内容，《阿Q正传》堪称"'改造国民性'的小说力作"，而从《祝福》的创作主旨，以及人物、情节看，其意义并不在于"呼唤'改造国民性'"。鲁镇人对弱者（祥林嫂）的欺辱，虽为国民"坏根性"的一种表现形式，但这仅为《祝福》的部分情节，并非全部内容。

关于祥林嫂"'国民性'弱点"之说，"课文解说"所举实例是："她被卖到深山成婚，撞向香案，既是保持'贞节'，也是对强迫婚姻的反抗，维护了人格的尊严"。这里说到"保持'贞节'"，问题在于：祥林嫂有没有"贞节"观念？回答是否定的。依据之一，包括祥林嫂在内的所有女了，其本性与"贞节"格格不入。正如鲁迅指出的："女子自己愿意节烈么？答道，不愿。"[6]之二，无论祥林嫂贫穷的母家，或靠打柴为生的婆婆家，都专注于谋生求存，不是讲究礼教（"贞节"）的家庭环境。之三，寡妇再嫁的事例，在山里很普遍，很正常，即卫老婆子说的："我们见得多了。之四，从行为表现看，如果祥林嫂真有"贞节"观念，她为什么不拼死到底？反而以再嫁的贺老六，为自己的深爱，盼望在阴间和他（以及孩子）重聚？

（《语文月刊》2024年5期）

1 鲁迅.伪自由书·再谈保留 [M] 鲁迅全集:第5卷.北京：人民文学出版社，2005：154.

2 鲁迅.集外集·俄译本《阿Q正传》序及著者自叙传略 [M] 鲁迅全集：第7卷.北京：人民文学出版社，2005：84.

3 鲁迅.南腔北调集·我怎么做起小说来 [M] 鲁迅全集:第4卷.北京：人民文学出版社：2005：526.

4 孙伏园.《孔乙己》，[M] 孙氏兄弟谈鲁迅 北京：新星出版社，2006：173.

5 温儒敏 总主编. 教师教学用书:语文必修 下 [M].北京：人民教育出版社，2020:203，204.

6 鲁迅.坟·我之节烈观 [M] 鲁迅全集:第1卷.北京：人民文学出版社，2005：129.

# 以两个数字演绎生命史
## ——祥林嫂形象塑造的独特手法

　　鲁迅以"表现的深切和格式的特别"[1]，自评其小说创作；作为经典作品的《祝福》，即为一例。比如，从数字艺术这一视角，即可见出《祝福》"格式的特别"。小说讲说的故事，祥林嫂的一生，她的凄惨遭遇，包括她的生存和死亡，实系由两个数字演绎而成。——遍览鲁迅诸多小说，只有《祝福》一篇，关注并写明人物的年岁。祥林嫂的生命，表现为两个年龄约数的演变，一个是"四十上下"，一个是"二十六七"。

一

　　"四十上下"——祥林嫂的生存时间，即最终岁数。

　　文本开头（3段），外出五年的"我"，回到故乡鲁镇。第二天下午，去镇东头访友走出来，在河边遇见祥林嫂：

　　"我这回在鲁镇所见的人们中，改变之大，可以说无过于她的了：五年前的花白的头发，即今已经全白，全不像四十上下的人；脸上瘦削不堪，黄中带黑，而且消尽了先前悲哀的神色，

仿佛是木刻似的；只有那眼珠间或一轮，还可以表示她是一个
活物。"

这是一个惊心动魄的画面，五年后所见的祥林嫂，居于画
面中心。"全不像四十上下的人"——透过"我"的目光，巧妙
地点出对方年龄。故事紧接着，在"昨天夜里，或者就是今天"，
祥林嫂"老了"（"死了"）。如此，"四十上下"就成为她死时的
年龄。

一个"四十上下的人"，竟然"仿佛是木刻似的；只有那眼
珠间或一轮，还可以表示她是一个活物"，而且随即"老了"。这
是怎么回事？为什么"四十上下"就"老了"？关于祥林嫂的这
个疑问，于小说开篇，即令读者心存疑惑，产生追问实情的阅读
欲望。

读者疑惑的，正是文本要揭示的。在后文，有一系列人物
和情节，表现祥林嫂被逼一步步走近死亡，直至"四十上下"
终了：

初到鲁镇，在鲁四老爷家干活，仅三个半月，就被她严厉
的婆婆绑回卫家山，强迫她嫁进深山野墺，给贺老六做老婆。任
由她嚎、骂，一头撞在香案角上，等等，也阻止不了。再嫁两年
多，贺老六意外病死，孩子被狼吃，大伯乘机收屋，她再也无法
在贺家墺立足。

第二次到鲁镇做工，被四婶勉强收留，四叔虽然不大反对，
但告诫四婶：这种人败坏风俗，祭祀时不许她沾手。而此时的祥
林嫂，"手脚已没有先前一样灵活，记性也坏得多""常常忘却了
去淘米"……终于又被他们打发走，"教她回到卫老婆子那里去"。

在灶下对话中，柳妈警告她，再嫁第二个男人，是一宗大罪，将来到阴司去，两个男人争，阎罗大王就把你锯开分给他们，补救办法是：捐门槛赎罪。祥林嫂照办，捐了门槛，却赎不了罪，祭祀时候四婶仍然不许她沾手。为此，她精神更不济，很胆怯，成一个木偶人。

在四叔家宅子外，因祥林嫂再嫁，又克夫、克子，全鲁镇的人都歧视她；灶下对话的内容，被柳妈传扬开去以后，鲁镇人换了一个话题，专注于她额上的伤疤，更加起劲地嘲笑、挖苦她。一个说："我问你：你那时怎么竟肯了？"另一个说："可惜，白撞了这一下。"

以上，一桩桩一件件，对祥林嫂都是沉重打击，甚至是致命一击。打击持续发生，相叠相加，雷霆万钧，最终摧毁祥林嫂，夺走她"四十上下"的生命。

## 二

"二十六七"——祥林嫂初到鲁镇时的年岁，文本开始记述她生命史的时间。

"我"确知祥林嫂"老了"，于是回想起往事，"先前所见所闻的她的半生事迹的断片，至此也连成一片了"：

"有一年的冬初，四叔家里要换女工，做中人的卫老婆子带她进来了，头上扎着白头绳，乌裙，蓝夹袄，月白背心，年纪大约二十六七，脸色青黄，但两颊却还是红的。卫老婆子叫她祥林嫂，说是自己母家的邻舍，死了当家人，所以出来做工了。"

　　"我"的回忆（这是关于祥林嫂的第二个画面），从祥林嫂
"二十六七"开始。这一年，她"死了当家人，所以出来做工
了"；也就是这一年，祥林嫂出现在鲁镇。"二十六七"有什么重
要性？回述祥林嫂的半生事迹，为什么由此开始？这也是引起读
者关注的问题。

　　"二十六七"是祥林嫂命运转折点。

　　此前，祥林嫂受婆婆虐待，生死大权掌控在婆婆手中。祥林
嫂对人说，"家里还有严厉的婆婆；一个小叔子，十多岁""她是
春天没了丈夫的……比她小十岁"。表明祥林嫂是童养媳（等郎
媳）。上有"严厉的婆婆"管束，下有"比她小十岁"的祥林，
以及"十多岁"的小叔子，两人配合其"严厉"的母亲，祥林
嫂能有好日子？何况，婆婆是"三十多岁的女人"，近乎同龄
人，婆媳"相生相克"，所谓"多年媳妇熬成婆"，遭罪的只能
是祥林嫂。

　　此后，祥林嫂挣脱婆婆魔掌，走上自谋生存之路。先在四
叔家做工，既不愁吃住问题，还有收入，"每月工钱五百文"。这
是破天荒的好事。所以干起活来，"力气是不惜的"。以至于年底
的重活，"全是一人担当……然而她反满足，口角边渐渐的有了
笑影，脸上也白胖了。"（可惜只有三个半月）后再嫁贺老六，因
"上头又没有婆婆"而交了好运，"到年底就生了一个孩子，男
的，新年就两岁了。""母亲也胖，儿子也胖……男人所有的是力
气，会做活；房子是自家的。"（为时仅两年多）

　　从"二十六七"写起，是艺术构思的需要。

　　"我"对祥林嫂的了解，仅限于"先前所见所闻"（并非熟知

一切），所以只能回述"她的半生事迹的断片"。这是艺术构思的生活依据。所谓艺术构思，这里指题材取舍，详略安排等。祥林嫂的一生，以"二十六七"为界，分两个时期，采取不同的艺术手法。

前期（"二十六七"以前），祥林嫂生活于卫家山。这一时期包括：一，婴幼儿及童年阶段——家境贫寒，早早被娘家割舍，无福享受父母亲情，因此成为婆婆家的童养媳；二，做童养媳阶段——为时十几年，苦等祥林长大，在祥林十五六岁时成亲。文本对前期生活，虚化处理（略写），不作为故事现场：或以"比她小十岁"，一句带过（何以成为童养媳），并未明写；或通过叙述语言（卫老婆子与四婶的谈话），交代做童养媳期间的情况，也没有细述。

后期（"二十六七"以后），祥林嫂在鲁镇求生。这一时期约十三四年（从"二十六七"，到"四十上下"），其间，有两年多时间，因再嫁而生活于贺家墺。其余十年多，包括她两次到鲁镇，并最终死在鲁镇。这里是祥林嫂故事的现场，重点所在（细写）。她作为来自山里的寡妇，生活在形形色色的鲁镇人中间。文本通过她与这些人的交集，细致描述四叔、四婶、柳妈，以及鲁镇的男男女女，如何以不同形式伤害她，而她怎样采取不同方式进行抗争。

以上，不论前期的略写，或后期的细写，均服务于文本整体构思（反映社会现实，表达小说主旨），藉以增强艺术表现效果。

# 三

以两个数字演绎生命史，有什么艺术效果？

一，更突出悲剧的惨烈性和命运的严酷性。祥林嫂的悲剧是命中注定的，这与她的家庭出身（因家贫而做童养媳）、山村环境（山里人缺钱，逼她再嫁以赚财礼）等，有密切关系，但悲剧的关键节点，是她"二十六七"时，瞒着婆婆出逃鲁镇。卫家山如是狼窝，鲁镇就是虎穴，是火坑。这里更凶更险，所有人都是她的"死对头"，是他们层层加害，步步紧逼，夺去她"四十上下"的生命。

二，更充分暴露社会的黑暗和人性的阴冷。鲁镇为什么更凶更险？这是一个小社会，充斥着禁锢、凉薄和伤害。理学（以鲁四老爷为代表）、迷信（以柳妈为代表）、冷酷（以鲁镇人为代表）等合成的精神暴力，仅以十多年时间，就将一个"四十上下"的壮年村妇，摧残成身心俱废的乞丐，以至于倒毙街头。足见软暴力杀人之可怕，启发世人深思。

三，更宜于压缩篇幅，突出重点。祥林嫂的悲剧生命史，未尝不可以写成"全传""大传"，但作者以"宁可将可作小说的材料缩成Sketch（按，即速写），决不将Sketch材料拉成小说"[2]的精神，仅追述祥林嫂"半生事迹的断片"，即剪去"二十六七"之前的细节，而加强其后的遭遇，直至"四十上下"惨死。文本的艺术剪裁功力，可谓上乘。

应予补充的是，数字毕竟只是抽象符号，可以用来说明道理，却无法描绘生活实景。文本不是单靠两个数字说话，而是辅以两个画面（形象描绘），以细描形象配合数字演绎。前一个画面（3段），显示祥林嫂"四十上下"时的外观："五年前的花白的头发，即今已经全白"（直叙），"脸上瘦削不堪，黄中带黑，而且消尽了先前悲哀的神色，仿佛是木刻似的"（细致描摹，直叙，比喻），"只有那眼珠间或一轮，还可以表示她是一个活物"（细致描摹，直叙）。后一个画面（开始回述往事时），显示祥林嫂"二十六七"时的相貌："头上扎着白头绳，乌裙，蓝夹袄，月白背心"（描绘发型和服饰，色彩靓丽），"脸色青黄，但两颊却还是红的"（描绘面容和颜色），"模样还周正，手脚都壮大，又只是顺着眼，不开一句口"（直叙体型、表情和神态）。前一个，是将死的衰老婆子；后一个，是不乏美感的山村女人，构成强烈对比。形象对比和年龄对比，彼此配合，相得益彰。

《祝福》以"表现的深切和格式的特别"，成为新文学的典范。就祥林嫂形象塑造而言，采用两个数字演绎生命史，即为其艺术手法杰出处之一。

（《语文教学之友》2021年12期）

1　鲁迅.《中国新文学大系》小说二集序［M］//鲁迅.鲁迅全集：第6卷.北京：人民文学出版社，1981.238.

2　鲁迅.答北斗杂志社问［M］//鲁迅.鲁迅全集：第4卷.北京：人民文学出版社，1981.364.

# 《祝福》"讲析"之误
## ——读《鲁迅作品精选及讲析》（二篇）

近日购得一种新出鲁迅作品选析，书名是《鲁迅作品精选及讲析》，人民文学出版社 2021 年 9 月出版（下称"《精选及讲析》"）。选看其对《祝福》的"讲析"，甚感意外的是，接连发现一处又一处错误，而且多为"硬伤"（或称"低级错误"）。现试予辨识，请方家赐教。（以下引文，均在《精选及讲析》113-114 页，不再一一分注。）

### 1. 两处所谓"鲁镇除夕"之误

对小说的开头，此篇"讲析"的第 2 段说，"小说开头就写鲁镇除夕的热闹喜庆"；对其结尾，"讲析"第 4 段云，"小说结尾是鲁镇除夕爆竹声中的'祝福'"。——这两处"鲁镇除夕"，都说错了。

查阅小说，开头写的是："接着一声钝响，是送灶的爆竹"。按我国农历，除夕是"农历一年最后一天的夜晚，也指农历一年的最后一天"，而祭灶（即送灶）指"旧俗腊月二十三或二十四祭灶神。"（均据《现代汉语词典》）。可见，"讲析"把鲁镇的送灶活动，推迟到大年三十（"鲁镇除夕"）才进行，即延误了六七天。

关于小说结尾，"讲析"所谓"是鲁镇除夕爆竹声中的'祝福'"，也错了。小说原文末段写道："我给那些因为在近旁而极响的爆竹声惊醒……是四叔家正在'祝福'了"。对"祝福"，小说第 2 段有说明："这是鲁镇年终的大典，致敬尽礼，迎接福神，拜求来年一年中的好运气的。"而这"迎接福神"的大典，是在"我"回到鲁镇的第 3 天的夜晚（不是除夕），"五更将近的时候"进行的。即，"祝福"也被"讲析"推迟到了"鲁镇除夕"（延后三四天）。

据绍兴地区的习俗，在全国各地都有的祭灶（送灶）和除夕活动之外，在两者之间，多加一个祝福"大典"（祭福神）。对此不同于其他地区的绍兴习俗，只要查一查有关资料，就能了解清楚。《精选及讲析》编著者及审稿者，既没有准确阅读原文，又欠缺查看资料的功夫，把年底三项活动合并在一起了（除夕）。

### 2. "决计要走"的时间、原因之误

"讲析"说："刚回到鲁镇的我""暂寓在本家鲁四老爷的宅子里，忍受不了这位寒暄之后即大骂其新党的'老监生'，于是产生了'无论如何'，'明天决计要走'的念头。"

这是把"我""决计要走"的时间，提前了两天。

据小说对"我"在鲁镇停留时间的提示：第一天（送灶日）的"这一夜回到我的故乡鲁镇"。"第二天我起得很迟，午饭之后，出去看了几个本家和朋友；第三天也照样。"第三天的夜晚，

"我回到四叔的书房里",对书房作了细致观察,"又无聊赖的到窗下的案头去一翻",之后才产生"无论如何,我明天决计要走了"的念头。又说,"一想到昨天(按,即第二天)遇见祥林嫂的事,也就使我不能安住。"即,是第三天之夜,"我"定下心要走的。

再者,"我"之所以"明天决计要走",原因不仅是"忍受不了"鲁四老爷"大骂其新党",更有对鲁镇和鲁镇人的失望("他们都没有什么大改变","鲁镇乱成一团糟"),如再留鲁镇,实在百无聊赖,"我"尤其不满,祥林嫂被鲁镇折磨得"已经纯乎是一个乞丐了",而自己无能为力。

### 3."第二天"之误

"讲析"写道:"当第二天得知祥林嫂已死,'我'感到内疚与惶恐,也就在这惶恐之中把有关见闻与回忆'连成一片',叙述了祥林嫂的故事"。此所谓"第二天得知祥林嫂已死",云云,把时间提前了一天。

上文已引录,"第二天我起得很迟,午饭之后,出去看了几个本家和朋友;第三天也照样。"在第三天吃晚饭前,听到"四叔且走而且高声地说:'不早不迟,偏偏要在这时候——这就可见是一个谬种!'""我"为此感到诧异和不安。"待到晚饭前他们的短工来冲茶",才从短工打听到祥林嫂"老了"。即,是第三天"吃晚饭前",才"得知祥林嫂已死",并把"有关见闻与回忆'连成一片',叙述了祥林嫂的故事"。可见这一切,不是发生在什么"第二天"。

### 4. "见人就讲'我真傻'"之误

祥林嫂哭诉"我真傻"的故事，是《祝福》的重要情节。对此，"讲析"的解读是："可是四叔家祭祖上香时还是嫌她'不干净'，让她走开。这一回她的精神彻底崩溃了。最后沦为乞丐，有了精神障碍，见人就讲'我真傻'，反复诉说她的悲惨遭遇。"

这段文字，实有三点失误。一是，哭诉的时间推迟了。情况是，祥林嫂第二次到鲁镇，请求鲁四老爷家再次收留她做工，在卫老婆子还没有介绍完情况时，她就"接着说"："我真傻，真的"。不是在"最后沦为乞丐"之时。二是，说祥林嫂"见人就讲'我真傻'"，与小说原文不符。据小说情节，祥林嫂之讲"我真傻"的故事，原原本本的讲述只有两次（一次在鲁四老爷家，一次在宅子外的镇上），另有两次只开了头就被打断。被打断的原因是，她"反复的向人说她悲惨的故事"，而鲁镇人"一听到就烦厌得头痛"，还施以嘲笑，从此她就不再讲了。比如，她在河边见到"我"时，就没有讲。三是，说祥林嫂"沦为乞丐，有了精神障碍"，也与原文不合（不存在"精神障碍"）。如，五年后与"我"相遇时，她头脑就很清醒，接连提了三个难以回答的问题。

### 5. "闲人、小孩"之误

关于祥林嫂悲剧的成因，"讲析"说及："镇上的闲人、小孩也都缺少同情心，有意无意'逗'祥林嫂数说苦难，嘲笑她，咀嚼和'鉴赏'她的痛苦。"

这句话有二误，一则"闲人、小孩"不能并提，二者并提犯了逻辑错误（涉及形式逻辑的概念分类问题），就像"老人"不能和"女子"并提一样。二则鲁镇的小孩，不存在缺少同情心、"逗"祥林嫂、嘲笑她等等事实。小说原文只说，"孩子看见她的眼光就吃惊，牵着母亲的衣襟催她走。"小孩没有如"讲析"说的那些事。（牵着母亲衣襟的孩子，属于童稚幼儿，不懂得成人的感情纠葛，还没学会"嘲笑"人。）

### 6."和儿子阿毛见面"之误

如按先后顺序，此误应排在前面，因为要说的话多几句，故移在最后。且摘录"讲析"有关文字："祥林嫂认为'我'是'出门人'，见识多，很迫切要知道'人死后究竟有没有灵魂'这个'大问题'。""对于祥林嫂来说，死后有无灵魂，是非常紧要而又左右为难的问题。""这是她从佣人柳妈那里得知的恐怖知识。若死后没有灵魂，她就不能到阴间和儿子阿毛见面。"

可辨识者三事。其一，祥林嫂"很迫切要知道"的"大问题"是什么？——并非"人死后究竟有没有灵魂"。按，祥林嫂向"我"问的是三个问题，原话是："一个人死了之后，究竟有没有魂灵的？""那么，也就有地狱了？""那么，死掉的一家的人，都能见面的？"这三个问题中，第一问"有没有魂灵"，只占三分之一，而且是引入之问，谈不上是"大问题"。

其二，"死后有无灵魂，是非常紧要而又左右为难的问题。"——不合祥林嫂三问的内在逻辑。对她而言，"死掉的一家的人，都能见面"（第三问），才是"非常紧要"的问题。（即，在三问中，第三问是关键之问，即"大问题"。）她也没有什么"左右为难"之处，因为"一家的人，都能见面"，正是她热切盼望的。

其三，"和儿子阿毛见面"云云——不是祥林嫂所想的全部。如上所述，她盼望的是，"一家的人，都能见面"。所谓"一家"，指的是由丈夫贺老六、妻子祥林嫂和儿子阿毛组成的三口之家，并非只有儿子阿毛，而排除丈夫贺老六。"一家的人，都能见面"，表明祥林嫂死前，想着在阴间实现全家团聚，重温曾经而短暂的合家欢。

以上所辨如无大谬，不妨将所列六误（实际是十几个）合起来看：除第六误涉及理解不同外，其余均系读错而致误——读得粗心、马虎（看错了情节、时间），因而形成"硬伤"。一篇一千余字的讲析文章，有十几处"硬伤"，比率实在高了点。分析原因，或可借用《精选及讲析》之《代序言：在这个浮躁的时代要读点鲁迅》中的一个词来表述："浮躁"。

据介绍："许多'讲析'为理解和欣赏鲁迅提供了更开阔的空间，对中学语文学过的鲁迅课文做了更深入的阐释，特别适合大中学生和语文老师阅读参考。"（内容简介，见封3内折）此之谓"做了更深入的阐释"，意图虽好，不妨先放一放；问题在于，既是"讲析"，那就首先不能读错原文，否则，可能适得其反，乃至误导了"大中学生和语文老师"。

（《鲁迅研究动态》2022年6月13日）

## 《记念刘和珍君》：杂文还是散文？

日前读一种新出鲁迅作品选析（名《鲁迅作品精选及讲析》，人民文学出版社 2021 年 9 月出版；以下简称"《讲析》"），产生一些疑惑。现就《记念刘和珍君》的文体属性，提出疑问：鲁迅这一经典作品，是杂文还是散文，并及于如何认定杂文。

### 一

据《讲析》篇首《代序言：在这个浮躁的时代要读点鲁迅》，此书"是专为普通读者，特别是青年学生编的。"（篇首 1 页）这显示其受众十分广泛。全书按文体，分小说、散文诗、散文、旧体诗、杂文、书信，共 6 个部分。每一部分所选作品数量不等，杂文最多，有 28 篇；书信最少，仅 6 通。看散文部分的篇目：所选 10 篇中，6 篇出自散文集《朝花夕拾》，4 篇选自不同的杂文集，如《记念刘和珍君》选自《华盖集续编》（按，325 、426 页均作"《华盖集续集》"，"集"误），《忆刘半农君》选自《且介亭杂文》等，再读杂文部分开头的导读（"阅读提示"）及篇目。随即产生疑惑：就《记念刘和珍君》而言，此篇的文体是杂文还是散文？之所以生疑，原因在于它编在《讲析》的散文部分，其讲析文字中，有"这是一篇悼文""这篇悼文""这篇悼词"（330、331 页）等语；由此看来，《讲析》著者在这里认定：此文的文体属于散文。但在杂文部分的导读中，却以此文为例，讲述"鲁迅的杂文不是一般的文学创作，也不是一般的论文，而是有感而发，直接参与现实、干预现实的"。就此举例："如我们在中学时期学过的《记念刘和珍君》，读这篇杂文就可以非常感性地了解'三一八惨案'，了解北洋政府当局镇压学生爱国运动以及惨案发生的各种反应和世道人心，等等。"（375 页）其中，特地点明"读这篇杂文"如何。对照上述编排所属（收在散文部分），以及"悼文""悼词"提法，实在搞不清，在著者看来，此文的文体究竟是杂文还是散文。为什么在同一本书中，前后说法不一致？

《讲析》杂文部分导读的开头，是一句下定义性质的话："杂文是现代的一种文体，属于议论文，但又带有浓烈的文学色彩。"（375 页）以此看《记念刘和珍君》，显然不属于议论文。再查阅著者任总主编的现行高中语文教科书的教学用书，对此篇文体的定性，是"写人记事的纪念性散文"（《普通高中教科书教师教学用书·语文·选择性必修》中册 67 页，人民教育出版社，2020 年 7 月）此处"纪念性散文"之说，和上引讲析文字中的"悼文"意思相同，均属于散文文体。可是，为什么又作为杂文的例子，解说"这篇杂文"呢？

关于如何认定杂文。《讲析》不仅对《记念刘和珍君》的文体认定前后矛盾，读杂文部分的篇目，也是疑窦丛生：所选 28 篇均为杂文？比如《魏晋风度及文章与药及酒之关系——九月间在广州夏期学术演讲会讲》（见于《而已集》），是鲁迅于 1927 年

7月23、26日两次（副题作"九月间"系疏误）所作演讲，初刊
于《广州日报》副刊"现代青年"173至178期（补订稿发表在
1927年11月16日《北新》半月刊2卷2号）。如副题所示，此
篇为演讲词；篇后的"讲析"，也说到"鲁迅这篇学术性的演讲"
如何。对照上文所引导读的准定义，"（杂文）属于议论文，但
又带有浓烈的文学色彩。"似不相符合，而且两次讲了4个小时，
篇幅之长占《讲析》的19个印刷页，其文体性质应是学术论
文，并非通常说的议论文或杂文。再如《〈北平笺谱〉序》（见
于《集外集拾遗》），此篇属于序跋文字（散文的一种），用文言
文撰写，其内容是对《北平笺谱》的介绍和编纂说明，不是要发
某种议论，也不符合上述导读的准定义，即不能归属于杂文。

二

另参考王得后编、李庆西注本《鲁迅杂文全编》（陕西师范
大学出版社，2006年4月版；下称"《全编》"），对照《讲析》
杂文部分的篇目，其28篇中有12篇不见于《全编》，亦即，这
12篇的文体是不是杂文，也值得讨论。为便于研究，兹抄录12
篇（包括上面提到的两篇）的篇目，以及各篇的出处如下（按
《讲析》篇目顺序）：

《我们现在怎样做父亲》《看镜有感》《灯下漫笔》（《坟》）、
《无声的中国》（《三闲集》）、《读书杂谈》（《而已集》）、《文艺
与政治的歧途》（《集外集》）、《魏晋风度及文章与药及酒之关系》
（《而已集》）《关于知识阶级》（《集外集拾遗补编》）、《中国无

产阶级革命文学和前驱逐的血》(《二心集》)、《〈北平笺谱〉序》(《集外集拾遗》)、《门外文坛》《病后杂谈》(《且介亭杂文》))

据《全编》编者（王得后）卷首《导言》（下称"《导言》"）："依编者的看法，把鲁迅'杂文'全部选编在这里了。"（《全编》卷首5页）这是说，12篇文章之所以未予收录，是因为编者认定其不属于杂文。关于《全编》的编选，编者说及，他和钱理群受出版社编辑之约，分工编鲁迅的"散文全编"（钱负责编）和"杂文全编"（王负责编），两人"几经切磋、推敲，编出来了"，又说："我们俩确实心怀抛砖引玉的期望，希望得到前辈和同辈，以及青年同行和读者的指教，逐步完善对于鲁迅'杂文'的分类。"（《全编》卷首1页）这表明，对鲁迅杂文和散文的区分，是钱、王二位"几经切磋、推敲"而确定的，是两人的共同见解。他们根据什么作这样的划分？《导言》称，其依据是鲁迅自己定下的名称"短评"："就文体说，鲁迅认为'杂文'就是'短评'。'短评'固然在短，但短是相对的，尽管大都在一两千字；而要件在'批评'。杂文一定有所'批评'。这就是'杂文'的性质；也是我们俩尝试认定'杂文'的标准。"（《全编》卷首2页）依此标准（"杂文一定有所'批评'"），他们二人认定这12篇作品不是杂文。

以钱、王二位认定的杂文性质与标准，回看《讲析》杂文部分上述12篇文章，12篇均非"短评"：选自《坟》的3篇，属于论文（鲁迅自称《坟》是"一本论文"），《无声的中国》《读书杂谈》等5篇，属于演讲词，另4篇分别属于论文、序跋等文体。当然，钱、王二位鲁学研究者"尝试认定"的标准，以及否认

（排除）上述 12 篇文章的杂文性质，是他们的一家之言，大可作进一步的研究与讨论，以"逐步完善对于鲁迅'杂文'的分类"。顺便一提，"鲁迅著作的文体问题"似系鲁迅研究的"冷"课题，有待深入开掘。

可补充的是，关于杂文和散文的区分，即二者的关系，如今学术界有两种看法。上述区分，即杂文和散文是并列关系（互不隶属），乃一些鲁迅研究者的观点，并非学界的整体认知。请看几种辞书对"杂文"的释义：

1．"一种散文体裁，不拘泥于某一种形式，偏重议论，也可以叙事。"（《现代汉语词典》第 7 版 1627 页，商务印书馆，2021 年）

2．"现代散文的一种，不拘形式，通常以议论为主，主旨小而精悍，观点鲜明，用词生动活泼。"（《当代汉语词典》1796 页，中华书局，2009 年）

3．"散文的一种。是随感式的杂体文章。一般以短小、活泼、犀利为其特点。内容无所不包，格式丰富多样，有杂感、杂谈、短评、随笔、札记等。中国自战国以来诸子百家的著述中多有这类文章。'五四'以后，经鲁迅等人努力，成为一种直接而迅速地反映社会现实生活或表现作者思想感情的文艺性论文。它以思想性、论战性见长，艺术上，言辞机警，行文情感饱满，常借助形象比喻来议论人或事，有强烈的震撼力。"（《辞海》第六版缩印本2365 页，上海辞书出版社，2010 年）

4，"中国文体名。南朝宋范晔《后汉书》已见其称……现代杂文的概念，指随感式的杂体散文，鲁迅又称之为'杂感'。

说：'短短的批评，纵意而谈，就是所谓"杂感"'。(《三闲集·序言》)这种文体以短小、活泼的形式，直接而迅速地反映社会生活和表现作者的思想感情。"(《鲁迅大辞典》405页，人民文学出版社，2009年)

据前三种辞书的释义，"散文"和"杂文"两概念，是逻辑学中概念间的包含关系（或称种属关系、下属关系），即杂文是散文的一种。后一种辞书，只解释杂文，没有说及散文，即不涉及两者关系。前三种辞书的释义，代表学术界的一般观点；后一种辞书是鲁学参考、工具书，其释义只解释杂文，而不提散文，重在突显鲁迅对现代杂文的独特贡献和杰出成就。学术问题存在两种或多种观点和说法，是客观事实，也是正常现象，宜于兼容并包。

# 三

值得讨论的是，"杂文"含义的辨析，以及鲁迅杂文的文体认定（"逐步完善对于鲁迅'杂文'的分类"）。

先看鲁迅本人对"杂文"的解释及使用。他在《〈且介亭杂文〉序言》中说："近几年来，所谓'杂文'的产生，比先前多，也比先前更受着攻击。""其实'杂文'也不是现在的新货色，是'古已有之'的，凡有文章，倘若分类，都有类可归，如果编年，那就只按作成的年月，不管文体，各种都夹在一处，于是成了'杂'。""这一本集子和《花边文学》，是我在去年一年中，在官民的明明暗暗，软软硬硬的围剿'杂文'的

笔和刀下的结集，凡是写下来的，全在这里面。"(《鲁迅全集》
卷 6 ，1 页、2 页，人民文学出版社，2005 年。以下只注卷、页）
由此可知，鲁迅说的"杂文"，泛指各种各样的文章，不是文体
名称。"且介亭杂文"三种的"杂文"，以及通常说的鲁迅杂文
集之"杂文"，即取此意。作为文体名称，鲁迅名之曰"杂感"
(《写在〈坟〉后面》)："于是除小说杂感之外，逐渐又有了长长
短短的杂文十多篇。"(卷 1 ，298 页）或"短评"(《〈二心集〉
序言》)："这里是一九三〇年与三一年两年间的杂文的结集。""在
这一年内，我只做了收在集内的不到十篇的短评。"(卷 4 ，193
页）等，而称"短评"居多。

　　再看鲁迅的亲密战友如何使用和解释。如，瞿秋白称之为
"杂感"："鲁迅在最近十五年来，断断续续的写过许多论文和杂
感，尤其是杂感来得多。""杂感这种文体，将要因为鲁迅而变成
文艺性的论文（阜利通—feuillton）的代名词。"(《瞿秋白编录
并序 鲁迅杂感选集》，2 页。上海青光书局 1933 年版，据上海文
艺出版社 1983 年 7 月重印本。）再如，冯雪峰作"杂文"："照杂
文这个名词的含义来看……杂文就绝不是狭小的东西，而是包容
很大的、很广泛的东西。""它绝不是某种文体或笔法所能范围和
固定的。""这种散文，一般是以议论为主体的，同时具有很高的
或者比较高的艺术性。"(冯雪峰：《谈谈杂文》，《冯雪峰论文集
（中）》227 页，人民文学出版社 1981 年 6 月版）据前者解释，杂
感作为一种文体，因鲁迅而成为文艺性论文，未谈及其与散文的
关系。后者解释，杂文是以议论为主体而具有艺术性的散文，即
杂文是散文的一种。

其实，最早以"杂文"用作现代文体名称的，始于林希隽1934 年发表在《现代》上的《杂文和杂文家》，其主旨在讽刺与否定杂文，鲁迅写《做"杂文"也不易》予以回击。据鲁迅引录，林的说法为，它是"一种散文非散文，小品非小品的随感式的短文，形式既绝对无定型，不受任何文学制作之体裁的束缚，内容则无所不谈，范围更少有限制。唯其如此，故很难加以某种文学作品的称呼；在这里，就暂且名之为杂文吧。"（卷8，418 页）今天看来，林氏名之为"杂文"及其所作描述，还是相当确切的。

以上，对现代杂文的出现及其名称由来，试作一点回顾。具体到鲁迅杂文的文体性质，要不要与散文区分开来，乃至"逐步完善对于鲁迅'杂文'的分类"。事实证明，这是必要而有益的。如《散文全编》和《杂文全编》已经在 16 年前分编并出版，如今，人民文学出版社为广大受众编印的《鲁迅作品精选及讲析》，也特地将作品按文体，分为小说、散文诗、散文、旧体诗、杂文、书信 6 部分编排。两者不同的是，《散文全编》和《杂文全编》二书，不仅已经认定哪些篇什属于杂文，哪些是散文，而且《杂文全编》的《导言》，对杂文的性质和区分标准作了阐述和说明，而《讲析》的著者却没有告诉读者，书中的杂文和散文是怎样区分的，甚至自身的认知也模模糊糊，前后矛盾（如关于《记念刘和珍君》）。

（《鲁迅研究动态》2022年6月15日）

# 鲁迅 "医学笔记" 是 "失而复得" 吗
## ——《藤野先生》中 "讲义" 问题考辨

鲁迅在《藤野先生》中写道："他（藤野先生）所改正的讲义，我曾经订成三厚本，收藏着的，将作为永久的纪念。不幸七年前迁居的时候，中途毁坏了一口书箱，失去半箱书，恰巧这讲义也遗失在内了。责成运送局去找寻，寂无回信。"读到这里，人们可能因讲义的遗失，而深感惋惜。可事后证明，"这讲义"还在北京鲁迅博物馆珍藏着。个中原委，知者、编者、研究者等，一直存在不同说法，扑朔迷离，令人莫衷一是。本文根据多年所见资料，对有关几个问题试予考辨。

## 宜称 "仙台讲义"

对鲁迅所说 "这讲义"，历来叫法不同，如，解剖学笔记，医学笔记，课堂笔记，大学笔记，等等。据所见，这些名称出现于文章题目的实例，分别有——

解剖学笔记:《鲁迅〈解剖学笔记〉与藤野先生》(《鲁迅研究资料》第 4 辑，1980 年 1 月)、《鲁迅的解剖学笔记初探》(《鲁迅研究月刊》2006年第9期）等。

医学笔记：《关于鲁迅的"医学笔记"》（《鲁迅研究月刊》1997年第1期）、《从鲁迅医学笔记看医学专业学生鲁迅》（《鲁迅研究月刊》2007年第11期）等。

课堂笔记：《解剖学研究者所看到的鲁迅课堂笔记》（《鲁迅研究月刊》2008年第11期，第91页，《"中日鲁迅研究学术研讨会"综述》一文引列）、《日本作家井上厦及日本医学专家眼中的鲁迅课堂笔记》（《鲁迅研究月刊》2010年第10期）等。

大学笔记：《鲁迅的大学笔记》（《鲁迅研究月刊》2007年第11期，第12页，《从鲁迅医学笔记看医学专业学生鲁迅》注释3），仅见1例。

见闻有限，姑举此数例。可讨论者：

以"《解剖学笔记》"（或不加书名号，或冠以"鲁迅""鲁迅的"字样，下同）名之，影响广泛，受众多。原因是，初中语文教科书中《藤野先生》一课的注释，采用此名（详下），为时大约持续30年（1980年代至2010年代）。其不确在于，在鲁迅博物馆珍藏的"这讲义"中，解剖学笔记仅为其一种，不是全部；以此名统称，属于以偏概全。

以"医学笔记"为其名，见于国内专文的，可能始于1997年（见上引篇名），嗣后学界多采用。事实是，此名早已用于指称仙台讲义，见北京鲁迅博物馆编《鲁迅手迹和藏书目录（内部资料）》（打印本）的有关著录（详下），编印时间是1959年7月。此名之不确，一是，仙台讲义中，有非医学学科（有机化学）的笔记；二是，医学笔记系泛称，可适用于不同时期，不同对象，不同情况，比如，有关于医学的自学笔记，有医学课的课堂笔记，等等，此称具体所指不清楚；三是，不合鲁迅本意，他没有使用此名。

至于 "课堂笔记" 和 "大学笔记"，因有限制语（"课堂"或 "大学"），比上面两名称范围虽已缩小，但亦非鲁迅用名（称大学不准确，鲁迅读的是专门学校）。

以上几种叫法，虽各有道理，却均有明显不足，应考虑以"仙台讲义" 为其名称，作为专名专称。依据是：

第一，"讲义" 是鲁迅本人用语。细读《藤野先生》可知，文中 "讲义" 出现 9 次，含义有所不同：指课程（学科名称），指讲课内容的，各一例，指课堂笔记（听课记录）的，有 7 处。7处中，"这讲义也遗失在内" 的 "讲义"，指改正后已定型的课堂笔记。（参看拙文《鲁迅用词 "讲义" 研究——兼评〈鲁迅大辞典〉相关条目》，《绍兴鲁迅研究》2017 年）因此，以 "讲义" 名之，是对鲁迅本意和原作的尊重。

第二，冠以 "仙台" 二字，可体现其特殊性，即笔记的时空特点——鲁迅求学于仙台医学专门学校时的课堂笔记。类似的，如现存第一封鲁迅书信（《鲁迅书信集》的首封书简），1904 年10 月 8 日《致蒋抑卮》，因其写于仙台医学专门学校，被称为仙台书简。以 "仙台讲义" 为专名，既精准，又可显示其独特性。

如何给 "这讲义也遗失在内" 的 "讲义" 命名，应是值得研究的问题。这里陈述一愚之见，谨供参考。

## "失而复得"说溯源

最早述说"这讲义"遗失问题的，是上面提到的《鲁迅〈解剖学笔记〉与藤野先生》，系1980年初出版的《鲁迅研究资料》（第4辑）的一篇短文（补白），作者署名叶子。全文如下：

"1926年鲁迅在回忆性散文《藤野先生》中，怀着惋惜的心情讲到藤野先生为他'改正的讲义'——《解剖学笔记》遗失了。1951年绍兴人民政府和当地人民在鲁迅的家乡发现了鲁迅家藏的三箱书，从中找到了鲁迅的《解剖学笔记》，一共6厚册，计有解剖学、感觉生理学、组织学、病变学、血管学、有机化学。共1049页，全都是用日文写的。蓝色和黑色的钢笔字迹工整、秀丽。每册中都有多幅用钢笔和彩色铅笔绘的图，细致而清晰。上面确有藤野先生多用红钢笔修改的字迹。这是一份非常珍贵的文物，现遵（珍？）藏在北京鲁迅博物馆。（叶子）"（天津人民出版社，1980年1月，第157页）（下称"叶文"）

"叶文"的要点有四：1.首次提出，遗失的讲义是1951年在绍兴（鲁迅家乡）发现的。2.发现者是绍兴人民政府和当地人民。3.《解剖学笔记》共6厚册，介绍了各册名称、总页数和书写、绘图、修改等情况。4.现在收藏处是北京鲁迅博物馆。

稍后，初中语文教科书的编者，即根据"叶文"内容和文字，对《藤野先生》课文中，"这讲义也遗失在内"一事，加上注释。注文为：

"那本《解剖学笔记》后在1951年从鲁迅家藏三箱书中找

到，现藏于鲁迅纪念馆。"（据义务教育教科书《语文》八年级下册，人民教育出版社，2009 年 9 月，第 10 页）

按，在初中语文教科书《藤野先生》一课，编者为"这讲义也遗失在内"加注释，始于人民教育出版社于 1982 年的版本，以后多有修订。最新版本是，2017 年该社出版的部编本义务教育教科书；此版《语文》八年级上册第 25 页，注文改为："藤野先生'所改正的讲义'20 世纪 50 年代从鲁迅留在绍兴的藏书中被找到，现收藏于北京鲁迅博物馆。"

教科书的注释，文字较简短，包含了"叶文"的三个要点，《解剖学笔记》找到的时间（1951 年）、地点（鲁迅家藏三箱书）和收藏处（先说是"鲁迅纪念馆"，后改为"北京鲁迅博物馆"）

这两份材料有一个共同点，都没有使用"失而复得"，以说明讲义的发现（找到）经过。

第一次用"失而复得"表述的，是上引《鲁迅研究月刊》1997 年第 1 期发表的《关于鲁迅的"医学笔记"》，作者署名杨燕丽（下称"杨文"）。

"杨文"首句说："鲁迅的'医学笔记'，即鲁迅在仙台医学专门学校读书时的课堂笔记，无疑是有关鲁迅学医的重要史料。"这是开宗明义，说明"医学笔记"的内涵，有正名之意（不再称《解剖学笔记》"）。

文列 6 个小标题（即 6 方面内容），第 1 个就是"'医学笔记'的'失而复得'"。关于"失而复得"，相关文字是：

"后来的事实说明，'医学笔记'遗失的说法，是鲁迅的记忆有误。

全国解放后，绍兴因筹建鲁迅纪念馆而征集文物，发现在张梓生家中存有三箱鲁迅藏书，其中就有鲁迅的'医学笔记'。绍兴的同志及时把'医学笔记'送交许广平。1956年，许广平把它捐赠给北京鲁迅博物馆，一直保存至今。

原来，1919年12月鲁迅回绍兴迁居时，曾将一部分不准备带走的书籍、课本、墨迹等三大箱，寄存在乡友张梓生家中。其他大部分书籍则委托运送局托运至北京。这些书籍运到北京时，因一口书箱毁坏，丢失了半箱书，于是鲁迅从此误认为'医学笔记'也在其中了。"

"杨文"的重要性在于：第一，作者说及"由于工作关系"，对"一些情况有所了解"，即具有知者身份。第二，接续"叶文"，具体介绍鲁迅博物馆所存仙台讲义的来源、册数、形式、内容、修改等情况。第三，第一次使用"医学笔记"名称撰文，且以"失而复得"表述讲义遗失问题。

关于"失而复得"，其要点有：1.点明鲁迅记忆有误。2.关于经过，说发现时间是全国解放后，原因是因筹建纪念馆而征集文物，地点是张梓生家，等等。3.收藏来源是，绍兴同志把讲义送交许广平，许广平再捐赠鲁迅博物馆。4.是鲁迅回绍兴迁居时，将三箱书寄存张梓生家。5.解释鲁迅记忆有误的原因。

"杨文"的发表，对学者的研究产生影响。关于《藤野先生》及仙台讲义的论著（所见均为日本医学专业学者的撰述），多与"杨文"有关联。

"杨文"的影响，还表现在：至今有的研究者还在叙说"失而复得"的经过，如《藤野先生与"失而复得"的医学笔记》一文说：

"但令先生（鲁迅）想不到的是，在他逝世十几年以后，这些医学笔记又'失而复得'了。原来当年鲁迅回绍兴迁居时，还将一部分不准备带走的书籍和手稿寄存在朋友家里，医学笔记其实误放在里边了，而带回北京的书中根本就没有医学笔记，是他记错了。解放后，绍兴鲁迅纪念馆征集文物时，发现了这些笔记，许广平就把他捐献给了北京鲁迅博物馆。"（鲁迅博物馆官网"创作园地"，署名刘晴，发布日期：2015年7月20日）

此文所述，明显依据"杨文"的"失而复得"说，且直接判断为："带回北京的书中根本就没有医学笔记"。

以上追述的，"失而复得"说的由来，以及遗失讲义问题的不同解说版本，虽讲法不一，却均源于北京的知者。其说值得探究，主要问题是两个：其一，仙台讲义是否真的从绍兴发现（找到）；其二，鲁迅记忆有误，误在哪里。

应该听听绍兴的当事者，是怎么说的。

## 当事者的记述和有关记载

关于在鲁迅家乡（张梓生家）发现三箱书，绍兴的当事者说法不同。如，当年在鲁迅家里做工友，三箱书发现者之一的王鹤照（"照"或作"招"），在《回忆鲁迅先生》一文的《向故乡告别的时候》一节说：

"还有当年寄存在五云门外张梓生家里的三箱书，也是在解放后我陪纪念馆同志去找回来的，这三箱书已在张先生家里放了

30 多年，从书箱里发现了不少非常珍贵的墨迹，其中有鲁迅先生 17 岁时的手抄本《二树山人写梅歌》，有经鲁迅先生亲自批注过的三本《花镜》，有鲁迅先生在南京读书时手抄本：《几何学》《开方》《八线》《开方提要》。还有介孚公（鲁迅祖父）手笔《漫游记略》、伯宜公（鲁迅父亲）手笔《禹贡》等等。"（据鲁迅博物馆鲁迅研究室《鲁迅研究月刊》选编：《鲁迅回忆录》散篇，上册，北京出版社，1999 年 1 月，第 30 页）（下称"王文"）

按，王鹤照的这篇回忆，最初刊发在《中国现代文艺资料丛刊》第 1 辑，上海文艺出版社出版，时间是 1962 年 5 月。（绍兴鲁学研究者周芾棠，在其所著《乡土忆录——鲁迅亲友忆鲁迅》中，首篇收录了《鲁迅故家老工友忆鲁迅》一文，此系王鹤照回忆文的另一版本，两文内容相同而文字略异，可以参看。周著，陕西人民出版社 1983 年 4 月出版）"王文"是最早忆述在绍兴家乡，发现鲁迅珍贵文物一事的文章。

王鹤照既是到张梓生家里，发现鲁迅家所藏三箱书的经手人（当事者）之一，他的回忆应是确切可信的。值得特别注意，也是其回忆重点之一的，在于：从三箱书中找到的，是"南京读书时手抄本"，不是仙台医学专门学校的课堂笔记，即仙台讲义。

再看另一经手人，即"王文"所说的"（绍兴鲁迅）纪念馆同志"（曾为纪念馆负责人，已故绍兴鲁学研究者），张能耿的忆述：

"这（指"叶文"）与事实是有出入的。因为我是当时找回这三箱书的经手人之一，所以完全了解这方面的情况。

"绍兴发现寄存在张梓生家里的三箱书，时间是 1952 年。那

时张梓生不在家乡，我们是在许广平同志寄赠给绍兴鲁迅纪念馆
的《绍兴存件及付款簿》里看到记载。因为那是 1919 年鲁迅搬
家北上时，关于家具处理情况的一本记录簿。其中记述说："张
梓生兄处寄存：黄漆书箱两只，内装满书籍，又书一板箱。'这
就引起了当年在鲁迅家里做工友，解放后到了绍兴鲁迅纪念馆工
作的王鹤招同志的回忆。于是我与王鹤招同志就到绍兴乡下去找
张梓生同志的老家。张梓生出外多年，老家无人，但还有一些家
具放在杨礽老家。在乡人民政府一位副乡长的协助下，我们看到
了这些家具，顺利地找到了鲁迅在 1919 年寄存的三箱藏书。从
中发现了鲁迅少年时代手抄的《二树山人与梅歌》并经鲁迅批
注过的《花镜》和他在南京读书时的 4 本数学手抄本：几何、开
方、八线、开方提要。其中并无《解剖学笔记》，（"叶文"）说
该《笔记》是在绍兴发现，这是弄错的。"（张能耿：《鲁迅与绍
兴有关人物·鲁迅与张梓生》，见张能耿著《鲁迅早期事迹别录》，
河北出人民版社，1981 年 11 月，第 206 页）（下称"张文"）

相比于"王文"的内容，"张文"关于发现三箱书的忆述，
更具体、更清楚，其重要性是：直接指明"叶文"（实际包括
"杨文"）的说法，"这是弄错的"，即，确指在绍兴发现的并非
仙台讲义。

在两位经手人的个人追述之外，还可依据绍兴鲁迅纪念馆
（馆方）的有关记载，进行比对和验证。以下是纪念馆有关记载
的摘录：

1953 年 1 月 4 日　收到许广平赠寄的《绍兴存件及付款簿》，
此为当年鲁迅举家北迁时绍兴家具寄存、出售的情况记录，它为

纪念馆收集鲁迅文物，提供了重要线索。

3月6日　根据《绍兴存件及付款簿》中的线索，从绍兴县皋北乡洋浜村张梓生家取回当年鲁迅家寄存的三箱藏书。

13日　查阅三箱藏书，发现内有鲁迅在南京求学时期手抄的《开方》《开方提要》《几何学》《八线》等极为珍贵的文物。

4月2日　整理三箱藏书，并初步鉴定、编目。

5月11日　周建人来信告知鲁迅确实校阅过《花镜》等书，但书上批注是否鲁迅手迹有待查实（后经鉴定，《花镜》等书批注确系鲁迅手迹）。（《绍兴鲁迅纪念馆大事记（1949-1988）》，绍兴鲁迅纪念馆编印，1988年9月，第10-11页）

《绍兴鲁迅纪念馆大事记》载明，在三箱书中发现的，是南京求学时期的手抄件数种（不是仙台讲义）。（按，据此《大事记》，从张梓生家取回三箱藏书的确切时间，是1953年3月6日，"张文"误为1952年，应是记忆不确所致。）

依据"王文""张文"，以及绍兴鲁迅纪念馆《大事记》的记载，回到上文提到的两个主要问题。其一，仙台讲义是否真的从绍兴发现（找到）？答案是，否。即，在绍兴发现的是南京手抄本，不是仙台讲义。其二，鲁迅记忆有误，误在哪里？答案是，误在：仙台讲义没有遗失，也没有放在寄存的三箱书中，它原本就在运回北京的书箱里（并非"带回北京的书中根本就没有医学笔记"），以后一直保存于鲁迅家中；也就是说，没有"失而复得"这回事。

就具体事项而言，比较"叶文""杨文"等说法，和绍兴两经手人所说（包括纪念馆《大事记》记载），京、绍两地人士，对三箱书的发现时间、原因、发现者、经过等的叙述，多有不同，不必一一列举。其中，"杨文"所说，"绍兴的同志及时把'医学笔记'送交许广平"，此事纪念馆《大事记》无记载，不能证实。按情理，如上缴鲁迅珍贵文物，应报送中央有关部门，如国务院文物局，或国家博物馆等，不会送交个人，何况是不作记录，亦无交接手续（文字凭据）的送交。

## 影响所及和其他问题

藤野先生改正的讲义"失而复得"说，提出至今 20 余年，似已成为学界和社会共识。影响所及，此说被重要著作和辞书，作为撰述相关事项的依据。兹举二例：

如，《鲁迅年谱长编》第 1 卷（1881-1921）的相关记载：

"1919 年 12 月 1 日 1 离京回绍。2 日抵上海，3 日抵杭州，4 日抵故乡绍兴，在家停留至本月 24 日。与同族 10 多户人家共同卖掉新台门宅。鲁迅将家中什物'可送的送，可卖的卖'，把三只书箱寄存在张梓生家中（箱中有鲁迅手抄《二树山人写梅歌》，南京读书时的《几何》《开方》等笔记，以及在日本读书时的医学笔记等）。"（鲁迅博物馆鲁迅研究室编，河南人民出版社出版，2012 年 11 月，第 351 页）（下称"长编"）

再如，《鲁迅大辞典》的"医学笔记"条：

"医学笔记  鲁迅在日本仙台医学专门学校学习时所记，合订成 6 厚册，共 954 页。计有：解剖学（包括：骨学、韧带学、筋学、内脏学、血管学、神经学、五官器学）、组织学、病理学、有机化学。笔记用日文书写，蓝色钢笔字，整洁秀丽。每册内均有用彩色笔精细绘制的医学解剖图。血管学笔记共 334 页，其中 310 页均经藤野先生详细修改。在一些着重修改的地方，藤野先生还注有：'注意：此图中订正……'的字样。确如鲁迅所说，他的讲义'从头到末'都修改了，不但增加了许多'脱漏的地方'，'连文法的错误都也都一一订正。'鲁迅十分珍爱这些笔记。他说：'我曾经订成三厚本，收藏着的，将作为永久的纪念。'但在 1919 年举家从绍兴迁往北京时，不幸'中途毁坏了一口书箱，失去半箱书，恰巧这讲义也遗失在内了。责成运送局去找寻，寂无回信。'（《藤野先生》）1949 年后，从绍兴农村发现了这批文物，其中就有这 6 册医学笔记。后由许广平捐赠北京鲁迅博物馆。"（人民文学出版社，2009 年 12 月，第 1208 页）（下称"大辞典"）

"长编"和"大辞典"二书，是鲁迅研究的重要参考书和辞典，为研究者常备、常查。受"失而复得"说影响：二书均采用"医学笔记"名称；关于遗失讲义的说明，或称"（寄存在张梓生家的）箱中有鲁迅……在日本读书时的医学笔记"，或说"1949 年后，从绍兴农村发现"；"大辞典"云，"后由许广平捐赠北京鲁迅博物馆"。这些都来自"失而复得"说，不符实情。

在名称和"失而复得"之外，二书还涉及别的有关问题，可一并在此讨论。

"大辞典"的"医学笔记"条目，另涉及仙台讲义几个问题，各处表述不一，似仍有讨论的必要：

如，仙台讲义 6 册的页数是多少？

"大辞典"的第 1 句说到："合订成 6 厚册，共 954 页"。此总页数有待验证。

据《鲁迅手迹和藏书目录（内部资料）》（打印本，第 79页）著录：

"医学笔记 记于日本仙台医学专门学校 病变论 193 页 脉管学 334 页 解剖学 306 页 有机化学 296 页五官器学 325 页组织学349 页"（下称"藏书目录"）

由"藏书目录"的记载，各册页数之和，为 1803 页。"叶文"提供的数字，是"共 1049 页"。"杨文"未说及页数。上文引列的《从鲁迅医学笔记看医学专业学生鲁迅》中，《表 1 鲁迅医学笔记的内容》（下称"表 1"）统计的各册页数分别是：第 1册 306 页第 2 册 328 页 第 3 册 349 页 第 4 册 323 页 第 5 册 193 页第 6 册 279 页。6 册相加，总页数是 1778 页；《表 5 鲁迅医学笔记中的课堂笔记的特征》（下称"表 5"）细列有任课教师的讲课记录，在各册的页数，其和是 1787 页。

另在上引《鲁迅研究月刊》2010 年第 10 期所载，《日本作家井上厦及日本医学专家眼中的鲁迅课堂笔记》（署名张立波，下称"课堂笔记"）一文中，披露两个页数，一个是 954 页，一个是 1806 页。原句分别是："此次展示的是北京鲁迅博物馆所珍藏的鲁迅留学仙台期间的课堂笔记，共有 6 册 954 页。""2005 年北京鲁迅博物馆把鲁迅医学笔记全部 6 册 1806 页的电子复制版赠给了东北大学。"

以上 6 个页数："藏书目录"1803 页，"叶文"1049 页，"表 1"1778 页，"表 5"1787 页，"课堂笔记"（1）954 页，"课堂笔记"

（2）1806页，和"大辞典"的954页核对，只有"课堂笔记"（1）的954页与之相同（可能同一来源），其余均相差数页，或几十页乃至数百页。页数之所以相异，可能因计数方法不同所致。比如，每页有正反两面，或者有的按一面算一页，有的按正反两面合为一页，等等。

据此，仙台讲义的页数（各册确切页数和6册总页数），似可再做核算统计，以求表述精准。

再如，仙台讲义6册合订本的各册名称和排序如何？以及仙台讲义的书写情况（包括所用文字、用笔和颜色、绘图等）是怎样的？仙台讲义6册合订本中，藤野先生修改了多少？鲁迅所说，"他所改正的讲义，我曾经订成三厚本"，应如何理解？等等。期待有更为谨严、准确的考辨、讨论。

（本文写作中，承绍兴鲁迅纪念馆顾红亚女史，惠示重要资料，谨此致谢！）

（《中华读书报》2020年7月22日）

# 《藤野先生》"讲义"问题再探究

## ——读叶老《答谷兴云先生"对仙台讲义问题的考辨"》

拙文《鲁迅"医学笔记"是"失而复得"吗——对仙台讲义问题的考辨》,在"瞭望"(《中华读书报》2020 年 7 月 22 日第 5 版)刊出后,很快读到叶淑穗先生的答复文章(题作《答谷兴云先生"对仙台讲义问题的考辨"》,见《中华读书报》9 月 2 日同版),获益良多。同时感到,有关问题尚可继续研究与讨论,因而再写此文。本篇所谈,除叶先生大作引出的话题外,还包括前篇拙文未能容纳的内容,故名"读叶淑穗先生大作并仙台讲义问题再考辨"。

## 一 拜读叶淑穗先生大作的心得

拜读叶先生大作,深为先生宽厚包容的襟怀,严谨求实的精神,而感念于心。受教于先生的治学精神,谨继续向先生与读者诸君求教,请容分述愚见如下——

叶老大作谈了三个问题,其一是"对'讲义'的提法"。于此，叶老披露：鲁迅博物馆有关负责人，新发现鲁迅当年用以包装这部讲义的包书纸，其上有鲁迅亲笔所写"仙台医专讲义录"7字，故而认为，此提法"妥帖且精准"，因为这是鲁迅本人的完整定名。叶老所言极是，这一新发现意义甚大，十分重要。它的意义在于，不仅圆满解决了《藤野先生》中，"这讲义遗失在内"之"这讲义"的名称问题（证实前篇拙文所提，宜称"仙台讲义"确非妄议），而且提出了新课题：能否对原包装用纸，以及鲁迅所写7字，做细致分析和鉴别（纸的材质、产地和鲁迅使用时间，鲁迅书法艺术等），从而鉴定或推断，讲义是何时包装、7字是何时书写的，进而深入研究仙台讲义诸问题（鲁迅对讲义及藤野先生的感情和态度，何以说讲义遗失，等）。

其二是"如何对仙台医专讲义的页数进行统计"。

据叶老介绍：

由于文物收藏单位，对这仙台医专讲义在页数统计上的"单位"变换，影响了鲁迅研究者、教育部门、图书出版部门，以至国外的鲁迅研究者，对这部讲义实际页数的掌握。其实"讲义"的数字是不变的，关键是对它的统计和计算的差异。

现今国家图书馆以最现代化的技术，调集鲁迅研究界各方面的专家，正在编辑一部大型的《鲁迅手稿全集》。这部书的出版宗旨是，要编辑一套既全面又精准而且新颖的《鲁迅手稿全集》。他们已将这部仙台医专讲义，以高清扫描的方法，收入书中。为了得到这部讲义的准确数字，已请国家图书馆出版社将他们经过精准录制的数字告知，计有：解剖学 202 页，血管学 169 页，组织学 180 页，有机化学 155 页，五官学 175 页，病变学 101 页。

总计 982 页。

这是叶老大作提供的又一份有意义资料：仙台医专讲义的最终统计数字（经精准录制而得到）。对此数字，拟求教于叶老的是：

（一）此数字系国家图书馆出版社提供，而《鲁迅手稿全集》（下称《手稿全集》）正由国家图书馆调集专家编辑中，尚未出版，可否作为最后向社会正式公布的统计数字（会不会有订正、变动）？再就是，国家图书馆统计的数字，是否等同于鲁迅博物馆（文物保存单位）的统计数字，即被后者认可和接受，取代鲁迅博物馆原统计的数字？

（二）《手稿全集》的统计数字，有没有可研究、探讨的空间？比如，据叶老大作，此前统计数字之所以不一致，是统计上的"单位"变换造成的（有的以"面"为单位，有的以"页"为单位）。而实际情况，可能不仅如此。试以此统计数字，与鲁迅博物馆编《鲁迅手迹和藏书目录（内部资料）》（打印本，编印时间是 1959 年 7 月）（下称"藏书目录"）的著录数字（病变论 193 页 脉管学 334 页 解剖学 306 页 有机化学 296 页 五官器学 325 页 组织学 349 页），进行各册页数的比较（各册顺序依照《手稿全集》，括号内是"藏书目录"页数）：

解剖学 202 页（解剖学 306 页） 血管学 169 页（脉管学 334 页）

组织学 180 页（组织学 349 页） 有机化学 155 页（有机化学 296 页）

五官学 175 页（五官器学 325 页） 病变学 101 页（病变论 193 页）

据此比对，各册页数统计之不同，似非单纯"单位"变换造成的（"藏书目录"各册页数，都不是《手稿全集》页数的 2 倍），应该还有其他因素。是什么因素？哪些因素？从日本专业学者的有关研究论文，《从鲁迅医学笔记看医学专业学生鲁迅》（〔日〕坂井建雄 作/解泽春 译，《鲁迅研究月刊》2007 年第 11 期）（下称"坂井文"）所附表 1（下称"表 1"）可知，其统计的页数（第 1 册 306 页，第 2 册 328 页，第 3 册 349，第 4 册 323 页，第 5 册 193 页，第 6 册 297 页），"各册页数中包括标题页和空白页在内，但各门课堂笔记的页数不包括。"可见，存在标题页和空白页，统计差异的问题。这应该是一个因素，还有没有别的因素？

（《手稿全集》可讨论者，再如：仙台讲义只是手迹，而非手稿，可编入《手迹全集》，而不应编入《手稿全集》。）

其三是"如何解释仙台医专讲义现在仍存"。

拜读叶老大作这节文字，可求教三个问题：

问题之一，如何理解"许广平先生保存的鲁迅遗物中未见'仙台医专讲义'"？体会句意可有二解，即歧义。搞不清楚：是说仙台医专讲义未经许广平先生保存？还是说经许广平先生保存而（有关人士在某时期）"未见"？从后文所说"许广平先生捐赠此文物"等语看，显然不是前一含义，而是后一含义。叶老大作的下文列举了几件事，说明"未见"各情况，其中直接有关的是前两事：一为，1950 年 6 月文物局派员清点鲁迅故居所有遗物及藏书，清点后的文件中，注明图书若干件，而"清单中未见此讲义"；一为，数年（未说是哪些年）中曾多次清点鲁迅故居（遗物），并请北京图书馆的专家编辑《鲁迅藏书目录》（按，不知此目录，是否即上引鲁迅博物馆编《鲁迅手迹和藏书目录（内部资料）》），"其中未有此讲义的记录"。这里可讨论的是，所举二件事中的"未见此讲义"，和"未有此讲义"，是正常而自然的。因为，仙台讲义虽是鲁迅遗物，但不是图书，不属于藏书，必然不见于图书清单，或藏书目录。试查鲁迅博物馆1959年7月编印，分3集的《鲁迅手迹和藏书目录》，医学笔记（即仙台讲义）编在第1集"手迹目录"中的"其他"项，而不在第2集（中文藏书目录），或第3集（外文藏书目录）这两集之中。

问题之二，怎样理清"鲁迅博物馆接收仙台医专讲义的经过"？叶老大作说："查鲁迅博物馆文物账，这六册仙台医专讲义是鲁迅博物馆建馆前的1956年6月，许广平先生向鲁迅博物馆捐赠第一批文物时捐赠的。"另一处说："解放后，许广平先生将她保存的鲁迅遗稿藏书以及故居都逐件分批、无偿地捐献给国家。"读这两处文字的疑点，在捐赠时间（1956年6月）和捐赠方式（"逐件分批"）。可供参考的，有所见三份资料：1.韩蔼丽（已故鲁迅博物馆工作人员）撰写的《北京鲁迅故居》图册（文物出版社1978年出版）。其第30页说："解放后，我们党立即就派人接管了西三条21号（按，即鲁迅故居），清点了东西，整理、恢复、开放了故居。"（这里说是"接管"，未说是捐献。）2.鲁迅博物馆官网之《北京鲁迅博物馆（北京新文化运动纪念馆）简介》。此《简介》说："1949年10月19日，时值鲁迅逝世13周年之际，旧居正式对外开放。次年3月，许广平先生将旧居和鲁迅生前的藏书、文物全部无偿捐献给国家。1954年初，在旧居旁建立了陈列厅，于1956年10月19日鲁迅逝世20周年正式建馆并对外开放。"3．叶老本人于 1988 年 6 月写、同年 12 月修改的《鲁迅设计并手绘的西三条故居草图及改建的房屋》。据此文记述："1949 年 1 月北平解放，军管会文物部王冶秋等同志立即派人查看鲁迅故居和管理故居，10 月 19 日鲁迅纪念逝世纪念日前后正式开放，供人们参观。1950 年 6 月许广平将鲁迅故居及故居内的文物全部捐献给人民政府。文物局赠奖状和登报予以表彰，同时又在保持故居原样的原则下，对故居进行了较彻底的修缮。"（《鲁迅研究资料》第 23 辑第 79 页，中国文联出版公司，1992 年 3 月版）

这三份资料，均出自了解鲁迅博物馆馆藏内情者（或个人，或馆方），三资料关于仙台讲义在内的鲁迅文物的捐献（接管）时间（1．解放后"立即"；2．1950 年 3 月；3．1950 年 6 月）和方式（1．未谈及，2．"藏书、文物全部"，3．"文物全部"），和叶老本篇大作所说（时间、方式）明显不同。对此不同，未悉应如何理清和解释。

问题之三，叶老大作没有正面回答："如何解释仙台医专讲义现在仍存"？大作最后说："而今，所有当事者，均离我们而远去了，对此仙台医专讲义的来历，只能存疑了，有待后人来解惑吧！"可求教的是：有关实情是否已经有了答案？仙台医专讲义的来历，还要存疑？叶老大作既已表示，前篇拙文"提出的问题，以理服人，本人十分赞同"，即认同仙台讲义，不是在绍兴发现的（叶老语："寄存在张梓生先生家中的三箱书内并无仙台医专讲义的事实"），也不是绍兴的同志把它送交许广平，这两个"不是"已经说明讲义的来历，即如前篇拙文所说，"它原本就在运回北京的书箱里",何故再存疑?如探究具体存放处,据许羡苏回忆:"有一次周建人先生来参观故居,当他走到南屋的时候,顺便告诉我存在那里的8只书箱是1919年鲁迅先生从绍兴搬出来的。"(鲁迅研究室编:《鲁迅研究资料3》第212-213页,文物出版社1979年2月版),就是说,现在珍存于鲁迅博物馆的仙台医专讲义,来自1919年鲁迅从绍兴搬出,而后存放于鲁迅故居南屋的8只书箱。至于叶老大作说,"许羡苏先生告诉我,'许广平先生说是绍兴派人送来的'",则仅为个人记忆(经两三人转述),无法证实;而且,既然不是在绍兴发现,绍兴怎能派人送来?

## 二 仙台讲义问题再考辨

关于鲁迅仙台讲义的问题,在前篇拙文的篇末,说及:"再如,仙台讲义6册合订本的各册名称和排序如何?以及仙台讲义的书写情况(包括所用文字、用笔和颜色、绘图等)是怎样的?仙台讲义6册合订本中,藤野先生修改了多少?鲁迅所说,'他所改正的讲义,我曾经订成三厚本',应如何理解?等等。期待有更为谨严、准确的考辨、讨论。"对其中提到的几个问题,在此谨试说一己之见。

问题1,仙台讲义6册合订本的各册名称和排序如何?

《鲁迅大辞典》"医学笔记"条说:(医学笔记6厚册)"计有:解剖学(包括:骨学、韧带学、筋学、内脏学、血管学、神经学、五官器学)、组织学、病理学、有机化学。"(人民文学出版社,2009 年 12 月版,第 1208 页)(下称"大辞典")

可疑者,既是 6 厚册,为什么仅"计有"4 种?又,各册的确切名称是什么?如何排序?

据多年所见,有多种国内文章、资料列出 6 册仙台讲义,而名称、排序不同。这些文章、资料,除《手稿全集》与"藏书目录",还有:叶文《鲁迅〈解剖学笔记〉与藤野先生》(《鲁迅研究资料》第 4 辑,1980 年 1 月)(下称"叶文"),杨燕丽《关于鲁迅的"医学笔记"》(《鲁迅研究月刊》1997 年第 1 期)(下称"杨文")、黄乔生《"鲁迅在仙台"研究述略》(《鲁迅留学日本东北大学 100 周年 鲁迅与仙台》,中国大百科全书出版社,2005 年 9 月版,第 113 页)(以下简称"黄文")、叶燕靖《鲁迅博物馆文物珍品展览参观记》(《鲁迅研究动态》1987 年第 2 期)(下称"参观记"),等等。以上国内 6 种(不含"大辞典")文章、资料,关于仙台讲义 6 册的名称及排序,分别为:

《手稿全集》— 解剖学 血管学 组织学 有机化学 五官学 病变学

"藏书目录"— 病变论 脉管学 解剖学 有机化学 五官器学 组织学

"叶文"— 解剖学 感觉生理学 组织学 病变学 血管学 有机化学

"杨文"— 解剖学 血管学 组织学 有机化学 五官学 病变学

"黄文"— 脉管学 有机化学 五官学 组织学 病变学 解剖学

"参观记"—　解剖学　病变学　脉管学　有机化学　五官学组织学

在日本学者撰著中，见到 3 种，除上述"坂井文"的"表 1"外，还有《鲁迅的解剖学笔记初探》(〔日〕浦山菊花 著/解泽春译，《鲁迅研究月刊》2006 年第 9 期)(下称"初探")所列一种。以及《鲁迅学过的解剖学——从医学史的观点来看》(〔日〕坂井建雄 作/解泽春 译，《鲁迅研究月刊》2006 年第 9 期)所列："鲁迅的医学笔记共有 6 册……每册第 1 本笔记的标题分别是：解剖学、五官学、脉管学、组织学、病变学、有机化学，鲁迅博物馆以此作为各册的名称。"(下称"博物馆")这 3 种日本学者资料中，前两者只排列 6 册合订本的上下顺序，无每册合订本名称。3 种日本学者资料的名称(前两种按第 1 分册的名称)及顺序是：

"表 1"—　解剖学总论　血管学　组织学　感觉器学　病理学　有机化学

"初探"—　解剖学总论　感觉器学　脉管学　组织学　病理学 有机化学

"博物馆"—　解剖学　五官学　脉管学　组织学　病变学　有机化学

回到当初情况，鲁迅把一种或数种课堂笔记，合订成 1 厚册(其中，有机化学、病理学各成一册；感觉器学、内脏学合为一册；组织学、生理学合为一册；血管学、神经学、局部解剖学合为一册；解剖学总论、骨骼学讲义、韧带学、肌肉学合为一册)，共 6 册，每册无总的名称，只有各分册第 1 页，写有课程名称。"杨文"说及："为了介绍清楚起见，我们暂且把装订后的合订本，开头第 1 册第 1 页标记的题目作为每合订本的名称"。此法可取，这应该是各册名称的一个依据。（以此为据，第一册的名称不应是"解剖学"，应是"解剖学总论"。按，解剖学是总的学科名称，分为血管学、肌肉学等数门课程，由敷波教授和藤野先生分工担任，安排在第 1 学年的 3 个学期和第 2 学年的第 1 学期讲授。）另一个依据是规范译名。如，《手稿全集》和"大辞典""藏书目录""杨文""黄文"等的名称中，有"五官器学"或"五官学"，而无"感觉器学"；"叶文"有"感觉生理学"，日本学者称"感觉器学"；"感觉器学"可能是规范译法。（按，"五官"是日常用语，不是学科名称。据《现代汉语词典》释义，五官指耳、目、口、鼻、舌，通常指脸上的器官，如五官端正。）

根据上述情况和依据，按照当年仙台医学专门学校课程表，即教学进度（按，病理学，血管学中第 3 分册的局部解剖学，这两种是第 2 学年的课程，其余均为第 1 学年课程），参考"表 1"（"鲁迅医学笔记的内容"）对仙台讲义 6 册合订本的名称与排序，似可表述为：

解剖学总论　血管学　组织学　感觉器学　有机化学　病理学

问题 2 ，仙台讲义的书写情况（包括所用文字、用笔和颜色、绘图等）是怎样的？

"大辞典"的有关说法是："笔记用日文书写，蓝色钢笔字，整洁秀丽。每册内均有用彩色笔精细绘制的医学解剖图。"

"叶文"的描述是："全都是用日文写的。蓝色和黑色的钢笔字迹工整、秀丽。每册中都有多幅用钢笔和彩色铅笔绘的图，细致而清晰。"

"杨文"的描述："鲁迅记录讲义的语言，大部分为日语和德语，也有少量的拉丁语和希腊语。书写的笔迹一般为蓝色水质笔。"（无绘图情况说明）

"参观记"的描述："笔记字迹清秀，间有各种彩色铅笔绘的解剖图，细致而清晰。"（未说是何种文字）

不难看出，"大辞典"是依据"叶文"：全日文，蓝、黑两色，每册都有医学解剖图（但"叶文"只说"图"，没说是"医学解剖图"）。"杨文"说法：用日语、德语，以及拉丁和希腊语，是蓝色笔。"参观记"提到，间有各种彩色铅笔绘的解剖图。

对于仙台讲义的书写情况，在日本专业学者的精审研究中，有细致描述，可作比较。下面是"坂井文"（即《从鲁迅医学笔记看医学专业学生鲁迅》）的相关文字——

"鲁迅医学笔记是鲁迅在1年半的时间内所做的几门课的课堂笔记，笔记上书写的状态各不相同。有的写得很工整，也有的写得比较潦草、不整齐。有的部分是用黑墨水写的，也有的部分是用蓝墨水写的。""刚开始做笔记用的是黑墨水，后来改用蓝墨水。"

另在"坂井文"所附《表5 鲁迅医学笔记中的课堂笔记的特征》，有"墨水颜色"的细致描述（未涉及所用文字、用笔等），可查看。

**问题3，仙台讲义6册合订本中，藤野先生修改了多少？**

问题 4，鲁迅所说，"他所改正的讲义，我曾经订成三厚本"，应如何理解？

这两个问题可以合起来讨论。同样，所见各种记述差异很多。

关于藤野先生的修改。"大辞典"说："血管学笔记共 334 页，其中 310 页均经藤野先生详细修改。"

"叶文"说得比较概括："上面确有藤野先生多用红钢笔修改的字迹"。

"杨文"较具体，而且一并说及"订成三厚本"的事："（藤野先生担任的课程）为'解剖学理论''筋学''血管学''神经学''上肢、头部的局部解剖学''组织学'。这些课程的笔记，藤野先生全部进行了认真地批改。为了感谢恩师的厚爱，鲁迅在《藤野先生》一文中说：'他所改正的讲义，我曾经订成三厚本，收藏着的，将作为永久的纪念。'即是指以上这三个合订本。"又说，"后三个合订本（按，指《有机化学》《五官学》《病变学》）不是藤野先生担当的课程，但每本均有藤野先生修改的笔迹，足见藤野先生对鲁迅学业的认真负责。"

"参观记"说的是，"陈列时特别展开了藤野先生为他修改的一本（按，即合订本《血管学》）。这本厚 334 面，包括'脉管学'和'神经学'，其中有 310 面上均有藤野先生用红笔、兰（蓝）笔、黑笔详细修改的痕迹。"

对于藤野先生的修改情况，在日本专业学者的精审研究中，也有细致描述。如"坂井文"（即《从鲁迅医学笔记看医学专业学生鲁迅》）的相关文字——

"解剖学课是由敷波教授和藤野教授担任的，其课堂笔记被装订在6册中的第1、2、4册（按，指解剖学总论、血管学、感觉器学3册）。第2册的血管学、神经学和局部解剖学笔记，藤野教授全都做了批改。血管学和神经学是第1学年的课，局部解剖学是第2学年的课。第1册和第4册中有关解剖学的课堂笔记和第3、5、6册中解剖学以外的笔记上，有的画有下线以示强调，有的稍微做了修改订正，但都不是藤野教授的笔迹。""鲁迅的6册医学笔记中，解剖学的课堂笔记有3册，其中藤野教授用红笔批改最多的有1册。"（按，文后"表5 鲁迅医学笔记中的课堂笔记的特征"，对各册的书写状态、批改等，亦有具体描述，可参看。）

　　以日本专业学者的研究成果，比照中国研究者的撰述，可见颇有一些不同。似可明确以下几点：

　　1.鲁迅在仙台学习期间的课堂笔记，书写情况不一，笔迹有时工整，有时比较潦草，墨水有蓝色有黑色。

　　2.藤野先生的修改，集中于他所讲授的课程，即肌肉学、血管学、神经学、局部解剖学这4门课程；其他课程的课堂笔记，虽略有改动痕迹，但并非藤野先生所为。（按，《藤野先生》说，藤野先生担任的功课是：骨学、血管学、神经学。据日本学者核对，骨学系敷波教授担任的。）

　　3.《藤野先生》说，"他所改正的讲义，我曾经订成三厚本，收藏着的"。实际情况是，把血管学、神经学、局部解剖学，合订为1册，即第2册，肌肉学另订在第1册中。把订为1册及另1册的一部分，说成"三厚本"，这和讲义没有遗失而认为"遗失在内"相似，系记忆不确所致。

　　4.作为鲁迅研究重要工具书的《鲁迅大辞典》，其"医学笔记"条，对仙台讲义的解释有欠严谨。（不止上文已说到的几处，再如，"每册内均有用彩色笔精细绘制的医学解剖图"，句中"每册"一词使用不当：医学解剖图应出现于解剖学笔记，在有机化学等笔记中，不会有医学解剖图；等等。）

关于仙台讲义的问题，本文补充考辨并讨论至此。所陈愚见，难免有偏颇、不当之处，敬请方家、学者不吝赐教。

（补记：前篇拙文，考辨仙台讲义与张梓生家保存的3箱书，实际没有关系，即，本文提到的，仙台讲义不是在绍兴发现的。有友人提示，1924年3月15日鲁迅在日记中，记有关于张梓生与存书的事。据查阅，《鲁迅全集》1924年3月14日的日记："下午得张梓生信。"15日："旧存张梓生家之书籍运来，计一箱，检之无一佳本。"17日："寄三弟信，附小说稿及复张梓生信。"按，张氏所运这一箱鲁迅存书，系《绍兴存件及付款簿》所列、"王文""张文"等所记，1919年迁居北京时，存在张氏家3箱书之外的一箱。其中原委，有待考索。可以确定的是，既然"检之无一佳本"，定无6册仙台讲义在内。）

（《鲁迅研究动态》2022年6月13日）

# 40 年前的海滨盛会

## ——1982 年暑期·烟台"全国鲁迅研究讲习班"日记摘录

　　说明：40 年前，即 1982 年 7、8 月间，因应新形势下深入开展鲁迅研究，培养和壮大研究队伍的需要，中国鲁迅研究学会和山东烟台师专中文系，在美丽的海滨城市烟台，联合举办了一期鲁迅研究讲习班。约请李何林、王瑶、唐弢等著名鲁迅研究学者，以及戈宝权、陈　涌等多位专家、教授，向来自全国 27 个省、市、自治区的近 200 名学员，作了为期 4 周的讲学和培训，取得圆满成功。在鲁学史上，这是一次绝无仅有的全国性培训盛会，值得回顾与纪念。这里提供的，是一份当时的私人日记（整理稿），或可由此了解讲习班的若干情况。

　　7.25 -8.21 在烟台参加"全国鲁迅研究讲习班"。讲习班期间，得会李何林、戈宝权、王士菁（第 1 次见面）、郭预衡、陈瘦竹、唐弢、王瑶等前辈，和多次通信但未曾见面的文友相聚。（提要）

### 7月24日（六月初四）星期六 晴间多云

（上略）从青岛乘12点40分青岛—济南快车（302次），1小时10分钟后到蓝村。等了一个多小时，换乘北京—烟台的快车去烟台，晚7点20分左右抵烟台。

烟台师专有汽车接站，满满坐了一车学员。不一会，至下榻的北海饭店，被分配到208号房间。同房间已先有绍兴师专的陈祖楠同志住下，尚缺二位未到。

见到浙江平湖师范的方伯荣（通信多次），欢谈不止。又一同去330号房间，看望了李何林先生，听他谈文艺界的一些情况，坐了一个多小时。

22点多就寝。

### 7月25日（六月初五）星期日
#### 阴 下午6点左右开始下雨

鲁迅研究讲习班今天开课。上午8点举行开幕式，到会有李何林、王士菁、孙昌熙、钱谷融等专家教授和烟台地委、烟台师专的负责同志，学员有来自全国27个省、市、自治区（缺宁夏、西藏、台湾）的中青年同志。李、王、孙三位都讲了话。开幕式后即开始上课，钱谷融先生讲"鲁迅杂文的艺术特色"。

下午两点开始，孙昌熙先生讲"鲁迅与《聊斋志异》"，只讲了两个小时，第1讲到此结束。

吃饭、听报告都和方伯荣同志在一起，下午又一同到街上转转，去了书店、百货大楼，冒雨跑回旅社吃晚饭。早饭和午饭都是吃的零餐，晚上用买到的餐券组桌吃饭。吃的是1元5一天的伙食（另一种是1元8角的）。

上午见到了通信几次的陈子善同志，晚上见到烟台师专《语文教学》的主编曲树程同志，另有安徽师大的杨芝明同志，几个人在隔壁（209号）闲谈了一个晚上。10点多才分开，回房间休息。

烟台不热，下了雨更凉爽。

### 7月26日（六月初六）星期一　多云间晴

起床（5点）后没出去跑步，只在门前站一站。

上午听钱谷融先生讲"艺术的魅力"。

下午听王士菁先生讲"鲁迅研究应当成为科学"。结束较早，距吃饭还有两个小时，和同室陈祖楠、隔壁方伯荣以及陈子善等同志到海滨码头、新华书店等处玩。在书店（地区书店）买了一部《鲁迅生平自述辑要》，还在街上买了二斤多苹果。

晚上和方伯荣一起，两次去看王士菁先生，都没能如愿，王先生不在房间。回自己房间看书，但老是有睡意，没有看好。

收到汉元（按，即王得后）来信，烟台师专转来。

### 7月27日（六月初七）星期二　晴

早起（5点10分左右）到外边跑步，爬一座山，直到山顶，眺望城市，再回来。时间紧，跑步、赶路急，较累。

上午孙昌熙先生讲"鲁迅与《聊斋志异》"的第2讲，结束时10点钟，没再出去。

下午听钱谷融先生讲"谈文艺批评"。5点结束，到李何林老师住房坐了一个多小时，谈明天讲课和别的一些事。汉元兄昨天的信，谈及到鲁博进修事可以和李先生面谈。下午谈了，没有答应，说没有计划。颇为失望。

晚饭后，与同室陈祖楠老师（绍兴师专中文科副主任、副校长，南京大学 1957 年毕业）一同外出散步，到了毓璜顶公园。回房间后，先后有陈子善、方伯荣和杭州大学新报到的一位同志来谈天。

### 7月28日（六月初八）星期三　晴

早起后到毓璜顶公园，一路跑步来回。昨天没到顶上，这次到了顶上，但山上建筑群闭着门，没能进去。

上午听李何林先生讲"《野草》讲解（1）"。下午听孙昌熙先生讲"鲁迅与《聊斋志异》"（3），是三次的最后一次。上、下午的讲课都只讲了两个多小时。

事先约好，晚上安徽来的几位同志（安徽师大、安庆师院、铜陵师专、阜阳师院各一位，加上我）去看望李何林先生。李先生以西瓜招待，一面吃，一面谈文艺界斗争的情况和鲁迅研究、现代文学教学的一些问题。从 7 点半谈到 9 点稍过。

从李先生住处（330 房间）出来，即去看望王士菁先生（125 房间），谈了约一个半小时。从阮久荪的信，谈到有关鲁迅研究的一些问题。王先生态度平易近人，毫无架子。

明天老先生和第 1 组的学员去蓬莱阁，其余学员自学。

### 7月29日（六月初九）星期四　晴

上午去烟台山，再去海滨浴场，同行 9 人。在烟台山照了几张相，我和方伯荣合影一张，在海滨浴场 9 人合影一张，然后涉海水、捡石子、贝壳，赶在 11 点 30 分回到饭店。

有些累，午睡至 3 点。再同方伯荣、陈子善，抄近路去毓璜顶公园，到建筑物里面玩，"观海""听涛"（建筑物上的题字），别有风味。

晚上去李何林先生住房，拿来他的三件衣服代他洗洗。约他和安徽同志合影，明后天找一个时间和地点。

### 7月30日（六月初十）星期五　晴

上午听李何林先生讲"《野草》讲解（2）"。下午听王士菁先生讲"鲁迅与瞿秋白"。王先生讲的内容很丰富，可惜听不清，听不懂，等于白坐几个小时。

下午5点半在北海饭店门前和楼后花坛里，和李何林、孙昌熙、王士菁三位先生合影，安徽的5位同志外加方伯荣同志。

晚上，房间里浙江同志闲谈，即到王士菁先生那里坐了一会儿，听他谈《鲁迅传》的写作、出版经过等。

### 7月31日（六月十一）星期六

#### 晴　中午热了一点

第1周最后一天上课，上午李先生讲《野草》难讲的篇什中的最后10篇。从7点半讲到11点。下午钱谷融先生讲"曹禺戏剧语言艺术成就"。

晚6点多，王、孙二先生去火车站或轮船码头，在饭店门前送别了他们。李先生要同去的，但没能等到他来。大连有一个"现代文学讲习班"，李、王二先生坐轮船去，孙先生回济南。

晚饭后，和方伯荣、安庆师院与扬州师院的各一位同志，到工人文化宫玩。想买电影票看电影，没买到票。看了一会儿球赛，打得不好，看一下就走掉了。

### 8月1日（六月十二）星期日

#### 晴　又热了一点

全天休息。据讲习班会务组的同志说，以后两周的星期日也休息。因为讲课完毕的教师刚走，新的刚来或要来，不能安排上课。

早饭后，和翁俊德（铜陵师专）、方伯荣、王锡荣（上海鲁迅纪念馆）、周桂荣（安庆师院）共 5 人，到毓璜顶公园拍照，然后去照相馆冲胶卷，到新华书店看书。接着，同翁俊德去博物馆（即福建会馆）看展览，其实主要看建筑，具体说是看山门、戏台的梁、柱的雕刻和彩绘。午饭没有回去吃，和翁、方以及路上遇到的张映波（扬州师院）到饭馆吃午饭。

午睡至 3 点多，随便翻书看，给汉元和王世家各写了一封信。

晚饭也没在北海饭店吃，被方伯荣邀至外面，吃馄饨、烤饼。散步至工人文化宫。闲谈中，他提议二人合写关于讲读教学的东西，说天津人民出版社约他搞这样一部书。

据说讲课教师还没有到，明天上午可能上不了课。

8月2日（六月十三）星期一 晴

早起后，跑步至工人文化宫，看画廊里展览的图片，至 7 点半购得晚场电影票二张。这样，就在外面吃了早饭。

讲课教师坐夜班车 6 点多钟到达烟台，讲课推迟至 9 点开始。讲课人是林志浩，内容是分析鲁迅小说《祝福》。林是中国人民大学的教师（副教授），50 多岁，福建口音，对小说分析较为深刻，大家反应较好。上午讲了两个小时稍多。

下午 3 点，南京大学教授陈瘦竹先生讲"鲁迅与戏剧"（上）。老先生没有讲稿，记忆力非常好。因要看 5 点 10 分的电影，4 点半就离开了。同方伯荣同去看新放映影片《R 4 之谜》。

影片表现公安人员的破案加爱情故事，系编造而成，毫不感人。

8月3日（六月十四）星期二　晴

本周讲课的另二位教师王瑶、唐弢还没来，先就要靠已来的二位讲了。上午林志浩讲鲁迅小说《离婚》和《狂人日记》。下午陈瘦竹讲"鲁迅与戏剧"（下），集中讲喜剧问题（昨天讲悲剧问题）。

晚饭后，同几人至人民公园散步、聊天，至山腰建筑物处停下休息，眺望市容，至街灯灭，天黑下来才返回。

8月4日（六月十五）星期三　晴

白天燥热　尤其中午　晚上还是凉爽的

上午听林志浩同志分析鲁迅小说《药》和《孔乙己》。下午陈瘦竹先生讲"曹禺与外国剧作"，即讲曹禺所受外国影响。

明天不讲课，第4组的学员和讲课教师去蓬莱旅游。

晚饭后和方伯荣去烟台山，看海，听涛，待了近一小时。

8月5日（六月十六）星期四

多云间阴　下过几阵急雨　燥热　闷人

整天无集体活动，自由支配。

早起之后，慢跑到人民公园，坐在亭子的横栏上看书，把浙江文学学会出的内部丛刊《文学年刊》（第1辑）有关现代文学的几篇翻看一遍。重点看梅进写的《论鲁迅早期思想中的个性主义》，梅进系杭州大学77届毕业生，分在浙江农业大学，这次也来讲习班学习了。

8点多从公园所在的半山腰下来，到街上吃的午饭。

下午写了一封家信，4点多投送邮局。到书店买了八九元的

-277-

书，去大光明电影院看南斯拉夫电影《临时工》，并随便在街上吃碗面条，然后回北海饭店。

### 8月6日（六月十七）星期五
#### 多云间阴　下过一两阵急雨

唐弢先生前天来到，昨天去蓬莱游览，今天上午讲课，介绍他参加的欧洲汉学会议的情况，讲了两三个小时。

下午陈瘦竹先生讲"怎样分析剧本"。

晚饭后，和杨芝明、翁俊德、周桂荣、方伯荣一同散步，到行署附近的桥上乘凉。

### 8月7日（六月十八）星期六　多云　有阵雨

上午唐弢先生讲"有关杂文的两个问题"，约2小时。

下午林志浩先生讲鲁迅小说《故乡》，孙犁小说《荷花淀》，并就二人风格作了比较。讲了3小时，记笔记很紧张，是来讲习班以来，听课、记笔记最累的半天。

早晨起床后，跑步到火车站看看街景，然后坐车回北海饭店。晚饭到外面吃的，之后散步回来。

明天休息，不讲课，部分学员坐船去崆峒岛玩。

### 8月8日（六月十九）星期日　阴
#### 上午下了一阵雨　下午下得较大较长

7点，2、3组学员步行到码头，坐包租的船（来回90元）到崆峒岛。船行二小时（来回），在岛上只停留一小时。唐弢、王瑶、陈瘦竹几位老先生偕夫人同游。在海边，几个人（陈子善、王锡荣、翁俊德和我）和三位老先生合影，还有别人与他们合影。捡了一些石子儿、贝壳。

11点半回到烟台，没回旅馆吃饭，到第3处书店（以前去过两处）看书，买了几本。随便买点东西吃。在烟台山下坐车回旅馆，时已13时多。

下午3点，参加林志浩主持的座谈会，听他就写作《鲁迅传》体会等回答问题。在小会议室开的，只有二三十人参加。开了约近两小时。

## 8月9日（六月二十）星期一　晴

上午唐弢先生讲"鲁迅杂文（2）"，约两小时。

下午彭定安先生讲《论鲁迅小说中的狂人家族》，近3小时。

看一份关于《阿Q正传》争论意见的综合材料，打印，署刘福友，据说系南开大学的同志。综合较全面，颇有参考价值，是从同室一同志处借看的。

晚上有和唐弢、王瑶的座谈会，因有任务没参加。根据本组召集人（陈子善）的吩咐，为《讲习班简报（第2期）》写一份林志浩讲课的内容要点。和方伯荣分工，我写《祝福》《离婚》《狂人日记》三篇（两次讲课）的。

## 8月10日（六月二十一）星期二　晴

早上起床后和午睡后，继续写林志浩讲课内容的要点，看一遍，交了出去。

上午唐弢先生讲"现代文学史中的难点和要点"，两小时稍多。

下午听王瑶先生讲"鲁迅清醒的现实主义"，约两个半小时。王先生山西口音重，普遍反映不好懂。

晚和方伯荣、毛逸、陈祖楠去工人文化宫看7点50分的电影《梅岭星火》。影片反映陈毅坚持敌后游击斗争的事迹，颇动人。

## 8月11日（六月二十二）星期三　晴　热了

早起后跑步至大海洋市场，再到火车站，然后坐公共汽车回饭店。

上午听王瑶先生"谈鲁迅的《故事新编》"，下午听彭定安先生讲"中国现代文学的兴起和对于研究格局的设想"。讲得时间都较长。

晚饭后，同陈祖南至人民公园散步。天黑，眺望烟台市区夜景，然后回饭店。去看望郭预衡老师，谈至9点半以后。

## 8月12日（六月二十三）星期四　晴　热

讲习班组织第3组和第2组（大部分）去蓬莱旅游，讲课的老师王瑶、郭预衡、彭定安、陈漱渝同去。

7点半集合，乘车两小时稍多，至蓬莱县。自由活动一个多小时，和同室、隔壁几同志去看戚继光牌坊，随即去饭店（东风饭店）吃午饭。

11点半过后，乘车至蓬莱阁，先自由活动，和几同志到海边涉水、捡石子儿，在阁里走动看风景，在蓬莱阁匾额下，和杨芝明、周桂荣，王锡荣合影。

1点半，导游员领着参观游览，转了一圈，在蓬莱阁楼上远望大海，听讲八仙过海的故事和"蓬莱十景"。导游员是一位年轻的女同志，讲的内容生动有趣，态度和蔼亲切，笑容满面，很吸引人，导游完已3点钟。

买了两帧手迹照片，一是铁宝所写蓬莱阁匾额，一是苏东坡的字，作为纪念。还买了4小袋紫菜。

3点15分乘车返回烟台。

收到二弟、王世家的信，晚上给二弟复一信。

**8月13日（六月二十四）星期五　晴**

上午听郭预衡先生讲"鲁迅与古典文学"。下午听陈漱渝同志讲"港台鲁迅研究状况"。

方伯荣同志昨天因丹毒住烟台地区人民医院，今天晚饭后去看他。回来后，参加师范院校现代文学教学座谈会。

**8月14日（六月二十五）星期六**

**多云　上午和下午有小雨**

因会场被外单位占用，今天我们讲习班休息，明天（星期日）讲课。

因雨，上午没出去。看王世家同志寄来（今天收到）的《鲁迅学刊》第3期和《东北现代文学史料》第4期。

下午先去医院看方伯荣，后去书店、照相馆，又去新中国电影院买晚场票，之后在匆忙中又到烟台山看海浪。因台风影响，海浪很大，冲击海岸，溅起的浪花高过房顶，很是惊人，真可谓巨浪排空。坐公共汽车赶回北海饭店吃晚饭。

**8月15日（六月二十六）星期日　晴**

上午郭预衡先生讲"鲁迅与古典文学"，讲"鲁迅自学方法"。下午陈漱渝同志继续讲"港台鲁迅研究状况"。

给李何林老师和王德厚（按，即王得后）同志各写一信，讲课休息时交陈漱渝同志，请他带去，并分别捎去照片二帧（和李先生在这里的合影）和软笔二支（安徽出品，送德厚试用）。

一些同志近几日陆续提前回去，同室和隔壁的浙江同志都走完了，只有方伯荣在住院。

### 8月16日（六月二十七）星期一　晴　热

讲习班进入最后一周，但讲课人没准时来到。今天的课，仍由原有的继续讲。上午是陈漱渝接讲"鲁迅研究工作中的资料问题"，下午彭定安讲"鲁迅和他的家族"。

收到大孩子的来信，是12日写的，谈高考志愿填报了安徽大学化学系为第一志愿。

晚饭后走两批人，来一批人。第1批走的有陈漱渝和陈子善，下楼送行时，正好汽车开走，没能握别。时间约为6点3刻。再去郭预衡老师房间，为他送行，从近8点坐至8点半，送他上车。

新来讲课教师4位，有戈宝权，陈涌、林非、孔罗荪。送走郭先生即去看望戈老。戈老很健康，也很健谈，还记得我。他谈了《鲁迅诗歌研究》的编辑，颇有赞词。谈及已将下册连同别的书，寄赠日本学者高田淳，尚未接到回信，不知寄到没有。他表示了对烟台可游之地的极大兴趣，我回房间把所买烟台交通图、《蓬莱阁》和山东版图书数种送给他看。

### 8月17日（六月二十八）星期二
### 晴　白天热　夜里有风　较凉

不讲课，旅游。早饭后照相。在地委礼堂门前，第4周讲课的4位老师（昨晚新到，另还有孔罗荪的夫人）和上周未走的彭定安，坐在前排中间，坚持留下听课的一百二三十位学员分列后面，或蹲在前面（女同志）。连照了两次，7点20分以前人就到齐了，8点15分才照完。

照完相，去旅游的（前三次未去蓬莱的20多位学员，陪新到的4位老师）即乘车去蓬莱。其余学员自由活动。

午睡后上街。先去书店（跃进路）和齐鲁书社门市部，后去新中国电影院附近的书店，是为买《鲁迅诗解》而去，两处都没有。在逛书店前，路过展览馆，看了崔子范画展，对其大写意画，颇不能欣赏。晚饭后没到哪里，太劳累，躺在床上翻书。

### 8月18日（六月二十九）星期三　晴
#### 夜里有风　下了雨　但时间不长

上午和下午，都是听戈宝权先生讲"鲁迅在世界文学中的地位"，各讲了两个小时左右，各讲了两个问题。

上午听完以后，去医院看望方伯荣同志，他已好转，尚在滴注药水，争取痊愈出院。

午睡一个多小时，然后到附近的百货店，给爱人买了一双塑料凉鞋，然后赶回饭店，参加听课（3点开始）。

下午听完课，陪戈老（他到房间来找）从僻街到齐鲁书社门市部看书、买书，匆忙到博物馆（原为福建会馆）转了一圈，看福建式建筑。返回路上，又进儿童公园看了看，顺大街回来。

晚7点半参加座谈会，听戈老、陈涌、林非解答学员提出的一些有关鲁研的问题。

和戈老约好了，明早起床后（5点20分）陪他去公园看看。

### 8月19日（七月初一）星期四　晴

早起按约定去喊戈老，一同到人民公园散步，登上半山腰，观赏建筑物，远眺海湾，但因雾气大，看不到海，只俯瞰市容。

上午听孔罗荪讲"关于文艺评论、文艺创作的一些问题"，下午听陈涌讲"《阿Q正传》研究中的问题"。下午讲到5点稍过，约戈老和他夫人梁佩兰（昨晚从徐州来到）同游毓璜顶公园，从附近小路去，小路回，省不少时间。可惜顶上的"毓璜顶"就要闭门，没能进去，只在半山腰的"小蓬莱"和大门处看看，在上面眺望了海湾。

晚7点半参加座谈会，其实就是听讲课，不过是在较小的会议室。由林非讲"写《鲁迅传》的体会"。

### 8月20日（七月初二）星期五　晴　凉爽

上午听林非讲"怎样自学"，其实就是讲怎样搞研究，内容一般化。

下午听陈涌接着讲"《阿Q正传》研究中的问题"，接续昨天的内容，讲一个问题，时间一小时稍多。

把在青岛、烟台买的书包成一包，送邮局寄出。每件限重5公斤，超重4斤多，多余的只好取出自带。

晚上讲习班搞会餐，一桌10或9瓶啤酒，8样菜。像平常一样自由组桌，我和辽宁的几位同志坐在一起。同桌碰杯，会务组和讲课的老先生先后来敬酒。气氛相当融洽，欢快。

### 8月21日（七月初三）星期六　晴

上午先听孔罗荪先生讲"关于研究鲁迅的问题"，约两小时。

10点举行闭幕式，林非做总结，戈宝权和学员代表等讲话，时间不长。

午睡后收拾东西，忙了一个多小时，至6点20分，没来得及向戈宝权先生辞行，即乘会务组包的大客车到火车站。不走的人，多在饭店门前送行。

所乘是晚7点18分烟台至济南的快车，乘客非常多，挤满了走道和空隙。我们虽有座位，也挤得难受。

8 月 22 日（七月初四）星期日　晴

在火车上坐了一夜，8 点多到终点站济南。购得返回徐州的车票后，即去山东师大第一宿舍，看望薛绥之先生，坐约一小时，11 点左右告辞。和薛先生通信多次，见面是第 1 次，听他谈工作和研究情况，送了我一本《鲁迅杂文中的人物》和两本聊城师院学报。他正在编一套"鲁迅作品研究资料丛书"，其中鲁迅诗歌一本，约文学所的一位同志负责，他表示要写信介绍一下，或由我参与二人合作，或供给文稿资料。告辞时，要留我吃饭，婉谢了，因要去火车站等车。（下略）

（《绍兴鲁迅研究（2022年）》）

# "红皮本"《呐喊》：鲁迅著作出版的特例
## ——纪念《呐喊》问世 100 周年

距今 100 年前，即 1923 年 8 月，鲁迅的第一本书《呐喊》小说集，在北京大学学生创办的新潮社出版（该社《文艺丛书》第 3 种）。这是五四新文学诞生（以《狂人日记》发表为标志）之后，最能体现时代新思潮和文学革命新成就的小说集；也是从问世以来，至今依然影响最广泛、最受读者欢迎（被列为全国中学生课外读物）的现代文学经典。100 年里，历经时代变迁，《呐喊》出版过许多不同版本。其中有一种，被称为"红皮本"的版本，由于出版于特定年代，是十分稀少而珍贵的版本，而且，这一版本又产生一种特例，因此，很值得人们回顾与研究。

## 一　鲁迅著作的两个系列

鲁迅的文学创作，从小说开始（首篇署名"鲁迅"的《狂人日记》，1918），文学作品的结集出版，也是从小说开始，即最早的《呐喊》。此前有一本《中国矿产志》（1906），也属于他的著作（与友人顾琅合著），但署名是周树人，从严格意义上说，它不是"鲁迅"的著作，且非文学创作。

自《呐喊》开始，鲁迅文学著作的出版，层出不穷，蔚为大观。大致说来，可区分为两个系列：单行本系列，全集系列。以下试简述之。

### 1．单行本系列

按其生活时期，以及初版时间先后，有：

北京时期（1912-1926）——《呐喊》（第 1 本小说集，1923．8）、《中国小说史略》（专著，上 1923．12；下 1924．6）、《热风》（第 1 本杂文集，1925．11）、《华盖集》（第 2 本杂文集，1926．6）、《彷徨》（第 2 本小说集，1926．8），5 种；

厦门、广州时期（1926-1927）——《坟》（论文集，1927．3）、《华盖集续编》（第 3 本杂文集，1927．5）、《野草》（散文诗集，1927．7），3 种；

上海时期（1927-1936）——《朝花夕拾》（散文集，1928．9）、《而已集》（第 4 本杂文集，1928．10）、《三闲集》（第 5 本杂文集，1932．9）、《二心集》（第 6 本杂文集，1932．10）、《两地书》（通讯集，1933．4）、《伪自由书》（第 7 本杂文集，1933．10）、《南腔北调集》（第 8 本杂文集，1934．3）、《准风月谈》（第 9 本杂文集，1934．12）、《集外集》（第 10 本杂文集，1935．5）、《故事新编》（历史小说集，1936．1）、《花边文学》（第 11 本杂文集，1936．6），11 种；

逝世以后（1937）——《且介亭杂文》（第 12 本杂文集，1937．7）、《且介亭杂文二集》（第 13 本杂文集，1937．7）、《且介亭杂文末编》（第 14 本杂文集，1937．7），3 种。

以上 22 种单行本，均为鲁迅亲自编定或审定（拟订），是鲁迅著作的典范版本。

## 2. 全集系列

《鲁迅全集》的编纂、出版，开始于鲁迅逝世以后，经历民国和共和国两个时期，至今已先后出版 5 种版本：

1938 年版（20 卷本）《鲁迅全集》，鲁迅全集出版社出版。收著作（1–7 卷）、辑录古籍（8–10 卷）和译文（11–20 卷）。32 开，直排，第 1 卷卷首有蔡元培《鲁迅先生全集·序》，末卷有附录：《自传》《鲁迅先生年谱》（许寿裳编）等。这是第 1 部《鲁迅全集》，具有开创意义和导引作用。

1958 年版（10 卷本）《鲁迅全集》，人民文学出版社出版。专收文学著作（包括创作、评论、文学史专著）和部分书信。大 32 开，横排，每卷正文部分后，附有各篇作品的注释。

1973 年版（20 卷本）《鲁迅全集》，人民文学出版社出版。系 1938 年版（20 卷本）的重排本，内容与原版相同，32 开，由繁体字改为简化字，由直排改为横排，无注释。

1981 年版（16 卷本）《鲁迅全集》，人民文学出版社出版。此版以 1958 年版为基础，增加新编《集外集拾遗补编》《古籍序跋集》《译文序跋集》3 种，首次收入《鲁迅日记》，并已收集到的全部书信，对原注释作了修订和增补，校勘比原版本精细。

2005 版（18 卷本）《鲁迅全集》，人民文学出版社出版。此版由 1981 年版的 16 卷，增至 18 卷（书信、日记各增加 1 卷）。相比上一版，这一版本的修订，在佚文佚信补收、文本校勘，注释增改等方面，均有明显进步与提高。

据媒体此前报道，人民文学出版社将启动 2005 年版《鲁迅全集》的修订工作，计划将近年鲁学研究的新发现、新成果，融汇到新版《鲁迅全集》中。这是鲁学界和读者的福音，期盼更精美、更齐全的新版《鲁迅全集》早日问世。

## 二 "红皮本"，鲁迅作品的特殊版本

所谓"红皮本"，是研究者、爱好者的说法（简称），其正式名称为：鲁迅著作单行本的注释本（征求意见本）。这是一套特殊的鲁迅作品单行本，由人民文学出版社，于 1970 年代中后期陆续印行。"红皮本"之名，得自于它统一设计的封面，其颜色为绛红（近于紫红）。这套单行本，共 27 种，28 本（《集外集拾遗补编》分为上卷、下卷两本），包括：

《坟》《呐喊》《野草》《热风》《彷徨》《朝花夕拾》《故事新编》《华盖集》《华盖集续编》《而已集》《三闲集》《二心集》《伪自由书》《南腔北调集》《准风月谈》《花边文学》《且介亭杂文》《且介亭杂文二集》《且介亭杂文末编》《两地书》《集外集》《集外集拾遗》《集外集拾遗补编 上卷》《集外集拾遗补编 下卷》《中国小说史略》《汉文学史纲要》《辑录古籍序跋集》《译文序跋集》（顺序参照 20 卷本《鲁迅全集》，书名据各书实名）

它之为"鲁迅作品的特殊版本"，其特殊性，见于每本书的"编印说明"（印在扉页后）。文称：

"为了适应广大读者的需要，我们准备陆续出版鲁迅著作单

行本的注释本，由各地工农兵理论队伍和大学革命师生分别担任各书的注释工作；这项工作，目前正在进行中。为慎重起见，我们将视工作进行情况，陆续将各书的注释初稿先行排印少量，专供征求意见之用。恳切希望同志们就本书各篇的题解和注释的内容、文字以至排印格式等各个方面提出宝贵意见，以便据以修改。修改意见请径寄我社鲁迅著作编辑室。人民文学出版社一九七六年八月"（据《且介亭杂文》的"编印说明"，后出的其他单行本，文字有的有所改动。）

细一点说，1.其适应对象是"广大读者"。据主事者（鲁迅著作编辑室）言：这套单行本的注释，"着眼于普及""以相当于初中文化程度的读者为对象"（王仰晨：《鲁迅著作出版工作的十年（1971–1981）》，《鲁迅研究月刊》1999年第11期。以下简称"《十年》"）。2.承担注释任务的，是社外革命群众："各地工农兵理论队伍和大学革命师生"；实际上，主要是有关高校的教师。3.印量有限（每本只印400册），"专供征求意见之用"（在扉页上，印有"征求意见本"字样）；即，非正式出版，不发行。4.除注释外，各篇都有题解，其内容是，"扼要说明该篇的历史时代背景、针对性和主题思想，以及当时所产生的作用和影响等。"（《十年》）

"红皮本"的意义，在于它的"空前绝后"（这种加题解和注释的普及性单行本，是鲁迅著作出版史上的"绝无仅有"），还在于它存世量（持有者）稀少，难以求索。（因应形势变化，嗣后没有正式出版、发行。）

回看鲁迅著作出版史，作为资料和信息，应该记下为"红皮本"，付出辛劳和智慧，做出贡献的各本主要注释者。它们是

（其名称，据各书所署；出版时间，据"编印说明"）：

北京大学中文系（《坟》，1976.10）

北京师范大学中文系（《集外集》，1977.2）

南开大学中文系（《彷徨》，1976.5）

天津师范学院中文系（《华盖集》，1976.10；《华盖集续编》，1977.5）

复旦大学中文系（《中国小说史略》，1979.1）

上海师范大学中文系（《且介亭杂文》1976.8；《且介亭杂文二集》1977.2）

南京大学《集外集拾遗》注释组（《集外集拾遗》，1977.11）

扬州师范学院中文系（《野草》，1977.1）

杭州大学中文系（《朝花夕拾》，1977.2）

山东大学中文系（《故事新编》，1977.8）

山东师范学院（《集外集拾遗补编 下卷》，1977.12）

厦门大学中文系（《汉文学史纲要》，1977.10；《两地书》，1977.7）

福建师范大学中文系（《辑录古籍序跋集》，1977.10；《译文序跋集》，1977.11）

辽宁大学中文系（《准风月谈》，1977.3）

吉林大学中文系（《伪自由书》，1976.10）

延边大学中文系（《二心集》，1976.10）

河北大学中文系（《南腔北调集》，1977.11）

武汉大学中文系（《热风》，1978.5）

华中师范学院中文系（《花边文学》，1977.5）

中山大学中文系（《而已集》，1976.10）

广西大学中文系（《三闲集》，1977.12）

以上，21所高校的中文系（或注释组，或未加"中文系"），共注释25本。（其中，《且介亭杂文二集》未标示注释者。据《十年》，承担《且介亭杂文》和《且介亭杂文二集》注释任务者，均为"华东师范大学"，当时校名是"上海师范大学"。）查阅各本注释者，一所高校的中文系，承担两种单行本注释任务的，有：天津师范学院、上海师范大学、厦门大学、福建师范大学，四所高校。仅一所高校的中文系承担注释任务，而无"工农兵理论队伍"参与或合作的，有：河北大学、中山大学、广西大学，三所高校。

另有3本，注释者是：

中国人民解放军51101部队理论组（《呐喊》，1976.3）

北京电子管厂理论小组（《且介亭杂文末编》，1975.12）

旅大市《集外集拾遗补编》注释组（《集外集拾遗补编 上卷》，1977.11）

《十年》云，《呐喊》和《且介亭杂文末编》，是出版社"约请了解放军51101部队、北京电子管厂和我们一起"注释的，由出版社编辑"担任讲解并主持撰写注稿"。即，其注释者实际是鲁编室。《集外集拾遗补编 上卷》的注释任务，原来分配给辽宁师范学院，后改为旅大市（辽宁师院所在地）；据相关资料，该市专门成立了注释办公室，组成中心注释组，并发动群众，组织了数百个"三结合"注释小组。

# 三 "红皮本"中的特例

上文说，"红皮本"是鲁迅作品的特殊版本，亦即，它是一套非正式出版，未曾发行的鲁迅著作。但出版社对其处理，也有例外情况，或可称"特殊中的特殊"："红皮本"《呐喊》及《彷徨》，于出版"征求意见本"后，随即（当年）重排了正式版本，在书店公开出售。有实物为证，在笔者存书中，就有 1976 年 10 月版《呐喊》，1976 年 12 月版《彷徨》，系在本地书店购得（后一本的扉页上写着，买书时间"1977.3.1"）。这两本，属于"红皮本"（28 本）中，迅即正式出版的特例。（此举也许因为，读者阅读鲁迅小说的需求，更为迫切的缘故。）

以正式出版本与"征求意见本"进行比较，两者外观明显不同：前者的开本（32 开），小于后者（大 32 开）；前者封面的上方，印有鲁迅木刻头像，封面颜色为橘红，后者没有头像，绛红颜色。（正式版的《彷徨》，相比于《呐喊》，封面设计略有改变。）但两版本的注释者相同：《呐喊》扉页背面均印有，"本书注释者：中国人民解放军 51101 部队理论组"；《彷徨》扉页背面印的是，"本书注释者：天津碱厂工人理论组 南开大学大学中文系"。

且看正式版两书的出版、发行等信息（据版权页）：

《呐喊》：人民文学出版社出版 新华书店北京发行所发行 北京印刷三厂印刷 1976 年 10 月第 1 版 1976 年 10 月第 1 次印刷 书号 10019·2436 定价 0.49 元（页码 203 页）

《彷徨》：人民文学出版社出版 新华书店北京发行所发行 北

京印刷三厂印刷 1976 年 12 月第 1 版 1976 年 12 月第 1 次印刷书号 10019·2445 定价 0.41 元（页码 198 页）

遗憾的是，对"红皮本"《呐喊》和《彷徨》，于当年正式出版一事，主事者和研究者均有所忽略，在其有关文章和著作中，似乎"不约而同"，对其无记述，不涉及。

查阅《十年》，关于《呐喊》《彷徨》那十年中的出版，仅见于 1976 年 3 月的一处文字："《呐喊》的'征求意见本'于 3 月末出版。其后《彷徨》《且介亭杂文》《而已集》等的'征求意见本'相继陆续出书。'征求意见本'除正文、注释外，对每篇作品都做了题解。"对同年 10 月的正式出版，未着一字。

在 1980、1990 年代的相关专著或论文中，情况同于《十年》。如，一本专门研究鲁迅著译版本问题的著作，关于《呐喊》（《彷徨》与其相似）历年出版情况的记述，从 1973 年接着就到 1979 年，无 1976 年的记事：其版次记录中，有 1973 年的几种和 1978 年的一种，不见 1976 年的版本。（参看《鲁迅著译版本研究编目》，"中国现代文学史资料丛书"甲种，72、74 页，上海文艺出版社，1996 年 10 月。）再如《〈呐喊〉各版过眼录》一文，从 1923 年 8 月（初版），至 1981 年 12 月（16 卷本《鲁迅全集》出版），缕述其所见诸多《呐喊》版本情状，这对了解《呐喊》几十年中出版概况，极具参考意义。此文述及"红皮本"《呐喊》："此后，鲁迅著作编辑室就开始进行新版注释工作。1976 年 10 月，又有深红色封面版，与《彷徨》《阿Q正传》两本小册子差不多同时出版，这就是'红皮本'。这一版，作了新的注释，按照当时的做法，先征求意见，再正式出版。"（唐弢等著：《鲁迅著作版本丛谈》, 58 页，书目文献出版社，1983 年）不过，其关于"红皮本"《呐喊》出版时间（实际是 1976 年 3 月）、封面颜色（非深红色）等，记述有失精准；而且，只说"先征求意见，再正式出版"，没有说它的实际正式出版。（"1976 年 10 月"，实为正式出版、发行的时间。）

近有一篇研究《鲁迅全集》编注的课题论文，系这方面研究的新成果，颇值得重视；其关于"红皮本"《呐喊》，称："《且介亭杂文末编》《呐喊》的单行本注释""分别于 1975 年 8 月、1976 年 1 月出版。作为尝试和探索，仅在内部发行，专供征求意见使用。"（《〈鲁迅全集〉编注史上的"征求意见本"》,《山东师范大学学报（社会科学版）》2021 年 4 期）此处说法亦有不确处。1."红皮本"《呐喊》于"1976 年 1 月出版"，这与《十年》所说（"《呐喊》的'征求意见本'于 3 月末出版"）时间不一致。2."仅在内部发行"非事实（"内部发行"也是"发行"，只是有别于"公开发行"），实际是，"征求意见本"仅"分发"，未"发行"（《十年》："'征求意见本'的分发范围是一些高等院校的中文系和有关的学术单位，专家、学者等。"）3.对"红皮本"《呐喊》的正式出版，亦不着一字。

"红皮本"《呐喊》和《彷徨》的正式版本，出版于特定时期，曾经在全国广泛发行，因此，是一种鲁迅著作的重要版本，不应该被忽略。在今日回顾，其独特价值在于：

第一，从读者对象看，它是鲁迅著作出版史上，唯一明示"适应广大读者"，"着眼于普及"的鲁迅著作版本，更适宜于鲁迅作品的流布、鲁迅精神的传扬。其注重普及的出版精神，具有现实的积极意义。

第二，从注释内容看，相比于其他版本（如1958、1981等版《鲁迅全集》），"注释要详细一些，力求通俗易懂，尽量避免使用较生僻不常见的字词及文言语句"等（《十年》），如此，更符合普通读者阅读的需求。

第三，从鲁迅研究史、接受史看，据其独有的作品题解，可方便查看和了解，特定时期学界对每篇作品的主导性观点，读者大众（包括学校师生）对作品的普遍认知，这有益于鲁学研究的深入和发展，乃至读者的进一步阅读和学习。

基于笔者上述认识，有感于"红皮本"《呐喊》在出版史上的特殊性，以及它的不应该被忽略，谨写出一点愚见，作为对《呐喊》问世100周年的纪念。

（《中华读书报》2023年7月19日）

# 后　语

　　自打 1957 年起，我以教书为业凡四十又一年。在教课、改本子的间隙，不忘结合备课与进修写点小东西；也是信从叶圣陶老人的倡导：既然教学生游泳（写作），老师就要亲自"下水"（练笔）。到 2017 年初，编选四十多篇学习心得而为一册，因为所选全是有关鲁迅的习作，故名之曰"鲁海求索集"。这是第一本所谓自己的著作。本来在 1998 年教书期满，退休走下讲台后，就感到时间比较充裕，应该定下心读点书：可以一本一本，一篇一篇，乃至一点一点地读，但因故未能如愿。终于从 2017 年秋天开始，用两年时间专注于《孔乙己》，慢读细品，琢磨文字和情节，有了一些体会，陆续写成二十来篇阅读笔记，结集成《发现孔乙己》。这算是第二本自己的书。书既成而意未尽，觉得可以再品读一篇经典。这次选《祝福》，也是教过的课文。又花费三载光阴，边读边写，遂有这本《百岁祥林嫂》。以上，就是我几十年来——特别是近七年来，平平常常的读书生活。

　　关于《百岁祥林嫂》，应该多说几句。

　　从读《孔乙己》到读《祝福》，首先关注两个主人公，读书人孔乙己和山村女人祥林嫂，问两者的性格和命运，有没有相同点，而相异之处又在哪里？据此写了《鲁镇苦人论——从孔乙己到祥林嫂》，将二人定性为"苦人"。此为重读《祝福》的第一页答卷，写于 2021 年春。由此篇开头，在反复阅读文本，参考已有论著中，将新感知、新认识形之于笔墨，断断续续的，就有了收在这里的二十篇文章。

读书重在体悟，重在读出不同于既往的见解，即所谓新感知，新认识。比如祥林嫂，旧论多界定其社会身份为"劳动妇女"，我过去在语文课堂上，也是这样教给学生的，照本宣科兼人云亦云，欠缺独立思考。在重读中，以其出身和生活环境再品味：似以界定为"山村女人"（有别于鲁镇女人，如柳妈之辈）才最为准确。但"苦人"—"山村女人"，尚不足以认定祥林嫂的典型性。一读再读，深入探究，乃有"底层英雄—伟大母亲"，直至"国人精神之母"的最终认知。

阅读《祝福》最根本的，是准确认识典型人物祥林嫂。其间，自然离不开对小说情节（包括细节）、人物关系等的精准把握。于此，一些过去忽略，或理解有误之处（如，关于祥林嫂的哭诉，她与"我"的河边问答，等等），经重读细品，终于有了比过去更加清晰的理解。这类具体问题的解析，也是这次研读的重要内容。

以上所述点滴见解，包括全书内容，是耶非耶？不妨作为一愚之言，期盼智者、识者诸君不吝赐教。

应该说说书稿的编排。所收二十篇文章，大致分为两组：前十篇，偏于学术性探讨，在人物评论、细节解读之外，另有对

《祝福》研究史的回顾，对前辈成果、时秀新论的评说等；后十篇，重在联系中学语文教学，针对现行《教学用书》作一些补充，或有所商榷。兼顾两者的私心在于，学习先贤前辈的精神，研究和撰著面向读者，面向青年，面向教学。在二十篇之外，选收与鲁学相关的其他文章四篇，亦为近时之作，是为附录。2024年系《祝福》发表一世纪之年，所以拟书名为"百岁祥林嫂"，以示纪念。全书篇什均曾见诸纸媒或网刊，编排中，间有文字标点订正与技术处理。

最后，为书稿顺利出版表达诚挚的谢意——首谢郜元宝鲁学名家，于勤奋著述、佳构喷涌而出中，肯于拨冗赐序，且溢美之辞多有；在愧领之余，权且看作学界先进对学鲁旧人的眷顾吧！再谢诗人兼书家而无缘面识的吴金昌先生，欣然接受拜请，即时挥毫题签，益增拙书光色！最后致谢：在写作、审稿、刊发、编辑和出版各环节，惠予关注、支持和指导的诸多友人！没有众友扶助，深感举步维艰。为避繁琐，尊讳恕不列举。

谷兴云 龙年（2024）五月劳动节

于安徽 阜阳